走进最后的驼村

李樱桃　著

YUANFANG
远方出版社

图书在版编目 (CIP) 数据

走进最后的驼村 / 李樱桃著 . -- 呼和浩特 : 远方出版社，2017.10

ISBN 978-7-5555-0992-9

Ⅰ . ①走… Ⅱ . ①李… Ⅲ . ①报告文学 – 中国 – 当代 Ⅳ . ① I25

中国版本图书馆 CIP 数据核字 (2017) 第 259547 号

走进最后的驼村

ZOUJIN ZUIHOU DE TUOCUN

作　　者	李缨桃
总 策 划	苏那嘎
责任编辑	孟繁龙　董美鲜
责任校对	秋　藏
封面设计	高月雅
版式设计	韩　芳
出版发行	远方出版社
社　　址	呼和浩特市乌兰察布东路 666 号　邮编 010010
电　　话	（0471）2236471 总编室　2236460 发行部
经　　销	新华书店
印　　刷	呼和浩特市圣堂彩印有限责任公司
开　　本	170mm × 240mm　1/16
字　　数	286 千
印　　张	18.5
版　　次	2017 年 10 月第 1 版
印　　次	2018 年 1 月第 1 次印刷
印　　数	1—2 000 册
标准书号	ISBN 978-7-5555-0992-9
定　　价	59.80 元

序 | 行走在驼道上的女作家

邓九刚

记得20世纪80年代中期，我刚刚进入驼道世界，开始在呼和浩特市市区的街道及周边的村落进行采访。那时侯，在呼和浩特旧城北门外清真大寺前的屋檐下，经常并排坐着一些老人，这些老人无一例外都拉过骆驼、养过骆驼或有过经营驼运的经历。

我在呼和浩特近郊厂汉板村采访老驼夫时，得知厂汉板村上了岁数的男人几乎都拉过骆驼。这些迈着拉骆驼步子的老人左右摇晃着，在村道上不紧不慢地走来，然后汇聚到阎万山老人的家里。

在阎万山老人窄小的屋子里，只有八九十岁的老人才有资格坐到炕上，那些六七十岁的老人只有站在地上听人家说话的份儿。

当年，因为创作小说的需要，我走近这些曾经拉过骆驼的老人，以期采撷那些闻所未闻、见所未见的传奇故事。现在，用感动已难以形容当时的感受了，要形容的话，只能用震撼了！是的，那是带给我心灵的震撼。

听着老人们的讲述，我真的无法想象，当年的他们是怎样牵着骆驼穿越草原、戈壁和荒芜人烟的沙漠。还有，他们如何调马驯骆驼？如何对付寒冷？后来，我把自己听来的故事连同自己的感受写成了一篇篇小说，有短篇、中篇，还有长篇。我在自己的系列小说中演绎了这些老人的传奇故事，支撑起了我的驼道小说世界。

恍惚间三十年过去了，我发现，又有一个身影踏上了我曾经走过的道路，这就是女作家李樱桃。现在摆在我面前的一沓厚厚的书稿就是她采访驼村的所得，也就是她的新作《走进最后的驼村》。

翻阅书稿，确实发现了许多新鲜的内容，仍然令我感动不已。“走进驼村，我见到了在世的老驼夫和离世的老驼夫的后代子孙。古老的记忆在驼夫的讲述中慢慢复活了，我似乎看到了这些老驼夫当年行走的身影。正值少年、青年、壮年的驼夫们，五年、十年、二十年，一日一日、一年一年，将生命中最宝贵的年华投掷到这一段异常艰险的行走旅途中。他们与野狼搏斗、与土匪对峙、与干渴抗衡，有的走过漫漫的艰险之路存活下来，有的却永远地倒在行走的旅途中……”

一行行文字在我的眼前幻化出一幅幅熟悉的图景，还是那些驼道人物，还是无比的亲切，无比的令我感动，可他们已经不是当年的驼夫，而是驼夫的第二代、第三代了，他们有的也像自己的祖辈、父辈一样在驼道上跋涉过，而今他们也已成为七八十岁的老人，而这些在世的老人便成了呼和浩特历史上最后的驼夫。

李樱桃的笔触所及，从“驼道起点坝口子村”到“茶叶之路第一村麻花板”；从“养驼大村厂汉板”到“五路村的养驼大户”……视野更为宽展开阔，内容也更加丰富多彩，许多过去我不曾涉及的人物和故事她都采撷到了，可以看出来李樱桃是付出了很多辛苦，也下了很多的功夫。

李樱桃甚至都采撷到了府兴营的驼夫护送革命先辈乌兰夫脱险的故事，还有，“行走在驼道上的恪靖公主”“慈禧太后梦回归化六角亭”“马可·波罗眼中的丰州古城”“先有小板申后有归化城”“两次探访石人湾的俄国学者”“走驼道娶回新疆姑娘”“摇曳在驼背上的童年时光”……内容比我所涉猎的丰富了许多，也有趣了许多。

从“‘诗人’康熙与‘铁匠’彼得”到“首次来到中国的俄国商人”，从“中国之行让伊台斯成了明星人物”到“俄国人眼里的中国商人”，从“八峰烂骆驼办起大牧场”到“秉持诚信为本的归化城商人”……横贯三百多年的历史，囊括古今中外的传奇，读者在赏读这些故事与传奇的同时，也对万里茶道上的驼村——呼和浩特这一独特的历史文化现象有了深入的了解与认识。

因此，在《走进最后的驼村》一书中，我们看到的不仅是一个个令人目不暇接的精彩纷呈的故事，收获更多的是呼和浩特重要的历史文化信息。呼和浩特作为一座繁华兴盛了三百多年的商业城市，离不开驼村、驼夫、驼道所组成的这一段艰苦卓绝的历史，可以毫不夸张地说，是上百个驼村和上万个驼夫托举起了呼和浩特曾经令世人瞩目的商业成就。

在岁月的长河中，我们往往会忽略或丢失一些珍贵的东西，就像驼村和驼夫所创造的曾经震惊中外的商业奇迹，在时间的淘洗中也渐渐淡出了人们的记忆。让人欣慰的是，随着国际商道万里茶道越来越被重视，作为万里茶道上不可或缺的重要元素——驼道、驼村、驼夫，也变得越来越弥足珍贵，也必然成为呼和浩特重要的文脉所在。

对于这一点，作为记录者与讲述者，李樱桃心里应该是清楚的，阅读她的文字，我们也有所体会。“五百多家商号在大库伦、恰克图、乌里雅苏台、科布多等地盖起了宽敞的店铺、货栈和住房，二十多万商人跻身于国际商贸舞台。这是令世人瞩目的商业成就，而支撑这一巨大商业成就的是漫漫驼道上一步一步艰难行走的驼夫，也可以说，数以万计驼夫以生命为代价的行走铸就了这气势恢宏的商业传奇。”李樱桃也强烈地意识到了这一历史文化信息的重要，并深刻认识到了自己所担负的责任。

“……我静静地聆听着老驼夫颤抖着声音讲述自己当年驼道行走的经历，我知道，这颤抖的声音会变得越来越微弱，而且不久之后便会戛然而止，消逝在历史的烟尘里……”正是因为这强烈的责任意识，让她有了一种紧迫感与使命感。

总之，《走进最后的驼村》一书在挖掘与记录呼和浩特文化根脉方面，作出了有益的探索与可贵的贡献，应该引起社会各界的关注与重视。

我想，更多的感受读者自然会从阅读中获得，我这里就不再一一赘述了。

2017年2月于北京

邓九刚系著名作家、万里茶道（中国）协作体副主席

目 录
contents

第一章

驼村驶出的沙漠之舟

驼道起点坝口子村

站在坝口子村村口向北眺望，我便望到了巍峨的大青山。虽然是秋天，天气却没有放冷，远处的大青山还是翠绿依旧。站在村口，立于村口路两边的五棵大树吸引了我的目光。大树树干粗壮、树枝苍劲，立于道旁，像是仙风道骨的老者，守护着一村的安宁与幸福。

抬眼望去，位于大青山脚下的坝口子村，还是一座古朴的村落。虽然路边也开着超市、饭馆，可村民住的还是平房小院。

村口的古树

坝口子村村中间有一条南北大街，街两边一长溜石头砌成的沿台，既保护村民房院不被来往车辆撞到，又能防止雨水浸坏房屋和院墙的根基，可它

村里驼夫后代居住的房子

更重要的作用或许只是供村民坐着，冬天晒暖、夏天歇凉。

当我走到坝口子村的南北大街上时，街边的沿台上正坐着几位悠闲晒暖的老人，他们有的说话唠嗑，有的静坐默想。

街上不时有穿桔黄色工作服的清洁工，推着清扫垃圾的车子慢慢走过，所以街道总是干干净净。我现在站立的街道就是当年驼队行走的古驼道，也就是那条声名卓著的万里茶道上的一段重要路程。村里的许多老人还记着走在街上的长长的骆驼链子，如果是夜晚，随着远去的驼铃声，他们的梦会被带到很远很远的地方。

当年，坝口子村的许多人家都养着骆驼。村里的人们拉着骆驼，从这条古驼道出发，有的去往蒙古、俄罗斯，有的去往新疆，有的去往武川、四子王旗、百灵庙。

七十六岁的周四毛没有忘记，当年，父亲拉着家里的四峰骆驼去武川、四子王旗、百灵庙，换麦子、碗豆、菜籽。哥哥二十岁开始拉骆驼，他十岁就放了骆驼。

八十二岁的马山还记着，祖辈从山西忻州来到坝口子村。父亲给大盛魁拉了三年骆驼，走了三年大库伦。从大盛魁出来成家后，父亲便放下骆驼缰绳，提着板篮在村里卖纸烟和焙子。二大爷也拉骆驼去过大库伦，可只去了一趟就再没有回来。

马山住的房子贴着大红的窗花，窗户下面一盘向阳的暖炕，炕边是做饭的锅台。屋子正面靠墙放着当年流行的大红躺柜，墙上挂着全家福照片。

从玻璃窗望出去，屋外的窗台上摆放着几盆开得火红的洋绣球花。院子的南面是顶着一头翠绿叶子的果树，旁边土坯垒起的菜园子，种着西红柿、大葱和黄瓜。靠墙的几捧枳笈半腰系着红绸，绿杆黄穗红绸搭配着，望起来煞是好

村民院中的枳笈

古戏台

古戏台上的龙头

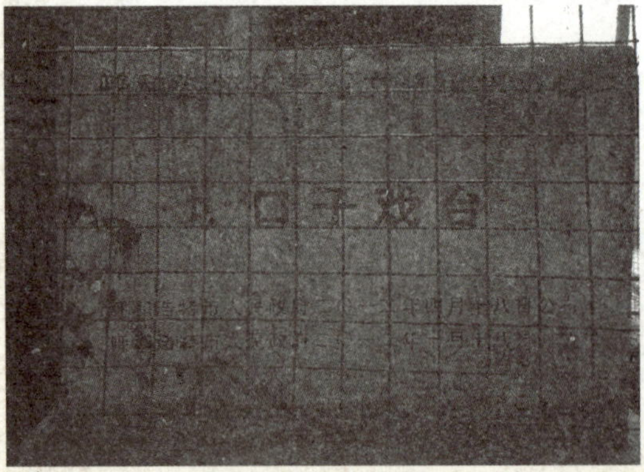

古戏台旁边的石碑

看。

坝口子村位于呼和浩特北面，清代建村，原名翁滚达坝口。来坝口子村早一些的是从山西忻州过来的姓杜的人家，现在已经延续到了第十一代。在七十八岁温计宝和七十九岁李根旺的回忆里，坝口子村是一个繁盛的所在。村里有龙王庙和戏台，龙王庙和戏台建在一个大院子里，龙王庙建在正面，戏台建在南面，龙王庙和戏台的门两边各有两棵大树，夏天唱戏时，大树的阴凉把戏台遮得严严实实。这大树是柳抱榆，榆树从柳树中间长出来，柳树死掉后就留下了榆树。后来，龙王庙成了学校，庙里的龙王被请到后山一个搭起的棚子里。村里的孩子在龙王庙里上学时，庙里还有一些神像，龙王庙被拆掉后只留存下了戏台。

在村口附近，我看到了留存下来的古戏台。古戏台为砖木结构，坐南朝北，南面有两个圆窗、一个横窗，圆窗像龙眼，横窗像龙嘴。戏台正面的木制飞檐雕刻着龙的造型，龙头高仰，龙嘴、龙眼、龙须都依稀可辨。戏台的北面立着两块石碑，一块是汉文石碑一块是蒙古文石碑。石碑上的红色字迹部分已经脱落，但依然能够看清，石碑正面顶端是呼和浩特市重点文物保护单位，中间是坝口子戏台，落款是“呼和浩特市人民政府二〇一二年四月十八日公布、呼和浩特市人民政府二〇一二年十月十八日立”。石碑的背面写着：“坝口子戏台建于清代，位于呼和浩特市回民区攸攸板镇坝口子村，戏台坐南朝北，面阔三间，该建筑保存基本完整，建筑风格独特，为研究呼和浩特地区古代建筑民风民俗等提供了宝贵的实物资料。”古戏台旁边的古树上也挂着牌子，上面写着“国家重点保护，古树名木”，落款是“呼和浩特绿化委员会”。

以前的坝口子村四面都有城墙，还有南门、东门、北门。因为村中的大街是去新疆、大库伦的驼道，所以当年的坝口子村更像一个繁华的集市。村里的旅店有三十多家，磨面的面铺有一百九十多家，铁匠炉有七八家。坝口子村的人们从后山换上粮回村磨了面再卖到归化城，每天早起，到归化城送面的人和车一聚集一大伙。

做扫帚用的工具

北魏郦道元在《水经注》中有“白道城”“白

道南谷口”“白道岭”的记载，这就是连接阴山南北的千古通衢白道。白道是北方草原丝绸之路，也是兵家必争之地，可去往白道绕不开坝口子村。白道自呼和浩特市坝口子村进入阴山，溯河而上，至武川县出阴山北。

蜈蚣坝又称“白道岭”，它蜿蜒曲折，绵延数十里，盘绕于大青山上，像一条长长的蜈蚣一直从山腰爬行到高高的山顶。但是，蜈蚣坝的名字却来源于一则古老的传说。

古时候，巍峨的大青山上树木参天、茂草没膝，山上时常有豺狼虎豹出没。在坝的北面山沟里住着一户人家，这家的男人开始靠打猎、砍柴养活妻子和孩子。有时往来的客商无处落脚，也在他们家歇脚，这家人家索性开起了一家小店，留了过往客商住宿。

一天，一个客商赶着毛驴从后山过来。这个客商的毛驴驮着一毛口袋豌豆，打算到山前去换钱。当时，天已经黑下来，这个客商就在这小店里住了一夜。

大青山脚下

过往客商不多，这家人家的男人除了开店，还要到山上去打猎、砍柴。第二天，男人吃过早饭，拿着弓箭像往日一样上了山。还没走到坝顶，他就听到远处传来毛驴“咴儿咴儿”的叫声。他想到昨晚留宿的客商，可他疑惑着，这个客商一早离开，为啥这么长时间就走出这么一截路？

他拨草攀石，赶紧向山上爬去。爬到半山腰，他就看到客商的毛驴跑了过来，毛驴背上的毛口袋开了口，豌豆撒下一道坡。再看齐腰深的草中，一道水桶粗的凹痕一直延伸到远处的深沟里，周围则是扑鼻的腥气。他想到山上的大蟒，草上的血迹证明这个客商已经遭遇了不幸。

从那以后，大蟒一连伤了好几个客商的性命。大青山周围的客商都知道了山上巨蟒伤人的事情，山前山后行走的客商提心吊胆，都是一群一伙拿了家伙才敢上路。

客商住在店里，说的都是对于大蟒的害怕。开店的猎人再上山打猎时，便琢磨着如何才能除掉这害人的大蟒。爬山时，看到许多飞着的鸟儿突然一头扎到远处的深沟里，他便断定大蟒就在这深沟里藏着，飞着的鸟儿是被大蟒吸到了肚子里。他顺着深沟慢慢地寻找，终于找到了大蟒栖息的山洞。

晚上回家后，他告诉家人找到了大蟒，并且决定第二天去除掉大蟒。家人听了都劝他不要去，他说：“大蟒不除，咱们的日子就不得安宁。”

第二天，猎人早早地起来，带好弓箭上了山。家人一直盼着猎人回来，眼瞅着太阳快落山了，可猎人还是踪影全无。

猎人一白天一黑夜都没有回来，猎人的妻子和儿子哭成一对泪人。正好有一支驼队过来住宿，猎人的妻子边哭边向驼夫们说了猎人进山除蟒的事情，好心的驼夫们便带着母子俩进山寻找猎人。

他们顺着大沟找到山洞，可他们看到的是洞口石崖上的斑斑血迹，连沟中倒下的一大片草也被染红了。洞口旁边的小树上挂着一只牛鼻子鞋，再看那牛鼻子鞋正是猎人出门时穿的鞋子。看到这一切，母子二人抱头痛哭，驼夫们也都忍不住落下了眼泪。

猎人刚满十二岁的儿子，看着地上的血迹和树上挂着的父亲的鞋子，一边痛哭一边暗下决心，一定要除掉大蟒，为父亲报仇雪恨。

猎人去世后，猎人的儿子也像父亲一样上山砍柴、打猎，砍柴、打猎歇下后就练习武功，他想练好武功去找大蟒报仇。

猎人的妻子每天思念丈夫，渐渐忧伤成疾。一天，山里来了一位游方郎中，给猎人的妻子开了一服药，说这药里有一味药必不可少，那就是七只活着的蜈蚣。郎中还说："气候寒冷的大青山没有蜈蚣，必须到南方才能找到。"说完便摇着铃离去了。

郎中走后，猎人的儿子告别母亲，一路跋山涉水，终于到了南方，并历尽千辛万苦找到了七只活的蜈蚣。他把七只活蜈蚣装在匣子里，一路走一路喂着，生怕有一点闪失。

远远地望到大青山，想着母亲很快就会药到病除，他的身上便增加了许多力气。他一口气爬上坝顶，可刚上坝顶，就听到装蜈蚣的匣子中"沙沙"一阵响。他向前看去，只见面前的草木披散开来，而迎面扑来的却是一股恶臭的腥气，接着一条大蟒晃动着斗大的脑袋向他窜来。他赶紧把匣子放到地上，抽出宝剑向巨蟒刺去。

巨蟒摇着斗大的脑袋，尾巴一扫，身后碗口粗的桦树便断成两截。他刚从山底爬上来，和巨蟒左迎右合地战了几个会合，体力渐渐不支，而巨蟒却张开血盆大口，恨不得一口将他吞到肚里。

正在这时，他听到装蜈蚣的匣子响了一声，接着七只蜈蚣从匣子里飞出来，一起扑向巨蟒，一下子把巨蟒咬得七窍流血。巨蟒疼得遍地打滚，猛然向山下窜去，山坡上的草立马被压出一条弯弯曲曲、又粗又亮的白道来。这巨蟒爬到山下，不久便气绝而亡。

大青山周围的人们得知消息后，都跑来看被蜈蚣咬死的巨蟒。官府得知蜈蚣除掉了巨蟒，便在这山梁上立了碑，并将这座山命名为"蜈蚣坝"。

当年，从归化城走出的驼夫，拉着骆驼走到坝口子村时，已经是人疲驼累，就在这里找了店住一晚上，歇歇脚、养养神，也让骆驼吃饱喝好。第二天，驼夫们拉着骆驼由坝口子村出发，开始日夜兼程向着大库伦等地进发。所以，坝口子村也可以说是漫漫驼道的始发点。

大驼户王世民一家人避乱去往凉州时，正值春天。他们快到坝口子村时，看到坝上漫山遍野地开着杏花，白得像雪，粉得像霞，闻着扑鼻的花香，看着繁盛的花朵，感觉不像是避乱，倒像是走到了世外桃源。

现在，坝口子村的村民还保留着种植杏树的习惯，村里还有一些大杏采摘园，供市民们游玩采摘。

茶叶之路第一村麻花板

我在寻找麻花板村的途中迷失了方向，我不知道，古旧的麻花板村已经改作了时尚的山水小区。走进山水小区，迎面是假山、喷泉，转过假山是一个宽大的广场，广场四周有各种活动器械和供人们休息的座椅。

老年活动中心位于广场的旁边，透过玻璃窗就能看到屋里热闹的景象。年轻人在乒乓球案子旁挥拍酣战，显示着青春与活力，老年人围着扑克牌桌子，也是玩得热火朝天。有的老人一会儿在乒乓球案子旁看一看打乒乓球的青年谁胜谁负，一会儿又在扑克牌桌子前瞧一瞧打扑克的老人谁赢谁输。胜的和负的年轻人一样都是汗流浃背，赢了的和输了的老年人一样都是和颜悦色。

2013年8月3日，茶叶之路第一村麻花板驼村遗址纪念碑揭幕仪式在呼和浩特举行。如今，茶叶之路第一村麻花板驼村遗址纪念碑还在，可麻花板村在哪里？驼夫又在哪里？

八十一岁的董兰锁静静地坐在老年活动室的椅子上，驼道上的惊险已淡出了他的记忆，他现在成了一个安静的老人，安然地享受着悠闲的晚年生活。

董兰锁十一岁时开始拉骆驼，年龄小人家不愿意领，凑凑合合领上了，再苦再累也得跟着走。苦累不怕，最怕的是碰上土匪。有一次，他和驼夫一起住店，半夜店里进了土匪，一脚把他踢到院外面，他连衣裳都没穿，冻得直打哆嗦。那时，就数后山的土匪多，每次走后山，他都特别害怕。

麻花板村土地贫瘠，种的庄稼打不了多少粮食，村里的好多人家都养了骆驼。一个村有六十多户养驼户，现在拉骆驼的驼夫大多已经去世。

冯红柱的爷爷养着十多峰骆驼，爷爷跟驼队走时，骑着一头灰毛驴，去的是乌兰花和百灵庙。后来，父亲拉骆驼去伊克昭盟（今鄂尔多斯）的碱湖，到那里驮碱。一百多峰骆驼，一个星期跑一趟。路上做饭用火铛子（一种平锅），烧羊粪、牛粪、骆驼粪。晚上住房子（账篷），一顶房子住十多个人。

茶叶之路第一村麻花板驼村遗址纪念碑

冯红柱十五岁开始拉骆驼到武川和乌兰花驮粮，临走时带点白焙子和炒酱，早晚吃酱泡焙子，中午才正经吃点儿饭。夏天放骆驼，冬天拉骆驼，他和骆驼打了三年交道。

崔荣全家虽然有二十亩田地，可沙地打不出多少粮食，一家人饱一顿饿一顿地熬着日月。为了改善一家人的生活，爷爷崔二虎只身闯荡到归化城，在庆凯街一带做起了小买卖。爷爷崔二虎虽然不识字，可忠厚诚实、待人热情，因此在归化城结交了不少朋友，其中就有养驼大户曹掌柜。

曹家靠养骆驼起家，短短几年就成了归化城数一数二的富户。爷爷崔二虎也看上了这一行当，他用做买卖赚到的钱开了草料铺，又买了三十峰骆驼，一下子成了归化城显眼的小老板。挣了钱后，他在东沙梁附近买了一处四合院，把全家人从麻花板搬到归化城。几年下来，崔家的骆驼就由三十峰发展到了七十多峰。

有了骆驼，爷爷崔二虎也像曹掌柜一样，拉骆驼驮上茶叶、布匹走起了驼道，开始走的是大库伦，后来又走新疆古城。那时驼道不太平，路上经常遇到土匪，爷爷崔二虎的驼队也没能幸免，走到新疆地界时，七十多峰骆驼被抢得一峰不剩，货物也被抢劫一空。

骆驼和货物被抢光不说，还得赔偿驼队领房子的和驼夫的工钱，爷爷崔二虎忍痛卖掉四合院和草料铺赔偿了领房子的和驼夫的工钱，然后一家人又搬回麻花板村。

遭遇这样的失败和打击，许多人都会选择过一种平淡安稳的生活，可爷爷崔二虎却不甘心被失败打倒，他又骑了头小毛驴出发了，这次他去的是甘肃和宁夏一带。几年后，等他再回麻花板村时，又牵回五峰骆驼。

崔荣的父亲高小毕业后，在后草地做买卖学会了蒙古语，到通事行当了翻译。他在全家搬到归化城后，于庆凯街小学上了学，后来一直没有中断过学业，直到大学毕业。学业有成的他开始当教师，后又到乡政府工作。

崔文章的父亲、二大爷、四叔和叔伯哥都拉过骆驼，二大爷就是崔荣的爷爷崔二虎。

二大爷、四叔和叔伯哥走新疆古城时，家里留下六峰骆驼。父亲崔祯拉着六峰骆驼到后山打换粮食，照料家人的生活。就在这一次次来回往复的行走中，父亲遭遇了土匪，和麻花板村其他六个拉骆驼的一起被土匪杀死。

父亲去世后，留下母亲和他们兄弟姐妹艰难度日。那时，大青山沿山一带经常有土匪出没。麻花板村因为离着大青山近，土匪不知多会儿就会闯到村子里，村民正在睡梦中，土匪就进了院子。母亲和他们兄弟姐妹每天都提心吊胆，有时半夜听到狗叫，母亲就带着他们跑到高粱地里去躲藏。

母亲再也忍受不了这担惊受怕的日子，带着他们到城里租房居住。母亲做得一手好针钱活儿，到了城里后，就给附近的有钱人家缝补衣裳，他和妹妹虽然年幼却也要出去捡煤核补贴家用。到了秋天，地里打下粮食，姥爷就给他们送过来一些。一天天地熬着日子，母亲因为劳累过度，也早早地离开了人世。

父母相继离世，他们兄弟姐妹一下子失去了庇护，九岁的他跟了大爷过活，三岁的妹妹则被四叔领回家里。一天天慢慢地长大，十五岁的他学徒当了瓦工。

张连成的二叔开始给本村的崔二虎拉骆驼，后来又给大驼户曹家拉了骆驼。

二叔拉着骆驼去新疆后，被困在新疆十二年回不了家。二叔去新疆的时候，已经结婚成家，还生有一个女儿。

二叔被困新疆回不来，爷爷就做主将他过继给了二叔和二婶。十二岁时，他原来的二叔，也就是现在的父亲才从新疆回来。他记着，父亲拉回来六峰骆驼，骆驼背上驮着些袋子，等袋子卸下打开来，里面装着的全是葡萄干和哈密瓜干。

父亲走后，三叔靠种地支撑着一家人的生活。父亲拉回骆驼后，就和三叔一起拉骆驼跑短盘路（指短途运输）。麻花板村沙地产的香瓜又香又脆，香瓜熟了后，父亲和三叔拉着骆驼驮上香瓜到四子王旗打换粮食。

惠丰轩

父亲和三叔打换粮食回来后，他就拉上骆驼到村东面的草滩上去放骆驼。每次放骆驼走时，他从凉房里偷偷抓上一把葡萄干和哈密瓜干。那时家里没啥稀罕吃的，他觉得再没有比葡萄干和哈密瓜干好吃的东西了。

父亲从新疆回来，经过几年的辛苦刨闹，家里有了六峰骆驼、两头牛、一辆车，六十多亩地，地里种着高粱、谷子、绿豆、香瓜。

他在本村的庙里上私塾时，每天和村里的孩子们围着庙里的炕桌念《百家姓》。上学也不太当件正经事，冬天不忙时上学，夏天忙时就去放牛、放骆驼。后来因为有病，他只上了两年学就回了家。长大后，他开始在农业社劳动，后来到城里当临时工，因为表现好转成了正式工人。

徐全保的爷爷和父亲手里有十多峰骆驼，到了他们弟兄手里时发展到了二十二峰。有了骆驼，父亲和他们弟兄就拉了骆驼跑运输。父亲和大哥走的是西路，和人朋房子搭伙去新疆、甘肃。黑夜走白天歇，跟着领房子的，即使黑夜也能找着水井。冬天时，粗帆布搭帐篷，用火铛子做饭。

六岁的时侯父亲去世，十二岁时他就跟上大人拉着骆驼，到百灵庙、四子王旗去驮粮。

那时路上不太平，经常碰着土匪。土匪拦住了抢钱、抢洋烟，看见穿了好衣裳，连衣裳也要抢，不给就打。

有一年，他跟着大人正月初八出门，到四子王旗驮粮。临走时拿着绳子、

小吃摊

口袋和路上吃的干粮。第一天走了五十里路，住到大青山沟里的卯独沁。刚吃了黑夜饭还没睡，店里来了两个土匪。一个土匪站在店外把枪捅进窗眼，一个土匪进店挨个搜查。店里有两盘炕，土匪搜了一盘炕又搜另一盘炕，住店的人带的钱都被搜走了。驮上粮返回住店，黑夜又进了土匪，没钱就脱衣裳。第二天上路，又遇到两个骑马的土匪，土匪看他们身上没钱，骑着马走开了。这一趟来回就碰了三回土匪，好在人没有受伤。

说起土匪，麻花板村的驼夫至今都心有余悸，可更让他们害怕的还是苟团。1941年冬天，苟子臣在卯独沁韩碾坊一带设卡，打劫从归绥到武川地带的往返行商和驮粮拉骆驼的驼夫。一天夜里，苟团打劫了十三人，十三人随身带的钱、粮以及骆驼都被抢走。这被打劫的十三人是，麻花板村的张有良、陈长才、陈照拴、于林和、李兰根、范白小、崔祯、李補根八人，回民大白头等五人。

土匪当场告诉被抢的驼夫，明天到梁后韩碾坊一带找骆驼，他们要粮不要骆驼。第二天，十三个人一起前去找骆驼，可直到下午也没有找到。这时正巧碰到一个背筐拾粪的人，他们便上前打探有没有看见一群骆驼。那人开始没有理会，后来只说了声“不知道”就走开了。驼夫于林和生气地说：“这地方的人真坏，问句话都不说，管保（索性）用石头砸死你啦，苟团就害人，有本事抢日本人的粮去。”

这时，拾粪人回头问：“你们找骆驼吧？我知道，我领你们去找。”这个人背着粪筐在前面带路，十三个人后面跟着往前走去。驼夫李補根看这人开始说不知道，后来又说要领他们去，心里有些疑惑，就一边走一边四下里看。往前走了一段，他远远地看见山头上站着一个扛枪的人，更感觉到不对劲，就开始琢磨着逃跑。他先是蹲下系鞋带，后又假装去撒尿。等慢慢地和众人拉开了距离，趁前面的人不注意，他撒开腿就跑远了。其他十二个人一直跟着拾粪人往前走，一直走到苟团的团部。到了苟团团部，十二个人都有些害怕，但想着自己是过来要骆驼的，也就慢慢地安下心来。苟团不打不骂也没查没问，还给他们吃了一顿好饭。可是谁能想到，当晚他们就被拉了出去，十二个人被砍的砍、杀的杀，还有的直接用石头砸死在沟里。原来拾粪人是苟团的探子，驼夫们不知道，稀里糊涂地丢了性命。麻花板村的人虽然知道亲人被害死在沟里，可谁家也没敢去收尸。这十二个驼夫里，被杀死的李兰根只有十八岁，张有良、范白小、陈长才都没留下后人，其他人死了后，也都家破人亡、妻离子散。

据《新城区·毫沁营镇志》记载：1575年建成库库和屯（归化城）时，麻花板一带还是水草肥美的牧场。

大约在明末清初，先有蒙古族牧民在这里扎包放牧，后有山西汉民移居，租种蒙古族牧民的土地，以“莫罕板申”为村名，后以蒙古语谐音，演变为现名。

麻花板村有东西两个营子，蒙古族原住民大部分在西营子，后期汉族移民多了，建起了东营子。麻花板村有好几座古庙，佛庙又名平安社，是蒙古族祖先集资修建的家族庙。龙王庙又名合议社，庙里供奉着雨神龙王。龙王庙亭台楼阁、走边挑檐、龙头兽脊，上面挂着风铃、宫灯，还有朱漆菱形的门窗。大殿两侧东禅房三间、西禅房两间，东厢房五间、西厢房五间。山门大殿内摆着汉白玉石碑，上面刻着建庙时捐款出粮村民的姓名，和具体捐款捐粮的数量，多的白银数两，少的高粱两斗。戏台在龙王庙正南，村民为了祈雨，每年要给龙王领牲，丰收后要给龙王唱戏。龙王庙北面还有一座观音庙，观音庙前有神堂后有殿宇。

离庙院南墙五米多的地方有三棵大榆树，东营子东北角，也有上百年的大榆村，直径两尺多、树冠十米。村民为大树修建了大照壁，照壁中有神龛，传说供的是大仙。

麻花板出了许多的名人，最著名的是革命烈士多松年。多松年烈士故居被列为内蒙古自治区重点文物保护单位，在城中村改造时，村里的古建筑都拆掉了，现在仅保留有着百余年历史的多松年烈士故居。

盛乐古城寻访驼道遗迹

从山下望去，长长一段石头垒成的墙壁呈现在面前，原来这就是当年驼道的路基。路基对面，一面平整的石壁上刻痕分明。刻字显示：“太原府祁县部北村董其易，因此路石头多，车马难以行走，雇石匠4人，平治修补。”落款是大清乾隆十二年砍记。这段砍记真实记录了当年古驼道的修补原因，以及修补古驼道人的姓名和籍贯。

刀砍石刻

这段古驼道位于和林格尔县境内，是万里茶道上重要的一段路程。古驼道一端连着董其易的老家山西太原，一端连着归化城、蒙古国和俄罗斯。站立于古驼道上，想象着董其易最初行走驼道的样子，或许只是一驼（马）一人一货驮。常年的来回往复，挣了些银子的他，想着用马车载货获利会更多。可当他拉着马车走到和林格尔这一段路上时，山路崎岖难行，马车一次次陷在山路上，难以前行。回到老家后，他就想到了修路。他雇了4名石匠来到驼道上，让石匠寻找平整的石头垫平了路基，又将拦路的石头一块块地搬掉，大块无法挪移的石头，就用斧子砍、用凿子凿。如今，虽然山里的野草几度荣枯，但是路旁石头上刀刻斧砍的痕迹依然清晰可辨。

董其易望着修好的、平整的道路，自豪感油然而生，他想着应该把这修路的事情记载下来，所以就有了这刀砍的石刻。

先人脚印

行到半路，一面平整的大石上宛如一个巨大的脚印呈现在眼前。前面的脚掌宽宽的，后面的脚跟窄窄的。同行的和林格尔博物馆馆长闫安说，这是他在寻找古驼道途中发现的“先人脚印”，意思是先人走过的足迹。坐在大石上，抬头四望，四周是翠绿如嶂的山峰，脚下是潺潺流动的溪水，使人仿佛置身于南方的山水奇峡中。

往前走就是戏台和庙宇的遗址，也是驼夫们歇脚的驿站。当年，这条驼道特别兴盛，逢年过节，戏台唱着戏，庙里点着香，周围的人们到寺庙烧过香拜过佛，就坐到戏台前热热闹闹地看戏。驼商们走在生死一线的驼道上，虽顾不上看戏，却要祈求神灵保佑驼队一路平安。

摩崖石刻

离开庙宇遗址继续前行，到达一处石壁前。一排石刻的宛如图画的字体呈现在面前。站在这谜一般的文字前，只能发思古之悠情，却无法解读文字的内涵。和林格尔县境内共有4处这样的古驼道遗址，都有碑文记录。

和林格尔县盛乐镇土城村北，有一座古城遗址。据史籍记载，从西汉初年设立定襄郡开始，历史上共有9个朝代先后17次分别在这里设置郡、州、县、府、镇和国等行政建制。

到东汉时期，仍然沿用西汉的旧城。在和林格尔县新店子乡小板申发现的东汉壁画墓，再现了当时人们的生活场景。墓主人生前是东汉派往北部边疆的护乌恒校尉。墓中共设6室，绘有彩色壁画共计46组57幅；有墨书榜题250多条，共计700多字。壁画内容有神仙、圣贤、忠臣、烈女以及出行、畜牧、马群、牛羊、宴饮、官府、庄园、粮仓、农耕、厨艺、酿造、天文、百戏、豪宅等。

经过东汉末年的战乱，呼和浩特地区多数城市荒废。公元2至3世纪，鲜卑拓跋部由内蒙古东部草原西迁至阴山以南。公元338年，拓跋鲜卑首领什翼建建立“代”，建都云中，今托克托县古城村古城。公元386年，拓跋珪在呼和浩特东南牛川召开大会，定年号为“登国”，定都盛乐，今和林格尔县土城子古城，不久又改称为“魏”，创建了我国历史上的北魏王朝。盛乐为盛大与欢乐两个词的组合，体现了拓跋鲜卑创建都城之后的欢乐。北魏盛乐时期，鲜卑人在此三建都城，名曰盛乐古都。

魏晋南北朝时期，因大批敕勒人被迁到阴山以南居住，故阴山南部的平原被称之为敕勒川。“敕勒川，阴山下，天似穹庐，笼盖四野。天苍苍，野茫茫，风吹草低见牛羊。”这首《敕勒歌》中描绘的草原风情就是阴山南部的敕勒川。

养驼大村厂汉板

路边是长而宽的绿化带，绿化带里放着黑的铁椅、白的石凳。一闪一动，在太阳下亮着翅膀飞舞的蜻蜓吸引了我的目光，蜻蜓提醒我，这不是我见惯的城市的草坪。

我似乎走在故乡的那一条乡间小路上，蒲公英黄的花朵、白的绒球散落在绿的草坪上。我还看到了几朵紫的、黄的，我儿时见过却叫不上名的小花，这一切都是那么的亲切和熟悉。可是，顺着亲切熟悉的乡间小路一路走下去，却没有看到亲切熟悉的乡村风景，我看到的是一排排高高耸立的楼房。

厂汉板村位于呼和浩特市北面，清初，有蒙古族在此放牧定居，建起房屋，土地土质呈白色，“厂汉板”意为“白房子”。

在路人的指引下，我拐到往北的一条土路上，土路的前面就是被称为白房子的厂汉板村，可是，我已看不到白房子，出现在我眼前的是厂汉板乾沁源小区。

一进小区便看到一座高高的假山，假山下面围起一个圆圆的水塘，水塘里几条小鱼悠闲地游来游去。

由西向东通向小区的道路颇不寂寞，两边排列着蔬菜水果、土产日杂、理发烫发的铺子。铺子前摆着桌子、椅子，人随时坐下来聊天、喝茶、下棋或是打牌，比起城市的紧张忙碌，小区的人们显得不慌不忙、从从容容。

往前再走一段，便到了小区的中心位置，路的左边是一个小花园，里面植着树、种着花、长着草。在秋风的吹拂下，草有些发黄，可花却是旺盛地开着，那是我儿时在家乡见到的箩卜花，一簇簇、一朵朵开得像火一般热烈。顺着公园蜿蜒的小径，便走到了前面古色古香的游廊，游廊的尽头是一个雕梁画栋的凉亭。

路的左边是一个平平展展的广场，广场的周围有超市、幼儿园，还有临时搭起的卖货的帐篷。广场四周摆着长条凳子，凳子上坐着悠闲晒暖的老人。在暖暖的太阳下，老人们一边三三两两地聊天，一边看着广场上玩耍的孩子。

大约二百五十年前，岳姓的祖先从山西省寿阳县来到厂汉板给牧民放羊。每年过年的时候，岳家兄弟四人和姓孙的表兄弟轮流回家。后来，牧民邀请他们举家搬迁过来，所以现在这个村子里，汉族大部分姓岳或姓孙。

来到广场，我将《归绥县驼业公会会员总册》递到一位老人手里，其他

19世纪20年代
归化城财神庙

归化城北门

老人马上围过来。他们相互传看着，传看之后一遍一遍地惊呼，从这个记录着厂汉板村二十九户驼户姓名和年龄的册子里，他们找到了自己父亲或爷爷的名字。

厂汉板村家家都养着三五峰骆驼，是仅次于麻花板的养驼大村。

对于有的人来说，回忆是甜蜜的，可对于驼道上行走的驼夫来说，回忆大多是心酸的，但是，就像聂宽老人一样，随着时过境迁，心酸的记忆已演变为一种淡然与超脱。

母亲强撑着身子从炕上坐起来，望着刚生下四十天的儿子。母亲的身上疼着，可更疼的却是母亲的心。母亲知道，病痛要带走自己的生命，可是，她怎

驼夫聂宽

么舍得丢下自己的儿子。她刚刚出生只有四十天的儿子，冷了谁给取暖？热了谁给扇凉？饿了谁给喂饭？她走了，儿子哭着时谁来抱他、哄他？可是，尽管有许多不舍，母亲还是被病痛带走了。

姑姑来了，姑姑从冰凉的母亲身旁抱起他，一路走着、走着，走到那一个叫红山口的地方。他和姑姑的孩子们一起，吃着姑姑种的山药、小米，却常常填不饱肚子。一天天长大的他慢慢知道了得病去世的母亲，和拉着骆驼走新疆的父亲。

十三岁时，从新疆回来的父亲将他接回家里，他看到了五峰毛绒绒的骆驼，也看到了拉着骆驼回来的父亲。

十三岁的他一边和父亲拉骆驼，一边听父亲讲述驼道的惊险历程。

那一年，父亲拉了骆驼驮着货去新疆，骆驼和货都被土匪抢去，父亲困在新疆三年回不了家，直到掌柜子往新疆寄钱买了骆驼，父亲和其他驼夫才又回到归化城。父亲从十九岁开始拉骆驼，一直到七十多岁走不动时才放下骆驼缰绳。

厂汉板村的村民入合作社时，聂宽还在外面拉骆驼跑运输。当时，山东从西北的草地买了几百万吨的羊粪，要装上火车运回去做田地的粪肥，十九岁的他拉着五峰骆驼去了西北草地，和其他驼夫一起用骆驼驮了羊粪，运送到火车站挣脚钱。后来，他用驮羊粪挣的钱又买了六峰骆驼，拥有了十一峰骆驼的资产。

羊粪运完后，他打听到山西代县骆驼价格高，就把十一峰骆驼拉到山西代县，一下子卖了四万多块钱。山西一峰骆驼四千块钱，达茂旗一峰骆驼三百块钱，他拿着卖骆驼得的四万多块钱，和另外两个拉骆驼的伙伴，又到达茂旗伙买了二十多峰骆驼，打算拉到山西出售，再赚上一把。没想到，他们走到杀虎口时，被关卡上的人拦下来，关卡上的人和他们要介绍信，他们拿不出介绍信，骆驼充了公，他和两个伙伴也被定为投机倒把分子关起来，整整关了一年多才放出来。

郭建国的父亲郭新年从二十多岁开始给曹家拉骆驼，去一趟新疆要走三个多月，往返一次得一年时间。拉骆驼去新疆前，父亲要给家里人准备一年的口粮。

那一年新疆叛乱，子弹在耳边嗖嗖地飞着，惊慌失措的驼夫们，拽着骑兵的马尾巴才冲出重围，跑得连鞋都不剩一只。

郭建国十二岁就拉着骆驼到武川、达茂旗、四子王旗换粮食。一担粮从后山驮到归化城，来回走四五天或五六天，走一趟挣两斗粮的脚钱。

说起拉骆驼，厂汉板村的村民们都显得特别激动，因为他们的先辈都是驼道上跋涉的驼夫。他们的爷爷或父亲有的去过俄罗斯，有的去过蒙古国，和俄罗斯人、蒙古人做买卖、谈生意，说的是俄语或蒙古语。

孙贵城的爷爷和二爷爷跟着驼队拉骆驼到了大库伦，后来，爷爷跟着驼队从大库伦回来，可二爷爷和另外两名驼夫却留在大库伦，至今都没有音信。

大库伦不缺肉、不缺面，能吃饱饭，在那个艰苦的年代，这或许就是他的二爷爷和另外的两名驼夫留在大库伦的原因。可是，他想知道的是当年留在大库伦的二爷爷是否成家，如果成家是否留下后人，如果留下后人，他们的后人又在哪里？他还想知道，在遥远的异国他乡，是否也有人像他一样，怀揣着这样的疑问，怀揣着这样的惦念。

府兴营驼队护送乌兰夫脱险

我寻找的府兴营村已于城市改造中消失了踪影，在路人的指引下，我找到了天府小区，这里住着的就是原来府兴营村的村民。小区北门两边是一排一溜的商业店铺和饭馆，从北门进去，就到了小区的中心地带，这里有幼儿园、社区居委会，路边有小卖部，也有露天卖衣服和现场烘烤糕点的摊子。

来府兴营村之前，我仅仅得知一个模糊的信息，那就是府兴营村是革命先辈乌兰夫生活和战斗过的地方，这里的村民用骆驼掩护乌兰夫逃过了敌人的追捕。我在小区里询问时，府兴营村的许多老人说，是驼夫侯小四掩护了革命先辈乌兰夫和奎壁。由于年代久远，我虽然访问到了侯家的后人，但是他们的记忆都有些模糊。

我从《新城区·毫沁营镇志》上查到了有关侯小四事迹的记载。侯德裕，小名侯小四，毫沁营乡府兴营村人，以拉骆驼为生，绰号“骆驼四子”。1937年10月，归绥沦陷，当时日伪军、土匪、特务的活动十分猖獗，沿路很不安全，不少拉骆驼的人被抢劫、杀害。对共产党员更是“宁可错杀一千，也不放过一个”。

当年，日军占领绥远省大片土地，盘踞大青山一带的日伪军，在各条通道上设立了很多哨卡，侦查封锁我地下工作者行动。

侯德裕多次护送我党地下工作者和大青山游击队的领导人。有一次，侯德裕冒着生命危险，用骆驼护送绥远地区的共产党员乌兰夫、杨植霖、贾力更、奎壁、李森等同志，将他们隐蔽在驼箱内，途经大青山蜈蚣坝哨卡，机智地应付了敌人的盘查，顺利通过关卡，安全地把几个人送至蒙古国。乌兰夫、杨植霖等人对侯德裕的英雄行为非常敬佩。

大青山游击队的领导人黄厚、李森、姚喆、吉雅泰等很多地下工作者经常在他家隐蔽，不少地下情报、军用品都是经过他护送的。侯德裕在抗击日本侵略者时期立下了汗马功劳，给后代人留下了不可磨灭的印象。

侯德裕，生前是内蒙古政协委员，他的革命功绩被永远铭记在人们心中。1964年11月，侯德裕因病去世，内蒙古自治区的主要领导人乌兰夫、奎壁、吉雅泰等同志亲自参加葬礼，并送了花圈表示哀悼。

旧城旧货行

大召前的玉泉井

据《呼和浩特市郊区志》记载，小井、保合少、攸攸板、榆林、罗家营、毫沁营、黄合少等七个乡的一百三十五个自然村被划定为革命根据地；小井、保合少、攸攸板等三个乡被划定为革命根据地乡，通称为革命老区。

当年，革命老区的人民群众冒着生命危险给八路军、游击队送枪支、贮弹药、做衣服；主动担任给需员、情报员、护理员；革命老区的有志男儿参加游击队、八路军，拿起枪杆子打击侵略者。日本侵略者把这些地方定为“匪区”，实行惨无人道的“三光”政策，先后纵烧六十七次，活埋抗日群众一百六十二人，杀死无辜群众一百八十七人。

当年，坝口子村的很多村民都是地下交通员。村里的孩子才十多岁就给八路军送咸菜和粮食。有一回，一个孩子上山给八路军送咸菜时，被日本人拦住，日本人和汉奸说这个孩子是八路军的交通员，一个放羊的老汉过来辩白了半天，日本人才放过这个孩子。

在府兴营村，像侯德裕一样以拉骆驼为生的村民还有很多。刘全贵的父亲、二大爷、三大爷都拉过骆驼，父亲刘福财给大盛魁拉骆驼，走过新疆，二大爷刘喜财家里有七峰骆驼，去过大库伦。二大爷拉了一辈子骆驼，走不动时才放下骆驼缰绳。他从1953年开始拉了骆驼，去四子王旗、旗下营，驮炭和粮食。

刘达锁家里养着四峰骆驼，他拉着骆驼去四子王旗、中旗驮粮挣脚钱。从二十多岁算起，他拉了十多年骆驼。

有一次，他拉骆驼走到后山碰到了土匪。那时正是冬天，他身上穿着一件白茬子皮袄，土匪看没啥抢的，就把他身上的白茬子皮袄脱下来。他对土匪说："你把我的皮袄拿走，我就得冻死。"土匪就把自己身上的黑山羊皮皮袄脱下来给了他。他便知道了，有的土匪是惯抢，有的只是因为没有吃穿才当了土匪。刘达锁也知道苟团，他还知道，他们村三个拉骆驼的都是被苟团杀死的。

府兴营村位于呼和浩特市北郊，在公主府公园的北侧。据《新城区·毫沁营镇志》记载，府兴营村始建于清代康熙年间，公元1706年公主府建成后形成村落，距今有三百多年的历史。

康熙年间，山西忻县（今忻州市）董、刘、朱、贾四户人家迁来，以伺候公主府和租种府上土地谋生，并在公主府附近建房定居，逐渐形成村落；有的说是建公主府的工匠留下来在此落户；还有的说是伺候公主的仆人在此定居。无论哪种说法，都与公主府有着密切关系。又因最早定居的是忻县人，故起名府忻营，后来各个姓氏不断迁来，期盼兴旺发达，又改名为府兴营。

府兴营村在乾隆年间建有龙王庙、观音庙两座古庙，古庙建造精美，是近郊少有的庙宇，也是过去农民祈雨的地方。现在，府兴营村境内建有全国最大的赛马场。

五路村的养驼大户

骆驼起驼时，头峰骆驼到了归化城的将军衙署，后面的骆驼还在院子里卧着，这是五路村的人们对当年石占魁家里骆驼起驼时壮观场面的描述。可谁又知道，这个名震五路村和归化城的养驼大户背后的艰辛与遭逢的凶险。

土默川散居着的种田经商的，追溯他们的祖先，绝大多数都是走西口过来的。

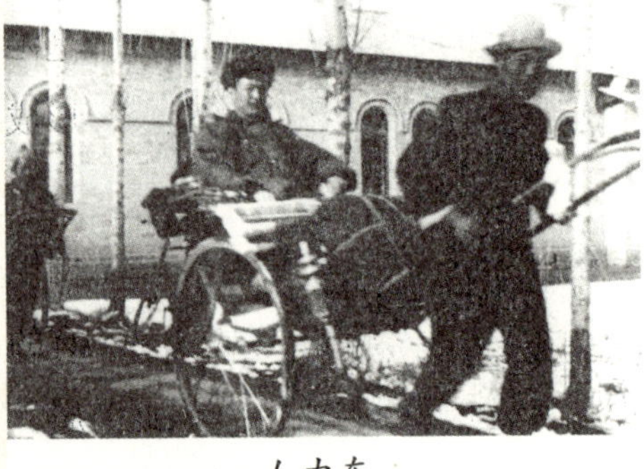

人力车

鼓楼门洞

新城一角

娶亲洋马车

当年村里商户的老院子

光绪三年（1877年），石占魁和母亲从边墙以里的右玉来到口外。一路饿着、乏着、困着，也担心着、害怕着。饥饿的折磨，疾病的侵袭，土匪的抢夺，西口路上死了多少人没有统计，只有累累的白骨述说着这一段悲壮的历史。母子俩讨吃要饭走到五路村扎占下来，相依相伴熬着日月。他们从饥饿、病痛、土匪的魔爪下逃了出来，却没有想到，一头狡猾的狼正在前面等着他们。光绪十八年（1892年），母亲到村外拾荒被狼吃掉，失去母亲庇护、孤苦无依的石占魁跑到归化城，敲开西顺城街义昌瑞的大门。掌柜的看他人高马大，有把子力气，就留他拉了骆驼。

赶车、下夜、拉骆驼，世上三般没奈何。有点办法谁也不愿意拉骆驼，石占魁孤身一人没着没落，只能给人拉骆驼混口饭吃。

石占魁逃荒来到口外，从小忍饥挨饿、吃苦受累，到哪儿都得手脚勤快。

进了驼队，他也手脚不闲着，有啥活儿都做得利利索索，慢慢地当上了驼队的把儿头。有了捎驼（驼夫驮运自己货物的骆驼）后，他发展起了六十多峰骆驼的小驼队，再后来就有了五百多峰骆驼的大驼队。民国十七年，驼道上不太平，他放下驼绳回到五路村，在村子东北面给儿子们盖了几处院子，后来这里就成了以他为首的驼户聚集点。

石占魁的孙子石俊已经八十一岁了，哮喘病折磨得他说几句话就得停下来喘口气。

石俊出生时，爷爷石占魁正好七十一岁，就给他起了七十一的小名。他记着，当年骆驼从外面回来后，院子里卧得满满的都是骆驼。

十二岁的他，有一天正在井台上玩耍，骡子要到井台上喝水，爷爷怕骡子踢了他，就拉了一下骡子，结果骡子踢了爷爷一蹄子，自此爷爷落下了病，不久后就离开了人世。

五路村另一个养驼大户王占祥，原籍山西阳曲，祖父是在大黑河四间房、沟子板有好几处牛犋的大财主。原本，他在祖父的庇护下可以衣食无忧地长大，可父亲却将祖父留下的家产败得片瓦不留，七岁便失去栖身之所的他跑到五路村投奔到姑母的家里。

王占祥在姑母家里一天天长大，长大后的他一边给表兄赶车，一边琢磨着自己的出路。他终于实行了一个大胆的计划，那就是冒表兄的名义到表兄在归化城开的银炉支出够买两峰骆驼的本钱，拿着钱上驼桥买回两峰骆驼，驮上买的货随一家商号走了科布多。

寄人篱下的生活让王占祥饱受屈辱的同时，也锻炼了他的生活能力。在去科布多的路上，为了多挣几个钱，他一路给驼队当锅头（厨师）。每到站点，他卸了货驮子就赶紧挖灶架锅、烧火做饭。驼队到了科布多，他顾不得歇口气，就深入到合少（旗），到蒙古包去和牧民换东西，他眼里见着活儿就干，手脚勤快的他很快赢得了牧民的好感，换东西也又好又快。他曾把西瓜放在油篓里，走过漫漫的戈壁，送给牧民朋友。他用真心交到了许多牧民朋友，这些

矫健的骆驼

牧民朋友也在生意上帮了他不少忙。

几年下来，寄人篱下的王占祥成了受人崇敬的王四老财。到了万成羊店，段得功掌柜看他的辫子成了毡片，就拿起梳子亲手给他梳辫子。可吃惯了苦、受惯了穷的王占祥，成了地主老财依然不像个掌柜的样子。

有钱了、出名了，土匪便瞄上了这个腰里有着硬货的王四老财，都想方设法请他的财神（绑票）。可看着面前走过穿得连叫化子都不如的王占祥，他们硬是不相信这就是声名远扬的王四老财。

可世事难料，王占祥最终还是遭了土匪的算计。民国初年，地方上不太平，他把积攒的细软装上马车打算运到城里去，不知土匪怎么打探着了消息，把他半辈子的积蓄抢劫一空。万幸的是，他在五路村买下四顷水地，给儿子们娶了媳妇，还盖下几处房院。民国十七年，驼路不通，他就回到五路村耕田种地。他对五路村的人说："不是土匪刁，我表兄弟靠祖产能开银匠炉，我凭两条腿定开个捣金铺。"

在五路村，我见着了王占祥的重孙王利平。王利平住的是一个典型的农家小院，铁丝网编成的圆圆的粮囤装着金灿灿的玉米，粮囤旁边西房的房檐下，挂着一嘟噜一嘟噜也是金黄色的玉米棒子。玉米棒子上面打着结的薄薄的玉米叶子，像是农家闺女俏皮的毛刷辫子，被一双巧手精心编织过。除了院子中间留着的行走的道路，院子里到处都是金黄闪亮的玉米。

王利平的家里坐着一大家子人，本村的叔伯弟兄，从集宁赶过来的本家兄弟，他们都对自己祖辈的故事充满了好奇，可是，这段神奇的家族史却因没有记载，而在时间的长河中慢慢地消逝了。

王利平见过祖爷爷，还见过祖爷爷拉骆驼时穿戴过的皮袄、皮裤和毡嘎蹬。只是，祖爷爷去世不久，这些东西就被随手丢弃了。

王利平的农家小院

驼夫王占祥的老房子

王利平住的房子旁边有一个烂大院，烂大院里的房子就是祖爷爷王占祥手里建成的。现在，房子虽然已经破旧不堪，但从宽展的院子还能够看出房子当年的气势和房主人的气魄。木头的窗扇，窗扇上是雕刻成各式花样的漂亮木格。门前一条长长的齐齐整整的沿台石，会让人产生疑问，这么长而齐整得尽乎完美的沿台石如何才能得到，又如何能完整无缺地搬运到院子里？

五路村是一个有着许多传奇故事的地方，梁怀亮就是一个传奇式的人物。在艰难的岁月里，流离失所的人们一担箩筐就能挑起全部家当，对于梁怀亮的父亲梁喜珠来说，全部家当就是他的一双儿女。他一条扁担挑起一对箩筐，一只箩筐里挑着儿子，一只箩筐里挑着女儿。

到了五路村后，梁怀亮的父亲租了几亩田地种起香瓜来。在以种田为本的农村，种瓜不能不说是一个创新，从这点也可看出，梁怀亮的父亲不是一个守旧的人。可种瓜并没有让梁家富裕起来。种瓜发家无望的父亲，转而把希望寄托在儿子身上。

梁怀亮七岁时，父亲把他送到书房去学习写字、记人工账。学会写字和记人工账的梁怀亮，十五岁时被父亲送到设在库伦的支庄当学徒。库伦对于梁怀亮来说，是一个全新的环境，这里汇聚着各个阶层的人物，复杂的社会环境让他很快地成熟，到二十岁时，他能说一口流利的蒙古语，二十四岁时，就到洋行当了翻译。慢慢地，蒙古的大小山川、风俗人情都了然于胸，他成了一个不折不扣的蒙古通。

民国十七年（1928年），蒙古封锁，归化城的洋行纷纷撤庄，梁怀亮没有随商号回归化城。归化城的洋行撤庄后，北沙梁突然出现了英商和洋记行，洋行邀请他担任四十八顶房子的把儿头（一个合少一顶，共四十八顶）到蒙古做生意。以前都是骑马领房子，在驼夫眼里，骑着高头大马的领房人已经足以让他们羡慕不已，可梁怀亮把儿头却是坐着汽车领房子，这应该是领房人历史上从来没有过的，这也是梁怀亮的故事被五路人和归化城人津津乐道的缘由。

可以想象梁把儿头当年领房时的威风，坐着汽车奔驰在蒙古草原上，每到一个合少，都被崇敬的目光仰望着、羡慕着。领着四十八顶房子的梁把儿头手里有大把的钞票，成了许多人眼里的一个传奇人物。但世事难料，英商也都撤了庄。英商撤庄后，梁怀亮坐着飞机回到了归化城。

那时，飞机对于许多人来说，还是一个神来之物，在五路村人们的印象中，更是没有飞机这样一个概念。五路村人通过梁怀亮，对那些个拗口的、新鲜的词汇慢慢熟悉起来，他们知道了蒙古国、飞机、英商、翻译，也知道了五路村外有着一个更为广阔的世界。

五路村的人们只知道梁怀亮挣了许多钱，挣了许多钱的梁怀亮因为后继乏人，没有像其他挣了钱的村里人一样，把挣来的钱变成土地和房子，他的钱一直好好地放着。没有想到的是，世道说变就变了。民国十五年以后，归化城票子混乱，国民党北票、晋票贬值。

他当年掏了大价钱买的活约地，后来一亩地让人用一篮子鸡蛋换走了，几篮子鸡蛋换走了梁怀亮的所有活约地。一夜之间，梁怀亮跨洋过海挣来的钱都变成了废纸，转眼间，他成了一个两手空空的穷人。梁怀亮小名叫双马子，五路村人都说，威风一时的双马子落了个来去空空。

温良礼让耕读传家

五路村位于呼和浩特东郊白塔（辽万部华严经塔）南一公里处，村南是黑

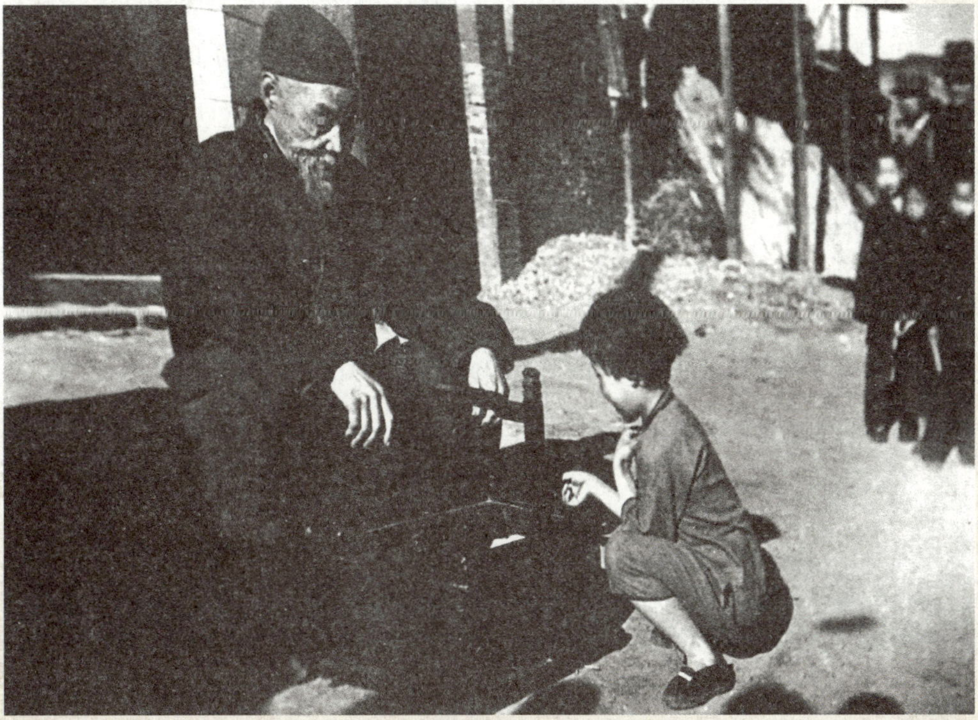

卖小吃的老人

河上游。雍正前，五路以北的白塔、保合少，东北的陶卜齐、黑河南北的牧民都来五路村交换货物。乾隆二年（1737年）以后，随着土默川土地两次放垦，五路村发展成为粮食交易市场。之后，五路村的商业迅速发展起来，除元广字号的张家在归化城有字号外，还有武家的银炉、陈家的信成号绸缎铺、杨家的天顺琏货店等，五路村俨然成了塞外的小归化城。

时光穿越到康熙年间，从山西通往内蒙古的路上走来一个人，他一路忍着饿、忍着渴，躲过土匪的刀棍，躲过疾病的侵袭，走得身乏体虚，走得命悬一线，走到一个村子前，他停了下来。望着面前的这一个村子，仿佛上天的指引，这个从山西走来的李某把自己的命运交到面前这个叫做五路的村子。他在五路村留下来，租种牧民的田地，把汗水挥洒到这片富足的土地上，让自己的子孙在五路村这块土地上繁衍生息。

从山西阳曲县姑姑寨出发，走过漫漫西口路的张某和崔某也来到五路村。他们没有像李某一样倾心于庄稼地，一来就把身子扑到热乎乎的土地上，而是在五路村开起了通事行。这里的通事行与草原上其他地方一样，先是开设烧酒作坊兼营茶布烟糖等杂货，并冠以字号元亨永。

在人们疑惑目光的注视下，张某和崔某在五路村圈起圐圙，用茶布烟糖与牧民换了牲畜圈在圐圙里喂养。瘦的牛、疲的马、弱的羊，在圐圙里一天天地长肥、一天天地长大、一天天地长壮，他们把这长肥、长壮、长大的牛、马、羊赶出圐圙，一直赶到口里卖掉，曾经圈在圐圙里的瘦的牛、疲的马、弱的羊经过喂养为他们赚回大把的银子。

他们认准五路村是一个好地方，北边是古旧的白塔，村里是香火旺盛的佛庙，佛庙元代时已有，清代海蚌公主还曾为佛庙布施过一顷土地。有了白塔和佛庙，四村五地的人们烧香拜佛，来来往往，这个买一个块砖茶，那个称一斤糖块，再拉几尺洋布。他们用换回的银子买了牛、羊、马圈到圐圙里，牛、马、羊渴了就到南边的大黑河里喝清冽冽的河水。五路村让他们占尽了天时、地利、人和，他们的买卖一天天地兴旺起来。

乾隆年间，从归化城经把栅、添密儿、美岱儿、石人湾、牛家川至德胜口开通了一条通往内地的京大路。这条京大路开通后，客商就不再从杀虎口运转货物，而是改为经德胜口出入。特别是到了同治、光绪年间，托县河口形成水运码头后，西北的皮毛、药材、盐碱大多都由黄河水运到河口，然后才用趟子车转京大路运走。

火车进入阳高、丰镇后，京大路上马车每天都是络绎不绝。为了招徕客商，五路人和临近的添密儿人展开了竞争。五路村一下子开起十几座大旅店，有的旅店专门聘请高级厨师伺候凉州土客（贩大烟的）和西边的王公贵族，村里还拴起七十多辆马车到河口跑运输。面铺街上烧卖馆就有四五家，烟馆、杂货、小吃小喝店开了一条街，铁匠炉、木匠铺每天叮叮当当，耍猴、卖艺、拉洋片的经常来来往往。到了酬神唱戏的日子，推车叫卖声不绝于耳，响彻村内村外。逢年过节，五十多对用大红字写着堂名的大纱灯挂在各家大门两边。

村里路边随处可见的磨盘

刻字的石条

五路村一件值得记录的大事是三和渠的修建成功，三和渠修成之后，五路村的水浇地从三千多亩增加到六千多亩。

三和渠修成以后，村里的龙王庙也兴盛起来。砖瓦戏台、东西禅房，木头旗杆换成了铁旗杆，还用了个老道看庙。除农历二月十九唱按牲口摊钱的骡马戏，还有三月初三唱按人口摊钱的人口戏，七月初一和秋收完毕唱按地亩摊钱的死日子戏与不定期的踩茬戏，遇到天旱祈雨还唱谢雨戏，此外，领牲的次数也比以前多了好多，六月六、七月十五、八月十五都要宰肥羊。在唱戏的时候，正殿、东西禅房、山门、戏台和旗杆上都挂起红“哈达”（俄国产的毛呢）做底、黑大绒做字的扯檐和四方旗，戏台上挑着三对玻璃宫灯，西禅房门口的两边挂出“社房重地”“闲人免进”的虎头牌。会首们庙上起灶，请的戏班，同治以后全是归化城的吉升班和长胜班，演员是千二红和八百黑等名角。

龙王庙前的旗杆

村里有钱有势的地主都当了会首，龙王社也成了五路村的政治中心。

龙王庙在佛庙的东面，两个庙的院里都有大树。2015年秋天，当我到达五路村时，大树、佛庙和龙王庙早已不复存在，我看到的是并排而立的两根铁柱，这两根铁柱就是旗杆，旗杆约有八米高，中间有一个斗子，两个斗子上均有八卦图。旗杆下面也有斗子，左边旗杆的斗子上刻着“器重千秋”，右边旗杆斗子上刻着“芳流百代”。

旗杆的后面就是龙王庙，旗杆的前面原来立着两块石碑，现在这石碑已成了附近一户人家的门礅石。一块石碑上写着“瓜果月圆”，另一个石碑上写着“咸丰二年”。

担任五路村三和渠经理的张守良就是元亨永张家的后人。元亨永历经改组，光绪年间传到张子仪、张子俨兄弟俩手里时，在五路有十七顷水浇地，归

农村闹红火

当年的面铺街就在这条街上

化城有两处买卖，太平庄下三村合资的三和渠，张家掌有世袭笔写契（后改为经理）的印把子。子仪、子俨弟兄分家后，张子俨带着分到的钱回了老家。

张子仪把分到的一半家业，其中包括以活约出典土地的钱都扩大为资本一心一意在归化城经商。他在自己的小二道巷院中，躺在大烟灯前听取上街的买卖人汇报市场行情决定买进、抛出，由于只挣不赔，胆量越来越大，后来参加到粮食虎盘投机的商战中，光绪末年被粮食老虎吃掉。商场失败后，他回到五路村，用一头拐腿骡子和一匹瞎眼马耕种着五十多亩水地。

张子仪有两个儿子，长子叫张联芬，次子叫张联芳。长子张联芬在归化城的一家当铺学徒，次子随父回乡耕种土地。在张子仪失败还乡后的几年中，长子已当上顶生意掌柜，次子也长大成人。长子把一年年挣的钱交给村里的弟弟，弟弟用这些钱慢慢赎回父亲租出去的活约土地，然后接班执领家务，亲手把犁领着长短工耕种土地。

张联芳生有五个儿子，他深怕子侄沾染一些坏毛病。他自己念过四书，就从四书上找出一套耕读传家的治家方法，并以温良恭俭让和自立、自强给儿子、侄子们起了名字，还让儿子和侄子们从小就学着干活儿。大冬天，他让五六岁的孩子提着灯笼给出圈的长工照亮，十一二岁的孩子们都要到厨房里学推莜面窝窝、蒸馒头，再大些时，就让到地里学习犁、耧、耙、割、打、收，到了上学的年龄，都让到学堂里上学，只是资质好的才让一步深造，资质稍差些的，学会记人工账就让回家种地。这一套耕读传家的治家方法，除了使张家又成为五路村的首富外，也得到许多地主和乡绅的推崇。张家的子孙们成了少财东，虽然可以吃好穿好，却不能放下劳动。冬天喝了黄酒、吃了饺子，少财东们也得冒着风雪到奎树沟去拉石头。

民国年间毕业于某大学的张守俭，虽然当了国大代表，回了家还是和长工一起翻粪做活儿。还有一个故事，有一天，张子仪的孙子张自强戴着礼帽，穿

看洋片

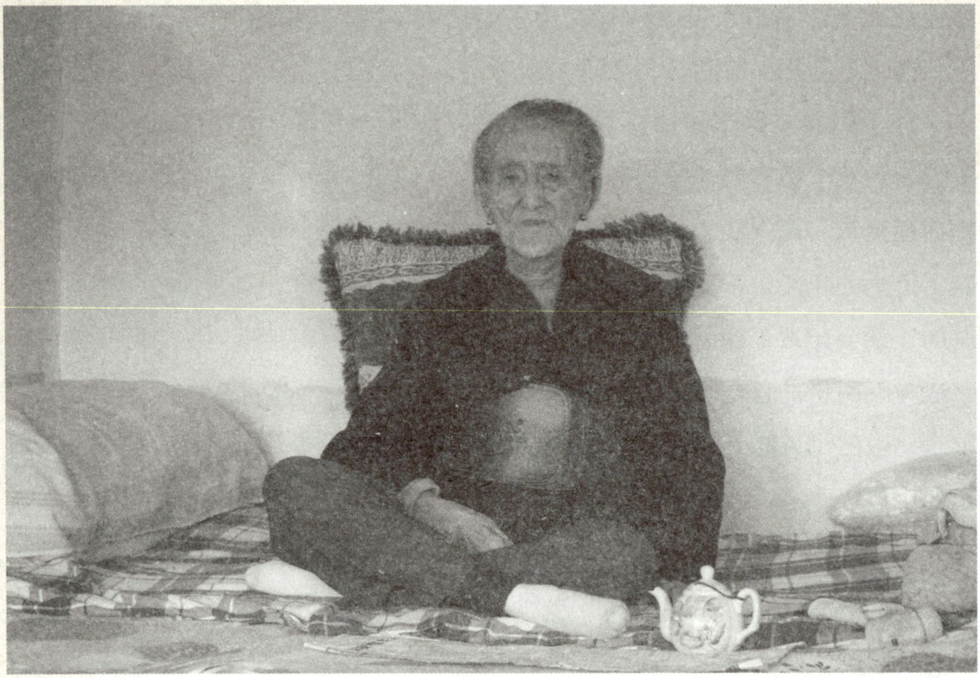

赵杏花老人

着大褂，骑自行车回家时，路上碰见一辆大车陷在泥坑里，车倌怎么打鞭子，驾车的马都不动弹。张自强下了自行车，从车倌手里拿过鞭子，手握缰绳，一甩鞭子，马一跃而起，把车拉出泥坑。

车倌站在那里一直看着穿大褂、戴礼帽的年轻人骑着自行车走远，也没有琢磨过味儿来。土改后，张家的人和所有村民一样到地里劳动，这些老少财主都是农活儿的好把式。张自立码的麦垛无论怎么下雨也漏不进水，其他弟兄也都不落后，所以在张家跌倒爬起的时候，人们评论广德厚（元亨永的堂名）时，称张家为兵败阵不倒的广德厚。

2015年，我见到了张子仪的第五代后人——六十五岁的张继宝和他九十二岁的母亲赵杏花。

赵杏花二十岁嫁到张家时，上面有一个老奶奶和公公、婆婆。公公张守良共有五个儿子，她是三儿媳妇。虽然一大家子一起生活，可弟兄妯娌相处得特别和睦。她每天早晚到公婆屋里打扫家，打洗脸水、洗脚水，妯娌们洗衣、做饭也从没有怨言。公公张守良是三河渠的经理，和人说话特别和气。张守俭和公公张守良一样，虽然当了国大代表，也从不摆架子。每次坐着轿子回村时，一到村口就下了轿子，然后走着回家。

张掖姑娘嫁给归化城驼夫

西龙王庙村也有驼夫，可西龙庙村在哪里，驼夫又在哪里？随着城市建设步伐的加快，近郊的许多农村都列入改造计划，有的正在改造，有的已经全盘改造，和城市连成一体，成为城市的一部分。西龙王庙村还在改造，还没有全盘城市化，公共汽车站还保留着西龙王庙这一个站名。这最后的坚守让我多少有些感动，我想，若干年后，还会有更多的人感动于今天这执着的坚守！

2015年秋天，在西龙王庙站下了车，我看到的是高楼林立、车水马龙，只是像所有的城乡接合部一样，不那么干净、不那么整洁，像是刚刚搬迁的人家，许多东西还没有来得及归整。可是用不了多久，这里就会成为板板正正的城市的一部分。

一路打听，原来西龙王庙村已改作西龙王庙住宅小区。我立在那一个半圆的铁艺拱形大门前，左右探看着，竟然看到左侧路边一家饭馆的玻璃窗上贴着“驼肉馅饼”四个鲜红的大字。这大概是唯一能让人想起西龙王庙村养过骆驼的标识了，除此之外，谁还会想到这个村子和骆驼有什么关系？

按照电话的指引，我敲开一户居民家的楼门，一位中年妇女迎出来，进门便看到一位银发红衫的老人端坐在沙发上，老人便是去世驼夫的老伴顾秀英。

八十五岁的顾秀英和女儿住在楼房里，已退休的女儿照料着老人的生活。老人嗓音洪亮，笑称女儿是一个好保姆。她的女儿也爽朗地笑着，配合着老人的幽默与风趣。

也许老人知道了我的采访意图后，早把伤心的往事回忆了一遍，不待我询问，眼里便闪出了泪光。

“唉，一提起以前，就由不住伤心。”可是，老人没有一股劲儿伤心下去，而是很快进入了话题。

她的老家是甘肃张掖，家里穷，没吃的，父母有病，没办法就把她卖给老财的儿子做了童养媳。十三岁的她到了老财家里，喂猪、喂羊、喂鸡，白天喂完牲口，晚上又接着推碾子磨面。即使干起活儿来没一刻消闲，在老财眼里她也还是吃闲饭的。不一定哪时瞅着不顺眼了，就是兜头罩脸一顿鞭子，打得伤

村里无人居住的老房子

归化城北大街

了、疼了，还得爬起来再干，要不又是一顿好打。

打得次数多了，实在受不了，就想到了逃跑，可往哪里跑？往家里跑，父母有病，遮护不了她，老实的父亲也许会认为自己理亏，说不定还会把她押了送回到老财家里。家不能回，可又能去哪儿呢？她想到开旅店的舅舅。连夜跑到舅舅的旅店，求舅舅救命，舅舅看了她身上的伤，虽痛心却也无法可想。父母把她卖给别人当了童养媳，舅舅留她在家里也不成个道理。要是老财打上门来，舅舅也抵挡不住。

舅舅的旅店里住着从归化城来的驼夫，舅舅没办法打起驼夫的主意。驼队有一个没成家的驼夫，舅舅想作主把她许给这个驼夫。舅舅问她的主意，如她不同意，舅舅也遮护不了她，她只能再回到老财家去当童养媳。她想着，要是回老财家里，她就是一个死。她似乎只有嫁给归化城驼夫这一条活路，便含泪答应下来。第二天，驼夫上街量了一担麦子留下，她便跟着驼队上了路。

临出门前，看着送别的舅舅，她想起自己的父母。尽管父母把她卖给别人当了童养媳，她挨打受骂，干着牛马活儿，连一只小猫小狗都不如，可是，父母也是没有办法，临离开家时，她惦记的还是父母。她不知道到了千里之外的归化城，以后还能不能再见着父母。

“一九二九隔门叫狗，三九四九冻破碌碡。”北方冬天的三九天，冻得石头都疼。她穿着皮袄、皮裤、毡靴子，头上戴着皮帽子，高高骑在骆驼上，跟着驼夫上了路。

骆驼一步步地走着、走着，没完没了一个劲儿地走。她没出过远门，开始骑在骆驼上，只顾四下里看着、看着，村子远了，树林远了，到处是漫漫的沙子、沙子，沙子上铺着白的雪。她的眼睛看倦了、看厌了。她想着骆驼也走烦了、走厌了，人也走烦了、走厌了，耳边只有驼铃咚铃咚铃的声音。

终于到了站点，驼队歇下来，把地上的雪拨拉拨拉，帐篷就搭了起来。拾柴禾的拿了口袋拾回了干柴、马粪、牛粪、骆驼粪，打水的拿了水桶打回水，锅头已埋好灶，架好锅，熬茶、做饭，十多个人围在帐篷里热热乎乎地吃着饭，脖子上带着防狼夹子的狗也和人一样，人吃啥狗吃啥。

身下铺条羊毛毡子就睡下了，下夜的人和狗不睡觉，防着火，防着狼、土匪、盗贼的偷袭。

第二天、第三天、第四天，走、走，还是走，还是漫漫的沙子，她的眼睛看倦了、看厌了。她想着骆驼也走烦了、走厌了，人也走烦了、走厌了，耳边只有驼铃咚铃咚铃的声音，忽地传来一声低沉的吼喊：

“拉骆驼呀苦难言，春夏那个秋冬没消闲。

日头晒呀沙子烤，一天一天那个真难熬。

吃苦受罪呀都好说，就怕那个天阴下大雪。

风搅雪呀疯狂吼，浑身发颤腿发抖。

大雪呀封山一片白，拉骆驼的哥儿们苦难挨。

走一步呀挪一步，悠悠晃晃走不到头。

归化城城墙遗址

走弯了腿呀累弯了腰，家里头缺吃又缺烧。

风里来呀雨里去，走不完的路来受不完的罪。

瞭一瞭呀走一走，望不尽的程头走不完的路。”

这是拉骆驼的驼夫自己编自己唱的歌，拉骆驼的累了乏了唱，难受了想家了唱，唱一唱、吼一吼就不累不乏不那么难受了。

“风里来呀雨里去，走不完的路来受不完的罪。”听着这歌，她知道了，驼夫也是和她一样的受苦人。

她跟着驼夫在驼道上走了四十五天，路上过了一个大年，来到归化城西龙王庙村，嫁给了驼夫史继明。

婆婆家虽然人口多，却是七零八落的，三小叔子被抓了壮丁，二小叔子出去打工，其实是在外面流浪。丈夫给四大爷拉骆驼，她嫁过来后就给四大爷家做饭。

她记着，当时，四大爷家有二十多峰骆驼，有五个大院子，有的院子养骆驼，有的院子出租，租出去的房子开着皮庄，做皮袄和皮裤。四大爷有三个儿子和一个女儿，大儿子经营骆驼，二儿子经营田地，三儿子上大学，女儿嫁给南方的一个茶商。

她成了驼夫的媳妇，丈夫出去拉骆驼，她守在家里生儿育女，慢慢地也有了一大家子人家。她安安稳稳地过着日子，虽然清苦，可是她有了自己的家。

据《归绥县驼业公会会员总册》统计，当年，西龙王庙村登记在册的驼夫有二十人，有姓王的、姓董的、姓刘的，却没有姓史的，想来当时没有登记的驼夫也有很多。

西龙王庙村八十四岁的驼夫董有有也住进了楼房，楼房的客厅里摆着沙发、茶几，靠墙放着两节紫红色的躺柜，墙上挂着老式相框，相框里镶着全家人的照片。

董有有家里养着两峰骆驼，十三岁时，他就拉着骆驼和人朋伙去武川、达茂旗、四子王旗盘粮。村里养骆驼最多是史家，有四十多峰骆驼。

西龙王庙村七十岁以上的老人都对骆驼留有印象，有的说父亲拉过骆驼，有的说爷爷拉过骆驼。

名震归化城的董家花园

荒荒凉凉的西口路上走来几个人，一人挑着担子，担子两头吊着箩筐，一边箩筐里坐着一个五六岁的男娃，一边箩筐里放着的是一家人的全部家当。哥俩轮流挑着担子，担子后面还跟着一个稍大的男娃，挑担的、空身子走路的，和坐在箩筐里的是弟兄四人，轮流挑担子的是大哥、二哥，跟着担子走的是老三，坐在箩筐里的是老四。

清朝乾隆末年，董家弟兄从山西忻州故郡村一路走到归化城的西龙王庙村，投奔了这里姓许的亲戚。许姓亲戚早他们一步来到西龙王庙村，给祁县过来的史家管理牛椇。董家弟兄到西龙王庙村后，都手脚不停地刨闹生活。老二给史家当了长工，老大领着弟弟开荒种地。弟兄们夏天在田地里种瓜菜，冬天就到山上砍柴，种的瓜菜和砍的柴都背到城里去卖。弟兄不管年龄大小都是不歇气地做活，慢慢地手里有了些积蓄。等存了二百八十两银子时，弟兄们商量后按每亩不到一两银子的地价，一下子买下三百亩田地。

自家有了田地，董家兄弟便在西龙王庙村扎下根来。到了成亲的年龄，说媒的找上门来，挨个娶亲成家，只有老大董国玺因为年龄偏大耽搁下来。

日据明信片上的归化城内碑楼

她坐在靠窗的炕上，手托腮隔窗望着院里的一棵树。这一棵细弱的嫩苗现已长得枝叶繁盛，高过了她住着的房子。身后一声呼唤，将她的目光揪回到屋里来。屋里炕上躺着的男人，像是快要熄灭的灯盏，那灯的光亮颤颤巍巍的，不知哪一时就会黑掉这一点微弱的光亮。她不知道，这一点光亮灭了，她将如何在这黑暗里生活。

窗台上几盆红红绿绿的花还是艳艳地开着，只有望着这蓬勃的花时，她的眼里、心里才有了些着落。

炕上躺着的男人是她的丈夫，这个正在衰弱下去的男人曾经是归化城公主府内一位显赫的王爷。当年，她像这花盆里一株嫩嫩的花一样，被移植到这个镶金镀银的屋子里。

王爷头上的那一盏灯慢慢地灭掉了，屋里闯入许多她认识和不认识的男女，男人、女人们把屋里的箱子、柜子贴上封条锁上锁子，她只带着窗台上的几盆花，离开了这个镶金镀银的屋子。

经过这一番起伏，她厌倦了贵族生活的繁华虚伪，开始向往平民生活的朴素与踏实，西龙王庙村独身的董国玺就成了她的最佳选择。

董家人不会想到，这个带着几盆花嫁过来的女人给董家带来的是什么。女人嫁过来后，花盆摆在董家的窗台上，花盆里的花还是艳艳地开着。过了一段时间，女人把花栽到别的花盆里，然后将花盆里的土倒出去，董国玺看呆了，随花盆里的土一起倒出的是黄灿灿的金条和发着光的珠宝。

女人把金条和珠宝交到董国玺手里，董国玺把这些金条和珠宝换成了大片大片的土地，使得归化城西、大青山下，东到元山子，西到乌素图的土地都成了董家的财产。担着箩筐走西口过来的董家人，有了大片土地后还在归化城开起了店铺和饭馆。董家在归化城有了名气，董家人也成了地方乡绅、富商家里的座上客，并和公主府的蒙古族贵族攀上了亲戚。

董家从走西口过来的小户人家成了家大业大的财东，子女们长大成人后，结亲的人家也都是门当户对的富户。董国英的儿子董义娶的是城东脑包村李姓大户人家的女儿，后来董义的儿孙又和城南舍必崖村的席家、美岱村的侯家、城北乌素图“旗杆院”的李家结亲。这些人家都出过举人、拔贡和秀才，在《归绥县志》上也是有名的人家。

董义的岳父家不仅在科举上有过功名，民国时还出过留学德国的医学博士。受这些显耀亲戚的影响，董义用“耕读传家久”和“诗书济世长”的古训来治家理事，并立志改换门庭。他和西茶坊关帝庙的巨庆和尚是小时候的玩伴，长大后便与佛家结缘，信奉佛教的他后半生做了许多修桥建庙的善事。

在外谋生的山西人都有衣锦还乡的传统，死后都要将骨头运回祖茔安葬。董国玺把全部财产按忻州的规矩平均分成四股，让老二董国英留在口外，其余的人都把家产变卖，领上老婆孩子回了山西老家。董家的财神奶奶也就是董国玺的女人，不愿意离开生活多年的归化城，就没有回去，一直老死在归化城。董国玺夫妇灵柩出城时，归化城的官绅、商人，乡下的地主，都来西龙王庙送灵。这些官绅、地主、商人坐的轿车排了好几里，前面的已经到了南茶坊，后面的还没有离开西龙王庙村。轿车一辆接着一辆排满了街道，街边也挤满了看热闹的人。许多年后，老人们说起这浩浩荡荡的送葬队伍，还会记起董家当年在归化城的显赫。

董国英生了两个儿子，大儿子董恩好吃懒做，整天出入酒馆、饭馆，身上虽穿着绫罗绸缎，也是趿拉着鞋走路。

老二董义与哥哥不同，他从小与长工一起干活儿，庄稼活儿样样都能干得来。他自己读书不多，就特别羡慕读书人，也喜欢结交读书人。他看不惯哥哥好吃懒做的习气，可又劝不转哥哥，一气之下就跑到一家大地主家里当了长工。清朝时，哥哥把弟弟逼走，哥哥就会被众人戳脊梁骨。弟弟离家出走后，董恩打发长工前山后山、口里口外四处寻找，终于找到了弟弟。董义答应回去，但条件是分家另过。

回到西龙王庙村，董义和哥哥分家后，用远处的好地和几倍的地价换回了住宅周围的土地，直到住宅周围的土地成为方方正正的三顷大的庄园。土地换

日据明信片上的归化城南大街

好后，董义就开始从大青山往回拉石头，整整拉了一冬天石头。当拉回的石头够打三顷庄园的地基后，他就开始打墙基、垒墙。他围着三顷地打了墙基，墙基上面覆了土，春天就在墙基上种麦子，麦子收了后，割去穗子，用麦秸、麦茬包土行夯。连着三年，每年在墙头上种麦、垫土，直到打起五尺高的土墙。这是当地一种特有的打墙方法，这种方法打出的土墙远比土坯墙和土板墙结实得多。

墙打好后，董义开始购买花秧和树苗。有一个从河南担担过来卖百灵鸟的人，他就让这个人从洛阳一带捎来花秧子，又打发长工去山西忻州买来果木树苗。树苗和花秧买回来后，他就一样一样地试种。试种的桃、李、海棠、樱桃开了花、结了果后，他又围着墙边种了杨树、柳树、松树、柏树，这些树木都长得郁郁葱葱，成了大青山下归化城一处怡人的风景。当时，归化城的菜农浇地还是用辘轳和撑杆，董义改用马拉水车，这也是董义的一个创举，自此以后，归化城的许多人都纷纷效仿。

园子里有了绿的树、红的粉的花，结了香的甜的果，董义又在这果木繁茂的园子里建了假山、盖了凉亭。董义种花植树入了迷，他还在城南碱滩村的盆儿窑里烧了好几窑花盆栽种花苗，又用石头砌起一个大花窖，让花苗在花窖里过冬。这花窖到底有多大，没有人量过。民国二年（1913年），归化城发生兵变，整个西龙王庙村的男女老少都躲到花窖里，晚上时就在花窖的地上铺了麦秸睡觉，谁也不挨谁，谁也不挤谁。

几年后，董义的花园里便是桃李飘香。桃、李、葡萄、石榴熟了后，他挑选拔尖的装上锦盒，坐上轿车，带着装了锦盒的鲜果，亲自送到将军、都统、道台衙门里。这些衙门的官员除留他吃饭外，还赐给车倌和捧拜盒匣的伴当赏钱。

春天姹紫嫣红，秋天瓜果飘香，逢着这样美好的景致，董义便在花园里摆酒设宴，邀请道台、二府的官员和家眷们到花园里姿意畅游、赏花品果。贵为太后的慈禧，在青春年少的时候，由任归绥兵备道道尹的父亲领着，也游览过董家花园。

西龙王庙的石碑

为了祈求龙王爷保佑一年四季风调雨顺、五谷丰登，每年的阴历五月十八，董义还要在西龙王庙唱社戏三天。届时，花

旧城大宅院

园也敞开大门，归化城的老百姓都可以在园中踏青游览、铺毡野餐。

建好董家花园后，董义又兴建了归化城东边的吕祖庙，并扩建了城西的西龙王庙。归化城的庆凯桥被洪水冲毁后，董义又出资修建了庆凯桥。

董义年老后乐善好施，他把自己的三百多亩土地和城西六七十间房产都送给了穷困的本族和同乡，归化城落魄的忻州买卖人因为董义的面子，也都到西龙王庙村安家落户。

董义显赫一时，他的后代却没有很好地把这辉煌的家业继承下去。他生了两个儿子，大儿子董承善接受父亲的训导，一心在科举上求功名，但读书太过用功伤了身体，年少而亡后留下寡妇侯氏。二儿子董承贵在父亲去世后，不是想着继承父亲的遗志使董家进一步兴旺发达，而是和寡嫂因为祖业纠缠不停。

分家的官司打了八年之后，董义留下的祖业被一分为二，形成南北两个花园。董承贵去世后，他的四个儿子又将花园分成四股。此后，董家花园在四分五裂中很快衰落了，和乡绅们也逐渐断了来往，名震归化城的董家花园一天天淡出了人们的视线。董义苦心经营的董家花园，再没有了百花竞放、瓜果飘香的繁盛景象。

董家花园是归化城第一座私人修建的花园，这座倾注了董义毕生心血的花园，为董家获得显耀地位与显赫名声的同时，也为归化城增加了一处怡人的风景。尤其可贵的是，董家花园没有将归化城的普通百姓拒之门外，每年五月十八，董家花园园门大开，城里的老百姓都可以随意出入。

第二章

兴盛三百年的驼道

行走在驼道上的恪靖公主

悠悠驼道上，走着一列长长的队伍，这队伍不同于以往驼道上走着的驼队。这队伍不仅有骆驼，还有马匹和车辆，车辆上面满满地装着袋子、箱子。驼队里的人都衣饰考究，车辆和车上装着的袋子和箱子都齐齐整整。

原来驼道上走着的队伍是公主和她的护卫及随从。此时，走在悠长的驼道上，坐在车轿里的公主应该还能记起成婚时的情景。那是康熙三十六年（1697年）十一月的一天，那一天，天是蓝的、云是白的，风轻轻地吹着，吹得她的心里柔柔软软的，这是十八岁的她人生里至关重要的一天，这一天，她将与漠北喀尔喀蒙古土谢图汗部札萨克多罗郡王敦多布多尔济举行婚礼。

作为公主，作为一个十八岁的少女，她所要做的只是静静地等待，等待着一切美好的到来。她是康熙皇帝的第六女，排行四公主，母亲为贵人郭络罗氏。父皇为她选定的额驸是土谢图汗部汗王未来的继承者、二十一岁的敦多布多尔济。《清史稿》记述，是部为喀尔喀四部之首，内则哲布尊丹巴居库伦，外则邻俄罗斯，有恰克图互市，形势特重，号称雄踞。可以看出，父皇不单单是为她选择一个额驸，父皇考虑更多的是江山的稳固。

公主婚礼的经办机构有礼部、内务府、宗人府、理藩院，公主成婚要经过订婚礼、铺陈礼、成婚聘礼、成婚礼、归宁礼。

内务府择定了订婚的吉日，额驸家备了骆驼一峰、马八匹、羊八十一只，还有酒九十樽，到午门恭进。订婚的宴席早已准备停当，凉棚搭好了，坐褥、毡毯铺齐了，桌子也放妥了，温酒锅里的水都烧热了。筵席食品由精膳司承办，各种盛放食物的器皿陆续端上桌子。

皇帝、皇子，还有亲王、满汉大学士、住京蒙古王公及额驸族中有顶戴的都入宴就坐。乐部和声署在保和殿檐下设中和韶乐，在中和殿后檐下设丹陛乐。鸿胪寺官领着额驸和族中的人向皇帝行三跪九叩之礼，然后开始喝茶、喝酒、吃各种美食。筵席进行时，奏中和韶乐、丹陛清乐乐章，还演奏了蒙古乐曲。

成婚礼与额驸下聘礼是同一天举行，这一天，天刚亮，额驸家备好了九九之礼，有鞴鞍马十八匹、甲胄十八副，另有马二十一匹、驼六峰、羊八十一只、酒九十樽，在午门前恭进。成婚的筵席与订婚一样，男女筵席分别在保和殿和慈宁宫举行。筵席后送亲的是皇家王公福晋、夫人中年老夫妻双全的陪送公主至额驸邸。

在《和硕恪靖公主府》一书中，关于公主陪嫁的记载整整占据了两页。公主的陪嫁有：嵌东珠九颗朝帽顶一个、嵌松石珊瑚垂珠暖帽后金花一枝、嵌东珠两颗金佛一件、嵌东珠一颗松石一块凉帽后金花一枝、金手镯两对、金脚镯两对、珍珠数珠两串、貂皮褂一件、貂皮朝衣一套、海龙皮镶边女朝衣一套、瓷器二百件、包头一百个、手帕四十条、粉一百盒、牙刷二十把、箱子四十个、皮箱六十个、彩漆匣四十个、鞍马十匹、女子十人、骆驼三十峰，还有许多。

赠给额驸的有嵌东珠一颗金佛一件、嵌松石帽后金花一枝、中嵌猫睛金镶玉带四块、貂皮短褂子一件、镶貂皮朝衣一件、天马皮褂貂皮朝衣一套、大毛羊羔皮里闪缎被褥一床、枕头一个、蓝布包袱一个、白毡一条、皮箱一个、皮匣一个，还有许多。

公主和额驸在北京完婚住了一段时间后，没有随额驸去往漠北。因为那时正值冬天，漠北气候异常寒冷，公主又身怀有孕，不适合长途跋涉。

不久公主的女儿出生，宫中派人送来了各种礼物。有洗三用的浴盆，盆内

现代复原的和硕恪靖公主与额驸敦多布多尔济进膳的场景

放着三钱重的金元宝两颗、银元宝四颗，结发奶母夫妇一对。到第七天时又送来摇篮一个，还有绸缎小衣裳、被褥，此外还有细米、鸡蛋六百套，牛两头、羊二十只、鹅二十只、鸡四十只。满月时又送来各带两颗小珍珠的耳坠三对、小金镯一对、手帕一条、缎袍褂两袭、靴袜各一双、绸缎二十匹、里子布二十匹、银二百两。

住在京城里，恪靖公主获得了无微不至的照顾。下嫁公主按照等级享有食、用供给，其中个别项目会因为季节时令的变化有所调整，数量参照沿袭旧例。乾隆九公主下嫁档案清楚地记录了和硕公主出嫁后日用品的供给：猪肉十五斤、小猪半口、鹅一只、鸡一只、羊半只、鸡蛋四个、木耳五钱、茄子六个、芝麻酱四两、腌黄瓜两条，甜樱桃、酸樱桃、杏李、沙果每一日一筐，随

额驸敦多布多尔济手书“静定长春”匾额

时更换。还细致到柴和炭等。

不久之后，漠北传来消息，土谢图汗察珲多尔济去世，作为孙子的额驸敦多布多尔济要承袭王汗位，额驸需要赶快回到故地漠北，公主也要随额驸一起去往北地。

负责公主出行的是理藩院和内务府，理藩院提出了公主出行的困难，公主到了漠北，漠北没有房子，公主住在哪里？要是住在蒙古包里，带的许多东西又往哪里安置？考虑到这些难处，这次出行只带着公主随身用的东西，其他财物器皿只能慢慢地往过运送。

这是公主第一次踏上难行的驼道去往漠北，遥想完全陌生而未知的生活环境，公主的心里应该也是忐忑不安的。可是呼和浩特历史上和亲的并非只有恪靖公主。汉代与匈奴的和亲，魏晋南北朝时期东魏和柔然的和亲、北周与突厥的和亲，蒙古“黄金家族”与汪古部的和亲……靠联姻解决民族纷争的方式在中华大地上绵延了两千多年。

恪靖公主北上所走的驼道也是归化城去往库伦的驼道，被称作公主路，全程两千八百七十里的公主路，总计三十九站，途经站段名称为：归化、可可以力更、召河、达汗得令、霍吉尔脑包、察汗此老、茹勾丹、黑沙图、秃亥河、济斯洪果尔（从济斯洪果尔开始驼道进入喀尔喀蒙古，而且张家口至乌里雅苏台和科布多驼道在这里交汇）、什不圪、明镜、十八圪台、阿不赖、哀勒素达救、察抗、苏集、章茂公、得勒素达赖、札刚脑包、开勒贵、什报、合彦古、幅尔勒盖、昂伦脑包、乌兰脑包、甲勒盖、龙头、巴汗苏木、崔令庙（驼道通往库伦的驼道与张家口通往库伦的驼道在此交汇）、昂伦此老、昂圪茂、赛乌素不勒圪、古勒牛讨勒盖、锡力忽独、后昂格茂、阿道七老、寒山坝底、红忽淖、大卯独沁、桃赖河、库伦。公主路路上多天然河流、水泉、水淖，而且每隔数十里还有人工凿的水井。在驼道中，公主路是路程最短、最便捷、最安全的。

归化城北连大漠，南接京师，公主肩负着皇帝的重托和安定边疆的使命，难免在驼道上往返奔波。

公主由七贝勒和皇十子护送，随行人员有王府长史、内务府官员、内管领、侍卫、护军、奶公、茶上人、饭上人、弓失匠、库史、厩长、牧长、牵驼人、庖丁、承应人、牧丁等。恪靖公主婚后第一次踏上漠北土地，在那里住了不长时间，就想着回到京城。内蒙古鄂尔多斯流传着一首民歌，名为《四公主》，歌词为：“在爸爸身边的时候啊，拉金尿银穿绸披缎，离开爸爸来到这北草地，哎嗨，捡柴拾粪皮衣布衫。”这首歌的歌词融入了民间对于四公主生活的想象。尽管这想象有些夸张，但也说明了公主在京城与漠北生活的巨大差异。或许正是这种差异与种种的不适应，使得公主在漠北待了不长时间，就想着要回到京城。

康熙四十年（1701年）春，公主获准回京，内务府派员前往迎接，并带足了归途所用的六十天的口粮，包括猪、精米、麦面、杂面、淀粉、炒面、芝麻、茶叶、咸菜、盐、干果、蜂蜜、糖。当年五月初八日公主一行抵达张家口，不久回京。恪靖公主回到京城后，没有住在紫禁城内，而是由营造司在官房中选择或别处购买。

康熙四十二年（1703年），康熙皇帝选址钦赐漠南归化城城北，为恪靖公主建造府第。公主府的东西各有一条发源于大青山的河流，有山通脉，有水通源，民间称公主府位于二龙戏珠的地方。公主府北面的蜈蚣坝，自古以来就是大青山南北的交通要道，是锁扼咽喉的战略要地，隋唐以前称白道岭，辽金时期称渔阳岭，自元代起称为翁衮岭，翁衮意为神，故汉名为神山。此外，康熙与归化城也有着许多不解之缘，民间有康熙马踏御泉井的传说，还有康熙私访月明楼的故事。

康熙四十五年（1706年），恪靖公主到归化城居住。开始，公主的宅第建在归化城的北门外，扎达海河右岸，与道台衙署只有一箭之地。当时，已经有一百多年历史的归化城背靠青山、南临黑水，城内街两边排列着各类的店铺，街上

恪靖公主用于管理政务、接见来宾的静宜堂，上有康熙御笔亲题的“静宜堂”匾额

康熙北巡会亲图（部分），此图再现了康熙帝在德尔济库木都和洛驻跸营地前接受和硕恪靖公主、额驸和外孙等迎接的场景

车马喧嚣，还经常有从归化城到北京的驼队来来往往。绥远城将军觉得公主的住宅离街市太近，公主难免受到市井喧嚣的干扰，便想着尽快另修公主府。

有绥远将军过问，公主府很快便建了起来。公主府主体建筑布局为四进中轴对称，以府门、仪门、静宜堂、寝殿为中轴，两侧厢房、耳房形成拱卫之势。公主府院落不大，分布却错落有致，共计十九座单体建筑，五十九间房屋，主要建筑脊兽为龙、凤、狮、天马、海马。仪门的砖雕是五只羊悠闲地吃着草，暗喻公主生肖。公主府建成后，被誉为西出京城第一府。公主府周围的上府村、下府村、小府村三个村子住满了公主的随从，有种地放牧的，还有额驸从喀尔喀蒙古带来的马弁、随从。因公主代表皇家，有一定的政治地位，地方上有什么决定或大事，归化城道台就先来通报或请示公主，公主也多少参与一些政务，海蚌公主的称呼就此流传开来。海蚌，满语意为参谋。

恪靖公主和皇父康熙的感情很好，恪靖公主曾赴五台山为皇父的生日祈福诵经，还多次与皇父在京城、承德避暑山庄或喀喇河屯、博洛和屯等处行宫相见。康熙皇帝驻跸公主府，正是恪靖公主府落成两年时，康熙为主殿题写“静宜堂”之名，并亲笔手书“肃娴礼范”来赞誉恪靖公主。后来人们传说，这块匾的四周镶有金龙，龙眼里镶嵌着宝珠，到了夜里就会闪闪发光。

按照清例，下嫁蒙古地区的公主除了享受由朝廷负责修建的府邸，还有高于在京公主的俸银、俸缎，此外还要在居住地分拨土地，作为养赡地，也叫胭脂地。

公主府除了大黑河流域的四村水地，即美岱村、黑沙图、辛庄子、太平庄四个村子的水地外，还有公主府附近的一片负郭田（泛指良田），而公主府对于四村水地的所有权一直延续到民国年间。

直到现在，民间还流传着恪靖公主在四村水地开渠引水的故事。原来四村的田地浇不上水，公主勘察地形，决定挖一条大渠。恪靖公主把开渠计划和图纸呈报给皇父康熙，圣上亲笔批点，四村上水地的开渠路线批定，龙口设在美岱村东山脚下。

破土动工那天，领工的渠头摆设香案祭奠神灵。一阵鞭炮响过之后，千余名民工手拿铁锹、镐头顺着圣上批点的路线开始挖渠。可是，人们头一天挖开的渠道，到第二天又复旧如初，而且一连几天都是这样。渠头派人不停地挖，渠挖开后，人们打盹的功夫，渠就又合在一起，再挖这合住的渠却怎么也挖不动了。

没有办法，渠头去禀报公主，公主命令渠头连夜挖渠，并轮番刨挖不许停工。渠终于挖开了，可渠底出现许多盘根错节的芦苇根。民工们用铁锹把芦苇根铲断后，芦苇根里流出红的血水。好在连续挖了一个月，渠终于挖成了。

就在新渠将要放水的那天晌午，恪靖公主正在偏房一间卧房里午睡，忽然一条青龙破门而入，龙背伤痕累累，鳞片七零八落。青龙对公主说：“公主，你好狠心，你为了挖渠，把我害得遍体鳞伤、性命难保，今天我决不饶你。”说着，就张开血盆大口，舞动着铁钩般的龙爪逼近公主。公主吓得喊叫卫士救命，侍女听到公主的惊呼，忙跑过来将公主叫醒。公主问侍女：“这会儿是什么时候？”侍女说：“正午时候。”

这时，忽然来人禀报渠头求见。渠头进来禀报说，渠已挖好，可水积到龙口处，就是不进龙口。公主想了想，命人赶快备好车轿。她到龙口处一看，看到河水积在龙口有一丈多高，浪头来回翻滚，水声震天。她急忙吩咐备下香案，亲手焚香化纸，向着苍天祷告：“上苍有眼，我恪靖公主奉旨开渠，误伤青龙的筋骨。开渠的目的，实是为了造福一方百姓。望神灵呵护，也望渠中的青龙谅解。”说罢，深深地拜了三拜。公主拜完刚起身，龙口前的积水就“哗”的一声冲过龙口，顺着渠道向前流去。

公主在回府的路上，听到伴随着水声，龙口处传出呜呜咽咽的哭声。此后，每当水流到龙口，人们就会听到一阵阵的哭声。康熙皇帝知道此事后，怕青龙再出来作怪，就在龙口处立了一块石碑，上写“圣旨”二字来镇压青龙。因为公主修建的这条渠，四村的田地便都成了水地。

恪靖公主是清皇室第一位与漠北蒙古联姻的公主，婚后定居漠南，与额附感情很好，生育了三个儿子，而且多次获封。康熙四十五年（1706年），封恪靖公主。雍正元年（1723年），晋封恪靖固伦公主。雍正十三年（1735年）三月卒，葬漠北。

蒙古国家历史博物馆藏有恪靖公主用过的物品，有红漆描金龙纹皮面衣柜一对，黑漆描金花卉纹箱一对，还有其他公主的藏品。

公主府素有八府之说，根扎布多尔济是公主的长子，生有一女八子，第四子出家当喇嘛未娶无嗣，所以名为八府，实为七户。老府一直由根扎布多尔济一支居住，二府和三府的人早年迁回漠北故地。20世纪60年代，还有人来拜谒老府。库伦、归化两地均有公主府，公主墓尚在库伦。

慈禧太后梦回归化六角亭

怿是欢乐的意思，怿园就是欢乐的园子。怿园的左边是逶迤而去的扎达盖河，上浮归化一景，即石桥晓月，怿园的右边是后沙滩西向的一条沙河，也是归化一景，即沙溪春涨。

1905年，荷兰画家胡博·华士绘制的慈禧像

道光二十九年（1849年）七月至咸丰二年（1852年）正月，慈禧的父亲惠征被清廷任命为山西分巡归绥兵备道道尹，十五岁的慈禧随父亲来到归绥城。父亲的官邸就在扎达盖河的西北岸，距有名的庆凯桥只有数百步。那时候归化城的桥一般来说是专指牲畜交易市场，马桥、牛桥、驼桥、羊桥……就像庆凯桥早已被牛桥替代，真名反而被人们淡忘了。

道台衙署的后院有一个园子，就是充满欢乐的怿园。园子里有游廊、池沼、书屋，还有字绿如苔的如玉刻石；土山上种植着许多树木，几间精致的雅舍掩映在绿树丛中。园中高处有一座六角茅亭，咸丰年间有道尹题名“树滋亭”。尔后，屡经修葺，又饰以飞甍，缭以曲槛，亭之旁还砌石为山。

慈禧小名叫兰儿，兰儿不但容貌秀美、性格乖巧，还精通汉文，熟读经史，并且写的一手好字。将军衙署西厢房里留有慈禧真迹的复制品，是以福字为框，将禄字、寿字包含其中，整个字面形成一幅栩栩如生的寿翁画像。

慈禧画作《镜心图》

十五岁的慈禧随父来到归绥城后，美丽的怿园为她驱走了初踏陌生之地的寂寞与惆怅。

可以想象，在这美丽的怿园里，少女慈禧坐在精巧的书屋里看书、吟诗的样子。看书、吟诗累了时，她就起身在这园子里信步而走，她也常常走到园中高处的那一个六角茅亭里。她坐在亭子里，向远处眺望，鳞鳞万瓦、芊芊四野、近市远郊，尽收眼底。日复一日的瞭望，年复一年的注视，这座美丽的驼城便留在了她的记忆中。

慈禧画作《凤凰来仪》

慈禧十五岁来到归绥城，十七岁入宫，在怿园度过了三年的少女生活。在这三年里，慈禧一次次地坐在六角茅亭里，欣赏着归绥城的春夏秋冬，归绥城的四季更替便融入她多彩的生命乐章中。后来，传说慈禧当了太后，还说起并梦到过怿园。

光绪二十三年（1897年），新来的道尹又把此亭改为“懿览亭”，只因慈禧当年在宫里为嫔妃时取名“懿”，还把慈禧曾经驻足的庆封街改为落凤街。

关于慈禧太后与归绥城，还有许多美丽的传说与故事。比如慈禧爱吃归绥的小吃碗豆黄、甜窝窝。有时，她还会亲自做一些小窝头，这些小窝头被人称作太后小窝头。

以前的大年夜里，宫里有个特殊的点灯风俗。那时候依照元朝传下来的习惯，称中国为南七省、北六省，天下为十三省。每年大年夜里，宫里总要点十三盏灯，并且标明每一盏灯代表哪一省。如果哪一盏灯不旺或者早早熄了，哪一省就有灾情。那时候归绥属于山西管辖，慈禧太后就特别留意山西这盏灯。要是山西这盏灯缺油了，她就趁皇上不在添上油，捻子短了，她就赶紧挑长捻子。

慈禧赠送给美国总统罗斯福的照片——罗斯福总统就慈禧的七十寿辰发来了贺信，慈禧托美国驻北京的外交使团回赠以照片。不过为了显得年轻些，据说这是慈禧太后四十岁时的照片

有一年，山西的灯早早地熄了，皇上说山西要遭灾了。她听皇上这样一说，心里特别难过，就悄悄地把山东的灯换成了山西的灯，这一年山东就遭了年馑，山西却依然是大丰收。这个传说虽无据可考，可是从侧面说明了

慈禧对于自己生活的第二故乡归绥的眷恋之情。

马可·波罗眼中的丰州古城

一

“出边弥弥水西流，夹路离离禾黍稠。出塞入塞动千里，去年今年经两秋。晴空高显寺中塔，晓日平明城上楼。车马喧闹尘不到，吟鞭斜袅过丰州。”这是元初名臣刘秉忠当年过丰州时对于丰州城的描述。如今，诗人描述的寺中塔、城上楼，和那车马喧闹的繁华景致早已不复存在，现在我们能够看到的，只是一座孤独的白塔默然静立。

美丽的丰州城不仅引发了诗人刘秉忠的诗情，许多文人骚客都把目光投向丰州城。“五更骑马望明星，细草坡坨迤逦行。一片长川天不尽，荞花如雪近丰城。”这是元代诗人魏初创作的《丰州》，对于丰州城和丰州滩的赞美。

诗人笔下的丰州城是美丽的，金代重修古塔捐资碑的记录却让我们知晓了当年丰州城的繁华与兴盛。六块捐资碑上记录着捐资修塔的三千三百四十名捐资人的姓名和四十多个村庄、三十多条街巷。三十多条以行业名称命名的街巷有牛市巷、麻布巷、染巷、酪巷；以居民姓氏命名的有斐化裕巷、唐家巷、张德安巷、刘大卿巷、张居柔巷。塔内现存辽、金、元、明游人题记近二百条，除一百六十余条汉文题记外，还有古波斯、古叙利亚、八思巴、回鹘、蒙古文等题记数十条。

四十个村庄、三十条街巷，我们可以想象当年丰州城是如何的繁华、如何的兴盛。街巷里开着各种铺子，这条街巷一溜排开开着染房，那条街巷挤挤挨挨开着牛市，还有麻衣巷、酪巷。街巷上来往穿梭的行人，这边瞅瞅、那边瞧瞧，叫卖声不绝于耳，伴随呼儿唤女声音的高低错落，到处是喧嚣繁华的景象。逛得身体累了，看得眼睛花了，离开这喧嚣与繁华的所在，走进那几条相对安静的街巷，那是居民居住的唐家巷、张德安巷，在这里，老人怡然地喝茶，孩子快乐地嬉戏。

信步走出城门，首先映入眼帘的是围绕着丰州城繁盛地开着的一片连一片的荞麦花，白得像雪一样的花朵挨挤着、簇拥着，如翻滚的雪浪向前奔涌。再往远处看去，便是一个个井然有序的农家小院，蓬勃的绿树、袅袅的炊烟，勾画出一幅恬静的田园风光。

复原的丰州古城一角

二

元代的丰州城，不仅是一座繁华兴盛的城市，还是中原地区通往漠北的交通枢纽。元太祖十六年（1221年），长春真人丘处机西行到中亚大雪山谒见成吉思汗，东返时路过丰州城，在丰州宣差俞公家小住，应俞公之请写下了“身闲无俗念，一宿至鸡鸣。两眼不能睡，寸心何所萦。云收溪月白，气爽谷精神。不是朝昏坐，行功扭捏成。”的养生诗句。

公元1275年至1291年，意大利威尼斯人马可·波罗历尽艰险从欧洲来到中国，受到元世祖忽必烈的接见和重用，当上了忽必烈的侍从。在中国生活的十六年中，他游览了大江南北，也来到了有着万部华严经塔的丰州城。旅行至此的马可·波罗看到这里的人都有着美丽白净的皮肤，他不由得发出惊叹，丰州人成了他此次漫长旅行中见到过的最漂亮的人。或许，由于当时的丰州城没

旧城又称召庙之城

有战乱，安康幸福地生活的人们脸上总绽着笑容，所以马可·波罗眼中的丰州人才都那么可爱，那么漂亮。此外，从题记上可以看出，丰州城是一个各民族聚居的地方，从进化的角度来看，这也是丰州人美丽漂亮的一个原因。

据说，马可·波罗从中国返回时，带走一名蒙古族仆人。

回国后，马可·波罗与蒙古族仆人生活在一起，朝夕相伴、日日相随。两个来自不同民族、不同国家的人，在一个屋子里怎样交谈，怎样吃饭，说些什么又吃些什么，我们都无从得知。我们知道的是，所有的不同都没有破坏掉他们之间一如继往的亲密关系，他们成了相互信赖的朋友、亲人。马可·波罗去世时，还惦记着他的这位蒙古族朋友。为了感谢老仆人从中国到威尼斯几十年的照料，他专门留下遗嘱，特别赠给老仆人一间栖身的房子和一些钱财。使得自己离开这个蒙古族朋友之后，能够尽可能地让这位蒙古族朋友生活得好一些。

万部华严经塔

丰州城遗址位于呼和浩特东郊十七公里处白塔村北，此城建于辽太祖神册五年（920年），自建城之后，历经辽、金、元三代，长达四百五十多年。丰州城内建有大明寺，为了存放华严经卷，又修筑了白塔，即万部华严经塔，塔高五十六米，为八角七层阁楼式砖塔。

1982年，万部华严经塔中发现元朝中统元宝交钞一张，纸币上有“中统元宝，诸路通行”八个篆字。这张纸币为元世祖忽必烈时期印制，使用时间约在至元十三年（1276年），是迄今世界上发现的最早的纸币实物。这一发现在震惊中外的同时，也让丰州古城与千年白塔进入了人们的视线。可惜的是，我们只能仰望千年白塔的雄姿，来想象丰州古城的繁华与兴盛。

三

中国传统剧目有“破洪州”这样一出戏，说的是宋朝女将穆桂英怀孕挂帅，和丈夫杨宗保与镇守洪州的辽将白天佐大战，最后攻破洪州的故事。人们传说，今天土默川就是当年的洪州，白塔就在洪州城内。白天佐战败，洪州城被毁，白天佐仍不屈服，就化为白塔立在城的中央，人们叫它白天柱。

旧城民居群

合林村的灯山爷庙

关于丰州和白塔的传说还有很多，传说土默川上的白塔经常显灵，拉骆驼的驼夫有时会看到白塔莫名其妙地耸立在草原上。有时夜深人静之时，会感觉置身于闹市之中，鸡鸣狗吠声不绝于耳。还有传说高耸入云的白塔顶上住着一只金色的大公鸡，这大公鸡每天都站在塔尖上打鸣。

古城消失已是一个不争的事实，但是人们似乎都不愿相信这样一个冷酷的事实，人们宁愿生活在幻想中，想象丰州城的市井喧嚣和鸡鸣狗吠。

传说，当时从南方来了一个阴阳先生，当地人称阴阳先生为“憋宝的”。这个阴阳先生云游到了白塔附近的部独利村，住进村里的五道庙里。那天，天不亮他起来解手时，忽然看到白塔顶上一片通明，风铃也一摇一动地响着。他瞪大眼睛一看，只见白塔顶上站着一只金光闪闪的大公鸡，这金色的公鸡像一只山羊那么大。这金公鸡伸长脖子，朝着东方叫了两声后，东方的天空逐渐泛白，接着便是彩霞满天。随着金公鸡的最后一声长鸣，土默川的公鸡都跟着叫了起来，天也慢慢地亮了。

天亮后，这金公鸡扑闪着金色的翅膀飞落到地上，一边啄食着地上的野谷，一边吸食草上的露珠。金公鸡在地上停留了一会儿，便飞回塔尖里不见了踪影。阴阳先生看得两眼发直，他没有想到，这荒郊野外的古塔中会藏着这样稀奇的宝贝。

第二天，阴阳先生在附近寻找金鸡吃的饲料。阴阳先生走南闯北有一定的见识，他知道，这金公鸡乃是食天地之甘露，受日月之精华，多年修炼成仙的宝物。要寻找无根草的草籽和无根水，才能引金公鸡上钩。他天天在白塔周围转悠，终于找到了金公鸡的饲料。那是一种随风飘落的沙蓬，这沙蓬落地开花、风吹结果。沙蓬的草籽是长寿之物，金公鸡就是吃它充饥的。阴阳先生收集了一大口袋沙蓬后，又制作了一个海子（捕鸟的网子）。

那一天，他把海子支好，半夜就悄悄地藏到白塔的莲花座下，等着金公鸡落地啄食草籽。

看着金公鸡从塔上下来，阴阳先生掏出一把草籽往地上一撒，那金公鸡一看是草籽，就慢慢地啄食起来。金公鸡啄了一会儿，阴阳先生一扬手，又撒出一把草籽，金公鸡吃得忘乎所以之时，阴阳先生又扬起一把草籽，金公鸡边吃边往前走着，眼瞅着金公鸡离这阴阳先生只留了两三步。这时，阴阳先生悄悄地把海子从背后解下来，等着金公鸡再低下头啄食草籽时，一海子下去就能扣住金公鸡。

有一个岛黑楞（合林村）的人三天两头到脑包去祭神，这个人远远地看见金公鸡要被阴阳先生捉住，便扯开嗓子大喊一声："啊呀！"阴阳先生的海子刚撒出，金公鸡就拍着一双金翅膀飞走了。此后，白塔里再也没有了金公鸡。

关于丰州城被毁也有一个传说，明朝的征西大将军久攻丰州城不下，便听取了谋士的计策。他们把兵马全部撤回关内，派了一个小卒扮成货郎混进丰州城。

这个小卒紧身衣、短打扮，手里拿一只拨浪鼓，走街串巷专门收购丰州城人养的一种鸟。这种鸟一身白毛，特别有灵性，叫声也好听，丰州城里的人几乎家家户户都养着这种白鸟。这白鸟像是鸽子一样，养一段时间再放出去后，不管走多远都能找到主人的家。货郎每天走街串巷收购白鸟，没过多久，全城的白鸟就都被他收购了。

这年大年三十，丰州城的百姓像往年一样祭祖、接财神、放鞭炮。大过年的，没人出入城门，守城的元军也松懈下来。可他们不知道，明军已悄悄地把丰州城围了个水泄不通。围了城以后，明军在收购来的白鸟腿上绑上硫磺，然后把这些白鸟全部放开。这时，丰州城里正在万家灯火、鞭炮齐鸣喜迎新年，这些白鸟一被放开，就朝着丰州城飞去。硫磺一遇到鞭炮的火就烧了起来，被烧着羽毛的白鸟四处乱飞。当时，丰州城许多人家都是茅草屋，元军的草料也堆放在城里，这一天的风特别大，风借着火势，火借着风势，全城一下子火光冲天、浓烟弥漫。明军乘乱打开城门，元军丢盔弃甲四处逃散。顷刻间，丰州城被烧得一干二净，从此，草原上的丰州城消失了，只剩下一座孤零零的白塔。至今太平庄一带，还不时能挖掘出城砖和石条，那就是丰州城的遗物。丰州城被毁后，许多人称这种白鸟为败家子，骂这败家子把一座好好的丰州城毁掉了。

先有小板申后有归化城

一

马可·波罗于元世祖至元九年（1272年）从凉州（甘肃武威）前往元朝上

都朝拜忽必烈时，路过天德州即丰州滩。马可·波罗的游记中记载，“天德是向东的一州，境内环以墙垣的城村不少，主要之城名曰天德。”“此州国王出于长老约翰血统，名曰阔里吉思”，并说，“州人并用驼毛制毡者甚多，各色皆有。”“并恃畜牧农为生，亦微做工商。”游记中描述的阔里吉思治理下的天德即丰洲是一派有城有村的繁华景象，丰州人饲养牲畜也种着庄稼，还做着各种买卖，还说丰州人用驼毛制作毡子的很多。

五路村的元朝灵塔记载，丰州城内除了万部华严经塔的大明寺外，还有好多寺院，寺院的规模不亚于后来归化城的的召庙。报国寺除了讲经、监座、知客，走动官府和保管钱粮都有专人负责，另外还有四个管理庄园的“庄官”。主持撰写碑文的前住持在丰州城外山上报国寺的支院云峰寺中退隐休养，另有一个退隐石泉寺的老僧，也为灵塔题写了自己的法名。此外，大永安寺的一次讲经活动，每天吃饭听讲的僧众多达一千多人。

归化城有七大召、八小召，七十二个免名召，是一座地地道道的召城，那么不亚于归化城的丰州城也应该是寺庙林立、香火缭绕的景象。一次讲经活动，每天听讲吃饭的僧众有千人之多，或许是佛祖的感召力，但更为重要的则是，兴盛繁华的丰州城赋予了人们平和安宁的生活，才使得人们有了崇佛向善的心境。

古丰州城城东的美岱村和黑沙兔村，都是由于佛像和寺院遗址得名，城南的麻什村也有寺院的古迹。

元朝没有把辽代信佛、金代崇儒的文化破坏掉。元朝的丰州滩虽比不上归化城繁华，宗教文化却与归化城不相上下，尤其是元朝前期，《元史》列传记载，丰州滩最高长官阔里吉思，于大德三年（1299年）因征西北部的叛部被擒时，家中置有万卷书斋，而且日与诸儒研讨性理。丰州城的最高长官读书万卷，这样的忠臣儒将治理下的丰州又能错到哪里？丰州人耕田种地、做买做卖，过着怡然自得相当富足生活，使得丰州城到处呈现出繁华兴盛的景象。

二

之后连年的战争，使得丰州城繁华不在。丰州滩改为土默川初期，除了遗留有丰州和云内州的东西两座白塔外，比北魏时的敕勒川还要荒凉。

嘉靖三十年的时候，土默川上一个个的小板申星罗棋布。就像《万历武功录·俺答传》中所记载的“开云内丰州万顷，连村数百”。可以想象，连村数百的土默川炊烟袅袅、阡陌相连的景象。土默川的小板申以归化城最多，而且

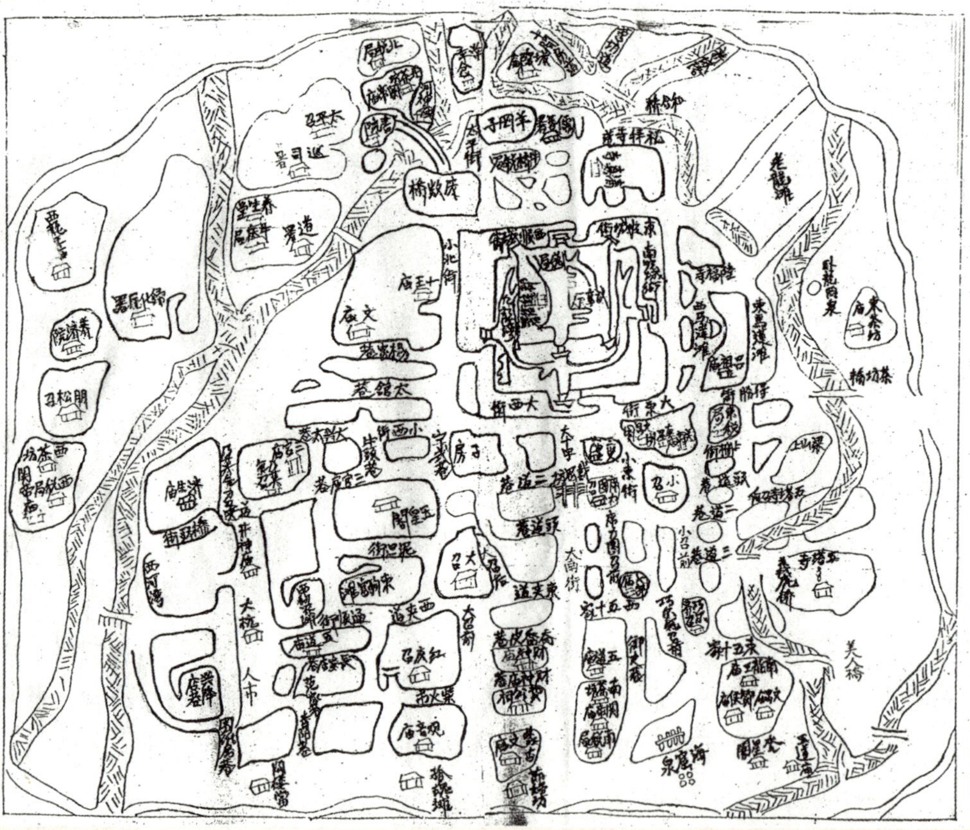

归化城召庙分布图

都围绕着归化城，《中国历史地图》就把大板申认定为归化城的前身。

后来，归化城出现了攸攸板、刀刀板、辛辛板、勾子板、讨号板、麻花板、塔布板、厂汉板等多个叫板（板即板申的简化说法）的村子。归化城的驼运业兴盛的时候，这些板申就成了围绕归化城周围的驼村。

“板申”是“百姓”两字的转音，百姓不是指蒙古族牧民，只指从边墙里边过来的汉族百姓。汉族百姓来到土默川后，阿拉坦汗就让他们修建房屋，并聚成村庄居住，蒙古族牧民后来把这些房屋和村庄叫成了板申。大板申是指城镇，小板申是指村庄。板申有农业板申、工业板申、手工业板申、文化板申、牧业板申、服务业板申、商业板申。农业板申有南郊的公喇嘛、东郊的太平庄等，工业板申有东郊的苏木沁、陶卜齐，文化板申有察素旗、毕克齐，服务业板申有麻花板，牧业板申有东八里庄。添密儿是蒙古语，译成汉语是骆驼，添密儿板申是专门饲养骆驼的村子，也属于牧业板申。

土默川的蒙古族人口少，再加上连年打仗，人数越发减少了许多，阿拉坦汗为了让土默川修养生息，采取招徕安置汉族百姓的开明政策，使得许多汉族百姓陆续进入土默川。

明朝隆庆四年以前，因连年战乱而残破不堪的丰州城已经出现了半农半牧的状态。隆庆四年以后，阿拉坦汗偃武修文，开始修建召庙。古丰州城东二十里的苏木沁修起了俗称“堡子庙”的华严寺。华严寺建在一座小山上，周围是堡寨式的坚厚围墙，这座庙里还保存着好几座汉文和藏文石碑。

苏木沁是制造弓箭刀枪的工业板申，会木匠和铁匠手艺的人肯定不少，修庙碑上就没有记载木匠和铁匠的名字，只是记载了和尚明来，信士善贤女人丁氏、李锐的寡妻侯氏，和到处揽工做活的石匠、画匠。从修庙碑许多布施人的姓名也可看出，苏木沁那时就是一个相对富足的村庄。有了阿拉坦汗偃武修文的开明政策，土默川也就不只只有苏木沁这样一个相对富足的村庄了。

除了呼和浩特周边的多个板申，呼和浩特东郊至托克托县的大黑河两岸也建立了数百个板申村庄。

数百个板申村庄之外，又有其他村庄，使得呼和浩特拥有了三千六百个自然村落，而这些村庄的名字传递出村庄各自的特色与历史渊源。像甲兰营是藏语官职甲郎，公布是藏语公布的台吉，彭顺营是藏语喇嘛名，圪什贵是藏语执法喇嘛的职称，还有喇嘛营等。归化城有七大召、八小召，七十二个免名召，从这些村庄的名字就可看出召城归化城的名副其实。

呼和浩特有许多逃荒或做买卖过来的山西人，他们有的是一个人，有的是一家子走西口来到呼和浩特，选择一个地方留下来，然后拉引同乡或亲戚到这里来谋生。慢慢聚集成村落后，他们便以祖籍县名给这村子起了名字，像崞县村、阳高村、忻州营、代州营、寿阳营等。有人还将一些村庄编成顺口溜，特别有趣而且好记："一出托城北阁儿外，哈拉板申来得快，走五申，过伞盖，

1937 年的归绥城

祝乐沁、公布到善岱；口肯板申挨杭盖，塔布、帐房、波林岱；前后合理、麻合赖，东西红岱到袄太；大里堡、兵州亥，一程子就到北门外……”

三

还有一些村庄的名字隐含着传说与故事，像托克托县的黑水泉，本名明水泉，这里的泉水冬天再冷也不结冰，像一眼温泉。

在托克托县县城东北还有一个村庄叫满水井，满水井村里有一眼约十余丈深的水井，水味甘甜。清代时，归化城的养驼户都拉着骆驼到这里放牧，哪怕有一千峰骆驼来喝水，井里的水也是满满的，后来村民就把这井叫做满水井。

传说，清康熙年间，虽然国泰民安、一派祥和，但康熙还是想着要亲眼看看百姓的生活、亲耳听听百姓的说法。他换下龙袍，穿上粗布衣裳到了民间。皇帝此次出行虽是微服私访，却被八仙中的张果老知道了。张老果变作一位老人，把自己的坐骑金尾玉眼神驴悄悄地借给了康熙皇帝。

康熙皇帝骑着神驴，从京城出发，一路到了归化城。这个时候正是六月天气，大太阳像火球一样挂在天空中。康熙皇帝骑着毛驴被烤得头昏眼花、舌焦唇干，四下一看，这里前不着村后不着店，周围只有一片连着一片的荒滩。康熙想着，要是有一道清泉长流，这里就是一块水草丰茂、牛羊肥壮的风水宝地。他随口吟诵道：“炎天一君渴，荒野万民苦，安得清泉现，一去千年忧。”康熙的话音刚落，只见神驴圆睁玉眼，长嘶一声，眼前顿时飞沙走石、天昏地暗。神驴一边叫，一边用后蹄奋力一跃，坐在驴背上的康熙感觉地动山摇，他慌忙趴到驴背上，抱紧驴身。忽听到身后一阵水响，康熙回头看时，只见驴蹄踏到处，一股清泉喷涌而出。不一会儿，风停雾散，红日高照。康熙大喜，想着胯下原来是一头神驴，就对神驴说：“你既知天意，何不再踏一处？”那神驴几蹄子就踏出一口水井。

正在这时，一个人背着一口锅来到水井前，这个人看到满溢泉水的水井大吃一惊，问康熙："眼下正是大旱，村里的水井都干枯了，这里怎么溪水涌流？"康熙皇帝心想，若叫溪水，和我的年号相讳，于是随口说："这是一口满水井。"说完就骑上神驴扬长而去。

背锅的人尝了一口井里的水，感觉清凉甜润，便寻思着，这里水草肥美，何愁过不上好光景？我还是赶紧回去劝众乡亲迁到这里居住吧！他急着要走，又想着，这荒滩野外，先留下记号，一会儿才好找到水井。他猛然想到背上的锅，就把锅从背上解下来，恰好扣住了泉眼。谁知这一扣不要紧，把整个泉给扣没了，只剩下了一口井。现在满水井村子还是中间高四面低，像一个倒扣着的锅。村民说，当初搬家时恰好住在了这扣着水井的锅上。

四

呼和浩特有"先有小板申，后有归化城"的说法，那么当年的呼和浩特到底是个什么样子？

俄罗斯的很多商人都到过呼和浩特，能够查到的有费奥多尔·伊萨科维奇·巴伊科夫（1656年1月）、米哈伊尔·瓦西里耶维奇·彼扑佐夫（1879年）、格里哥里·尼古拉耶维奇·波塔宁（1884年）。此外还有蒙古学家阿列克赛·马特维耶维奇·波兹德涅耶夫，他到亚洲草原是为了考察蒙古的人文和地理。

1656年1月，巴伊科夫走进呼和浩特时，正是清初顺治年间，他在《巴伊科夫出使报告》中描述了他见到的呼和浩特。

"库库和屯城是个土城（指城墙是土垒的），城楼则用烧制的砖建成，城门楼很高大，每个城门楼下面有两道门。门道宽约十六呎，城门用橡木做成，包以铁皮。有六个城门可供通行。他们没有火器，大炮和枪都没有，但是城外庙宇很多，都用砖砌，庙顶像俄国式样，还铺着琉璃瓦。

城里店铺林立，都用砖石砌成，还带后院。店铺建造的样式很像俄国的，也挂着招牌。按他们的秤，一两等于十钱，但只折合我国的九佐洛特尼克。零星的商品他们都是拿茶叶去换的，十四包茶叶值白银一两。商店中的货物有各种缎子和棉布，都是他们中国的色彩，还有大量的各色丝绸。他们有许多铁和钢，柴草是用大车运到城里来的。他们的农田也很像俄国的农田，种植的作物有糜黍、小麦、大麦、燕麦、亚麻及大麻等。他们也种瓜果蔬菜，如大蒜、芜菁、核桃，还有许多油料作物。各种木材都有，如橡木、白桦、松杉、菩提树以及枞木。城市位于一个大盆地的洼处，四周都是高山，靠城流过的一条河并不大，它是向西流的，整个郊外都是耕地。”

在巴伊科夫的描述中，我们知道了当年的库库和屯是怎样繁盛的一座城市，高大的城楼，包着铁皮的橡木城门，伴随着轰隆一声巨响，城门打开迎接着四方的客商。客商们进入城门前，还会看到城门外建筑着的许多庙宇。步入

农村留存的老院子

城中，砖砌的店铺排列在街道两边，店铺上挂着各式各样的招牌。

城外除了庙宇还有农田，进入视野的是土地平旷、屋舍俨然、阡陌相连，如果是秋天的话，那定是一番麦浪翻滚、瓜果飘香的景致。

俄国专门研究中国各个专业的科学家，有地理方面的、经济方面的、文化方面的、历史方面的，可以说是数以百计，而且这种研究从很早就开始了。只蒙古学家波兹德涅耶夫所写的专著就有几十种，《蒙古和蒙古人》一书有厚厚的八卷，计四百多万字。

1892—1893年，俄国蒙古学家阿列克赛·马特维耶维奇·波兹德涅耶夫对喀尔喀蒙古和内蒙古进行过一次考察。

1893年3月上旬到中旬，他在归化城逗留了十天左右，他在《蒙古及蒙古人》一书中描述了归化城的商业、手工业、驼运业。

五塔寺

“归化城的商业中，自古以来最主要的项目是茶叶，而茶叶中又以砖茶，尤其是二十四块一箱的砖茶为主。……茶叶和布匹两种基本商品，主要是由蒙古的骆驼来运输；但除此之外，归化城也有人专门从事这些商品的运输。现在在归化城自行畜养骆驼从事运输的，既有合伙经营的商行，又有独资的商人。根据我搜索的资料，此地从事这一行业的主要有十二家。……除这几家大商号外，在归化城大概还可以找到上百家有三四十峰骆驼从事运输的商号。所以归化城仅汉人可供出租的骆驼总数就有七千至七千五百峰，可运输货物十万普特……

归化城在蒙古经商的最主要商号有下面几家：（1）大盛魁：……这家商号单同蒙古的贸易就不下九百万两或一千万两白银。为了运输货物，该店有一千五百峰自备的骆驼经常往来于归化城与乌里雅苏台之间。（2）元盛德：……据说它在蒙古和中国的贸易额近八百万两白银。这家商号经常往来于归化城和乌里雅苏台之间的骆驼就有九百峰左右。（3）天义德：一年贸易额也近七百万两，同样也有九百峰骆驼运输货物。（4）义和敦：在中国、蒙古和东土耳其斯坦的年贸易额为五六百万两，为自己运输贸易的骆驼总数近七百峰。

……归化城商人用输出商品从蒙古换回的首先是骆驼、马、牛和羊，这些牲畜都在归化城卖出。向他们购买骆驼的是专门从事运输的中国内地和长城以外的一些商号；马匹被运往长城以南，直到上海和广东；牛的数量不大，几乎全部供归化城本地需要；在来自蒙古的牲畜中占大多数的羊则供北京、河南、山西及其他各地的需要。……除了赶往内地的牲畜外，归化城本身每年的购买和消费的羊不下二十万只，牛近四万头。”

阿列克赛·马特维耶维奇·波兹德涅耶夫的的考察笔记，让我们从侧面了解了归化城当年商业的繁荣。从考察笔记中，我们知道了茶叶中的砖茶是茶叶之路上主要的运输对象。还有就是归化城的骆驼数量，除了几家大驼商拥有大量的骆驼外，归化城个人饲养的骆驼也不在少数。

康熙年间，曾任礼部侍郎的高士奇创作的《塞外杂咏》中写道：

望中宫阙隔云霞，叹息今年负物华。
六月驼毛飘满地，浑疑春尽洛阳花。

康熙二十七年（1688年），张鹏翮出使俄罗斯，使团随员钱良择在其两首诗中形象地描写了蒙古族牧民游牧养驼的情景。

掣马驱驼半妇人，白羊黄犊亦随身。
不愁终日离家增，翻爱他乡水草新。

置儿鞍背筹怀中，絮里函盛络绎从。
遇便开襟来乳哺，全家相对在驼峰。

不论是严肃的考察笔记还是浪漫的诗词歌赋，都印证了归化城确实是一座名副其实的驼城的说法，而且是驼业的兴盛造就了驼城的繁华与兴盛。

两次探访石人湾的俄国学者

一

乾隆年间，开辟了一条从归化城经把栅、添密儿、美岱儿、石人湾、牛家川、德胜口等地通往北京的大京路。大京路开通之前，西北与京津之间的货物通过杀虎口运转时绕路费时。大京路开通货物转大京路运输，节省了差不多两成的运费。

二十家子曾经是一个设有二十个差役编制的驿站，距归化城八十里，是去北京大京路上的第一个投宿地点。1915年9月京绥铁路由大同修到丰镇后，每天有好几百辆车到二十家子过夜，村里的许多人家都开起了“轿车店”，绥远的知名人士张遐民就出生在二十家子村一个种地兼开店的“新发户”家中。

离二十家子村不远就是石人湾村，村里石人站立处原是一个墓葬，此墓为呼和浩特地区现存较为珍贵的一处地表存有墓仪的辽代墓葬，地表遗存为身着文官衣着石人一对（石人头在1994年被盗）、石羊一只（头残）。石人高一米八，东西相对而立，间距八米，北侧石人的长袍下部阴刻有字样，通身保护较为完好。此墓距万部华严经塔仅十五公里。

自19世纪中叶以后的五十年间，俄国派往中国的各种考察队，仅在我国的档案中有案可查的就多达三四十支。主要旅行家有彼·彼·谢苗诺夫、格·尼·波塔宁、尼·米·普尔热瓦尔斯基、米·瓦·彼夫佐夫、阿·玛·波兹德涅耶夫……其中1876年、1889年和1899年三年，俄国每年派往我国的考察队就有四五支。

晚清时，俄国的蒙古学学者阿·马·波兹德涅耶夫在对内外蒙古的实地旅行考察中，曾两次经过石人湾，就这两尊石人对当地农民进行过访问和考察，并拍摄了石人的照片，记载于《蒙古及蒙古人》一书中。

阿·马·波兹德涅耶夫第一次到达石人湾村时是3月8日星期一下午5点30分。

“终于来到盼望已久的石人湾村，其实我对这个总共不超过三十户人家的小村子本身并不感兴趣，但是我听说这个村子的名字来自离此不远的两个古代石人，从一早我就想拍摄这个古迹的照片，催着车夫快赶车子，可是现在纷纷扬扬的大雪下个不停。石人原来在村子的那边，我们过了村子之后看见它们立在道路右侧的田地上。我们看了一下，这原来是两个石刻的道士，它们面对面地站着，就像是在道观里一样，我们没能仔细观察它们，因为鹅毛大雪把我们和石人的身上都落满了。”

这次考察后不久，波兹德涅耶夫又到石人湾村对石人进行了第二次考察，这次是3月17日星期三。

“我们于9点15分来到石人湾，并拍下这里两座石人的照片。那些跑过来好奇地看着我们工作的农民，都相当乐意向我们讲述石人的故事。

从前这里有石人四个，当地人尽管从未祭过他们，但却发现这些石人对他们的田地十分庇护，因为不管别的地方遇到什么灾荒，石人附近的粮食总是打得很多。有一次，也是很久以前，这四个石人突然在一夜之间少了两个。农民们早晨醒来之后，都确信这两个石人跑掉了。他们都为自己的土地失去庇护者而伤心，但他们更担心剩下的两个石人再跑掉。因此，为了保住石人起见，他们决心砍下石人的脑袋，结果石人的性命。这两个石人至今还在那里，砍下的脑袋仍旧装在脖子上。至于那两个失踪的石人，很久也无人知道是怎样跑掉

石人湾的石人

的，躲到哪里去了。直到过了许多年之后，当地有个农民去包头，半路上经过西白塔的时候，才见到这两个跑掉的石人立在那里。

有一段时间，人们已经忘掉石人对田地的庇佑作用，从而对石人的敬意也淡薄了。山水年复一年地带着石头冲到地里，把石人越埋越深，当地的农民只知把石头从地里清除掉，却全然没有想到去给石人清除石头。结果在十年前，突然有一次可怕的灾荒降临到石人湾。这时人们才醒悟过来，他们把石人刨了出来。那时还可以看到，这两个石雕的道士和石羊都是立在石板上的，但现在这些石板又被土盖住了。

如今还有这么一个传闻，每年正月初一，也就是过新年的时候，总是有一个人骑着白马来到这里，在石人面前点几根香烛，烧一些纸钱，然后就离开。这个人从来未和任何人说过话，而且也只有极少的几个老人看见过他；但这里的农民对这一传闻却都深信不疑，并且认为这个人就是埋在这里的石人的后代，因而也就是这块墓地的所有者。我问他们，为什么不去问一问这个人是谁，这块墓地是否真的就是他的。人们回答我说，骑马来的这个人并不是什么人都能见到的，他只让那些已年满八十的有福之人看见他，可是现在石人湾的住户却没有一个这样有福气的人了。”

二

2013年，我也去往石人湾，却不知道是什么吸引了我，是苍翠的山峦、静立的石人，还是游者鲜艳的衣衫。历史与现代交汇，时空与自然融合，我忽然感到一种亲切的召唤，是美丽山峦的召唤，还是古老石人的召唤，抑或是七彩斑斓游者心情的召唤？无法说清，多次的冥想之后，似乎早已成为一份未了的缘、未尽的情。

抬头是蓝而高的天空，蓝而高的天空下是苍黑的树木，眼前的一切都在提醒我，这已是深秋的季节，那么远处的石人湾也该脱去了翠绿的衣衫。但是，当心中的渴望变得无比强烈时，一切都不能阻挡我前行的脚步。

一路走走停停，因为不知道确切的路线，需要不断地下车打听，但这一切非但没有消磨我继续前行的耐性，反而为此去探访石人湾平添了几分神秘。

终于到达了目的地——呼和浩特市赛罕区黄合少镇石人湾村，也终于见到了那一对石人。

我想象中的石人或巍峨地屹立于山顶，或雄壮地矗立于旷野，可是我的想象与那石人一样，被圈进了一个现实的铁笼子里。

我知道的石人传说里没有提到那一个骑着白马的神秘人物，不过我还找到了另外一个关于石人的传说。

在土默川地区有一位年轻英俊、心地善良、武功高强，名叫李靖的王子。李靖王子是土默川上许多姑娘倾慕的对象，石人湾村一对美丽的孪生姐妹也向李靖王子投去遥遥的注目。

石人湾

一天，姐妹俩出去挖野菜。野外美丽的景致，触动了少女内心的情思，顽皮的妹妹对姐姐说："咱们站在远处，谁能套住石人谁就可以做李靖的妻子，石人一定会成全咱们的。"也许是石人感动于她们内心真挚的爱情，有意要成全她们，两只篮子都准确无误地套住了石人。

归化城牵马的传教士

俗话说，乐极生悲，两人正沉浸在美丽的爱情梦境中时，一只老虎扑向了姐妹俩。两人急喊救命，这时，不远处出现了一支猎队，跑在前面的是一位骑着白马、携带弓箭的年轻人，他边飞马疾驰边搭弓射箭，两只利箭一下射中了老虎的眼睛。俗话也说，否极泰来，姐妹俩的救命恩人正是她们日思夜盼的李靖王子，于是，因为石人，这一对姐妹真的成了李靖王子的妻子。回想着这个美丽的传说，似乎听着一支悠扬的歌曲，而对面站立的石人更让我生出许多亲切的感觉。

石人湾是一个不知名的景点，旅行的话这里不是一个很好的选择。但是，俄国学者却两次专程前来探访石人湾，可见，石人湾不是因为景点的美丽，而是深厚的历史文化内涵吸引了俄国学者。

走驼道娶回新疆姑娘

一位九十岁的老人临去世时对家人说，在很远的地方有一些一直没有联系到的亲戚，他希望自己去世后，家人们能够找到这些亲戚。

这位老人是于贵生的爷爷，于贵生想帮助爷爷实现这个临终愿望。

于贵生的爷爷于万金，老家在呼和浩特市土默特左旗兵州亥乡大里堡村，年轻时给归化城的曹家拉骆驼。曹家在新疆的乌鲁木齐设有商铺，民国二十三年，于万金被派到新疆。于万金还没有成家，掌柜的让到新疆，他就安心留在了新疆。

新疆是一个好地方，葡萄、哈蜜瓜，还有那一首热情奔放的歌曲《达坂城的姑娘》，让许多人记住了新疆姑娘的美丽。

达坂城的石路硬又平啊
西瓜大又甜呀
达坂城的姑娘辫子长啊
两个眼睛真漂亮
你要是嫁人
不要嫁给别人
一定要嫁给我
带着百万钱财
领着你的妹妹
赶着那马车来

民国初年的贵妇人

漂亮的新疆姑娘嫁给了归化城的驼夫于万金，婚后，于万金和他的新娘在新疆生活了一段时间后，就准备带上新娘回归化城。他们带着的还有十八峰骆驼，和新娘十三岁的妹妹，是真正现实版的《达坂城的姑娘》。

新娘带着嫁妆，带着她的妹妹，要和于万金回家，可以想见于万金是多么激动。

平平顺顺地出了新疆，却在武川的一个村子附近遭遇了土匪，一下子抢走了他们十六峰骆驼。土匪给他们剩了两峰骆驼，也没有伤害他们三个人，还是应该庆幸的。可谁能想到，当他们走到土默特左旗十里坡村时又遇到了土匪，两峰骆驼和妹妹都被抢走，他们身边只留下一口破锅和一个风箱。

于万金的欢乐被夺走了，他虽然知道驼道的危险，可他还存着侥幸，认为倒霉的事不会那么巧落在自己头上。骆驼和财物被抢走后，他们只好一路乞讨着回到家里。

回到家后，于万金就改了名字。父母给他起了万金的名字，是想让他挣得千银万金，过上不愁吃喝的好光景，可从新疆回归化城一路的遭遇，使他觉得平安才是最大的福分，他给自己改了名字叫于平安，给维吾尔族新娘起了一个汉族名字叫张玲玲。

于万金和张玲玲过起了平平常常的日子，先后生育了四个儿子两个女儿。儿女们一天天长大，日子也流水般地悄然逝去。在这逝去的日子里，埋藏着张玲玲的一件心事，那就是她丢失的十三岁的妹妹。当年丢了妹妹的张玲玲是怎样的心境？她是否想着，当她有一天面对亲人时，她怎么向自己的亲人交待？

驼道上寂寞的驼队

或许，这个想法一直折磨着她，让到了归化城的她一直没有回新疆，然后于五十岁时身患重病离开了人世。

于平安拉扯着孩子们一天天地长大，一直没有得闲的时候。闲下来的时候，他就想着去世的媳妇，想媳妇的时候，就会想到当年丢在路上的妹妹。他觉得，媳妇一直惦记着妹妹，这惦记折磨着媳妇，直到这折磨成为一种病症，让媳妇早早地离开了人世。媳妇虽然没说，可他猜到了，媳妇一直想找到妹妹。这是媳妇未了的心愿，也是他自己未了的心愿。直到快去世时，他才觉得，自己再没有心力去帮媳妇完成这个心愿了。临去世时，于平安告诉家人，希望家人能够帮他了却这个心愿，那就是找到妹妹，找到在新疆的亲人。多少年来，他一直记着，媳妇是新疆奇台县小屯村人。

摇曳在驼背上的童年时光

一

呼和浩特旧城北门附近，矗立着一座名为“跋涉”的巨大雕像。后面的骆驼负载着沉重的货物依然昂首挺胸，前面的驼夫身子向前倾着，仿佛正拉着骆驼行进在茫茫的沙漠或戈壁上。驼夫左手里拿着骆驼缰绳，右手里拿着头上摘下来的棉帽子。凛冽的寒风阵阵袭来，身上的皮袄被吹得翻卷到身后，戴着回族白帽的驼夫，目光坚定地向着遥远的地方艰难地跋涉着。

这一座名为“跋涉”的雕像，默默地述说着当年驼城呼和浩特的辉煌历史。当年，许多回族驼夫如雕像上的驼夫一样，常年顶风冒雪行进在艰辛而凶险的驼道上。如今，在放置雕像的旧城区，依然居住着许多驼户和驼夫的后代，其中回族五大驼户曹、杨、逯、马、王中的大驼户王家的后代王世权和王世民就居住在这里。

在老去的时光里，王世权和王世民常常会记起童年骑着骆驼和家人逃难的情景。年幼的他们尚不知驼道的凶险，那一段伴随着悠扬驼铃声的旅行，带给他们更多的是新奇与快乐。

五岁的王世民和八岁的哥哥坐在木筐里，那木筐挂在高高的骆驼背上，他在骆驼的这一边，哥哥在骆驼的另一边，随着骆驼左摇右晃的行走，木筐里的他们和骆驼也一起左右摇晃着。摇晃得快要睡着时，他听到前面传来哇哇的哭声。他从睡梦中醒来，探出头看着前面，母亲骑在骆驼背上，八个月的弟弟装在柳条筐里，挂在母亲骑着的骆驼背上。母亲俯下身子安抚着柳条筐里的弟弟，弟弟慢慢地停下哭泣。

驼夫和骆驼的雕像

长长的骆驼队伍不紧不慢地往前走着，骆驼昂着高高的头，像是永远都走不倦的样子，脚下的路也像是永远走不完似的，看不到边也看不到沿，看到的只是干干的、黄黄的沙子。

五岁的王世民还不能预见危险的来临，哪怕凶险的避乱在他也是奇异的旅行。可是，临出发前，听到路上有狼时他还是感到了害怕，他躲在邻居家里，家里人找他半天找不到，二大大（伯母）发现了他，用一盒糖把他哄回家里。

他家的院子里卧了一院子的骆驼，驼夫们坐在屋檐下一边抽着烟，一边拉着话。母亲进进出出，安顿着要带的东西。母亲安顿好后，他就被母亲抱着放到骆驼驮着的木筐子里，哥哥不要人抱，自己爬着就坐到了木筐里。

他前面的骆驼背上挂着一个柳条筐，母亲抱着八个月大的弟弟走到骆驼旁边，把弟弟放到柳条筐里，母亲就骑在这峰放着柳条筐的骆驼背上。

茶叶之路上的驼夫

那是1947年春天，为了避乱，王世民一家人从归绥的家里出发，沿着东顺城街（现中山西路）、十间房街（现通道街）向着大青山上的坝口子村走去。

快到坝子村时，他们便看到了漫山遍野开着的杏花，白的像雪，粉的像霞，闻着扑鼻的花香，看着繁盛的花朵，感觉不像是避乱，倒像是走到了世外桃源。

天黑下来时，他们走到坝底的一个小村子，住在这个村子的一家旅店里。那个不大的旅店点着一盏麻油灯，店里黑糊糊的啥也看不清。一口气走了十多里山路，大伙都累了，凑合着吃了点干粮就躺下睡了。

睡到后半夜，他们听到远处传来一阵枪声，跟着驼队的大狗汪汪地叫起来。一起走的除了他们娘仨，还有他的侄儿、二大大、大嫂。几个女人听到枪声，都把娃娃搂在怀里，趴在炕上一动不敢动。

枪声响起时，驼夫们都抄起预备打狼的枣木棍子，守护着店里的女人、娃娃和院子里的货物。枪声响了一气后，慢慢地停下来。

第二天，他们吃了一口饭就早早地出发了。临出发时，驼夫们把骆驼脖子上的驼铃摘下来。驼铃摘掉后，骆驼悄没声地加快了脚步。

不知走了多久，他抬起头时，便看到了一望无际的草原。草原上绵延着一条清澈的小河，牛、羊、马甩着尾巴，在草原上快快乐乐地吃着青草。草原的边上有几间土坯房，土坯房里传出琅琅的读书声。原来这是一个私塾，附近有钱人家的娃娃都在这里上学。

他们到了召河自家的骆驼草场时，一个蒙古族女子一脸笑容地迎了出来，这就是五女子姑姑，他奶奶的干闺女。母亲把从家里带来的茶叶和一些零碎东西给了五女子姑姑，五女子姑姑留他们在这里待了三天，每天熬了热腾腾的奶茶，端出白生生的奶豆腐、酸奶饼干招待他们。

离开召河，他们就没房子可住了。驼夫们拿出帐篷，可一个帐篷只够七八个人住，就把帐篷让给了他们一家女人娃娃，驼夫们用驮子搭了小帐篷凑合着睡一夜。

每天黑夜临睡前，驼夫把大狗放在帐篷外面，狼怕骆驼嘴里喷出的白沫子，驼夫就让骆驼头朝外卧在帐篷外面。

驼队的杨伯伯骑着一头毛驴，一到黑夜这毛驴便一个劲儿地叫唤，毛驴一叫唤就把狼招了过来。他们睡在帐篷里就能听到狼高一声低一声的号叫，狼一叫大狗便也汪汪地叫，狼听到狗叫便不敢再靠近帐篷了。

可是，狼趁人不注意，会悄悄地潜入帐篷。那一天，狼叼着一个东西离开帐篷走出老远才被驼夫发现。母亲以为狼叼走了睡在柳条筐里的他的三弟，一下子哭晕了过去。后来驼夫点着洋蜡检查了一遍帐篷，看到他的三弟还好好地睡在柳条框里，原来狼叼走了帐篷里的一口袋肉酱。

走到羊肠沟时，他们看到土豹子站在沟顶上号叫着，这号叫声响彻山谷，震得耳朵嗡嗡地响，大伙不由得加快了脚步。驼夫们说，这些都不算啥，最怕的是遇上土匪。前年，就是在这条路上，有三家归绥的驼队被土匪抢劫，七个驼夫被杀死在路上。他们走了一会儿，果然看到丢弃在路边的骆驼尸体。

避乱的路上，连大人们都是心惊胆战的，他开始也害怕，尤其是听到狼和土豹子的号叫，生怕那一头狼突然冲到面前来。可是，狼的号叫声慢慢远去后，他发现了路上行走的许多乐趣。

一路上，他看到草里跳出的野兔子、野老鼠，还有草上一窜就没了影的蛇。沙地上还有一跳一窜的蛇狮子（蜥蜴），这些小东西一会儿钻出沙子，一会儿钻进沙子没了影。抬眼望去，他还看到山上吃草的黄羊。一大群黄羊轻盈地跑动着，好像云一般飘来飘去。走着走着，听到一阵婴儿的哭声，这哭声引着他们来到一个湖边，湖水清澈见底，一群像大雁一样的鸟儿在湖面上飞来飞去，这些鸟儿边飞边发出“哇哇”的像婴儿的哭声，因为这像婴儿的哭声，这座山便叫了娃娃山。

他们沿路走过四十多个地方，这些地方都有着稀奇古怪的名字，老虎山、人头山、狼山河坝道，还有蒙古语的地名，毛达不素、合沙图、巴彦毛道、敖丹庙。

日据名信片上的归化城中央大街

他们一口气走到百灵庙的镇子上，这镇子里虽是小街土房，却比路上繁华了许多。

接下来的路上，他们看到的便是满眼的荒凉。头顶着火热的太阳，一连走几天都不见一个活物。饥饿的野狼看着驼队经过，瞪着绿莹莹的眼睛瞅着下口的机会。几条大狗汪汪地叫着，领房子的前后左右照看着。母亲大声地喊着，让他们钻到木筐里，不要露出头来。饿急的狼有时会不管不顾，直接冲到驼背上把人叼了去。

到了巴彦卯道，他们便走了一半的路程，驼夫们都松了一口气。这里有一道关卡，他们在这里交了税，顺便歇几天。驼夫们给骆驼喂了许多盐，好让骆驼多喝些水。到了沙漠上，没有打水的地方，带着的水就没了骆驼的份。

过了巴彦卯道，他们走到河坝道时，带的干粮不多了。看着路边过路人留下的馕坑（土坯垒成的烤炉，上下有口，能烧干草和干牛驼粪），驼夫们和好面，等炉子火烧旺后，把擀好的厚厚的面饼子贴在炉壁上，两三袋烟的功夫，面饼子就烤熟了。驼夫们把烤好的干粮装起来，又找了水将带的水桶加满。

下一站，就要进入腾格里沙漠与巴丹吉林沙漠，他们要在这没有水没有草的沙漠里煎熬半个月，才能到达凉州附近的野猪湾。

走呀、走呀，不停地走，可沙漠像是永远走不完似的，人和骆驼走得没有一点力气了，就找个平坦的地方歇下来。驼夫们拉着骆驼一步一步地走下来，到了歇脚的地方，都累得没了力气。二大大裹着小脚，大嫂怀着孕，每次歇下后，母亲顾不得喘一口气就出去捡柴禾。

沙漠上光秃秃的，找一根柴禾也要走好远的路。那一天，母亲出去找柴禾，翻了好几座沙山，等找着柴禾往回返时，在沙山附近绕来绕去，怎么也找不到驼队。正在这时，母亲听到一阵熟悉的驼铃声，接着便看到一列长长的驼队，那不是他们的驼队，但母亲跟着这驼铃声找到了他们自己的驼队。

沙漠里没有草也没有树，可有时也能碰着些芨芨草和芦草。背风的地方，还能找到些沙葱，这些沙葱只有两三寸长，虽是干沙子里长出来的，吃着却是鲜嫩鲜嫩的。

驼队歇下来时，他和哥哥、侄儿就到沙丘后面挖沙葱，挖回来的沙葱拌到面条里吃特别香。那一天，驼队歇下后，他们又一起跑到沙丘后面去挖沙葱。他正挖着，看到沙子里露出一个黄绿的东西。他仔细一看，原来那黄绿的东西是穿着黄绿军裤的死人腿。他和哥哥、侄儿吓得一路跑一路叫，母亲听到喊叫声赶紧跑过来。后来，他听母亲和驼夫说，从穿的衣裳看，那死去的人可能是国民党军队里的逃兵，逃兵在这沙漠里迷了路就困死了。从那以后，母亲就再不让他们去挖沙葱了。

沙漠里没有水，太阳又热辣辣地烤着，人越走越累，越走越渴。那一天，驼队带的水都喝完了，大伙儿都渴得不行。他和哥哥坐在木筐里正烦躁地互相打闹着，忽然听到母亲喊道："别打了，你们看，快到村子了。"他抬起头一看，只见前面隐隐约约出现一个村子，村子里还有好多的房子，房子周围种着绿油油的树，那房顶上的烟囱里还冒出了缕缕轻烟。

大伙也看到了前面的村子，都高兴地叫着："有水喝了。"驼夫们加快了脚步，都想快点赶到村子里，可是走了许久，村子似乎越来越远，最后竟然看不到了。领房子的关大爷说，这条路他走了多少个来回，从来都不知道这里有啥村子，那就是个景。原来，他们看到的村子也像海市蜃楼一样，是一个幻象。

太阳烈烈地烤着，驼夫们渴着、累着、饿着，迷迷糊糊地往前走。翻过一座沙山又一座沙山，终于看到一个不大的水池子，渴极了的驼夫们争着跑到水池边，有的用手捧了喝，有的直接趴到水池子里喝，喝完才看到那水是黑黄黑黄的，上面还飘着不知是什么的恶心东西。可被干渴折磨了一路的驼夫全不管这些，喝饱了又拿了盛水的家伙把带的水桶装满。

在沙漠里跋涉了半个月，他们就到了凉州附近，马上要见到父亲了。母亲放下一路的担心害怕，给他们洗了脸，换上干净衣裳。第二天，他们便到了凉州，这里住着他的父亲，也住着许多归绥的驼户。

二

在凉州住了三年，1949年年底，王世民的二伯父打听到归绥太平了，就决定再让他们回归绥。可凉州到归绥还没有通铁路和公路，要回去的话还得骑骆驼。他们的骆驼被军阀扣在新疆，剩下的也都回了归绥。战乱还没有平息，没人敢雇给他们骆驼，他们只好先雇上大轱辘马车，走三天到民勤县再雇骆驼。

民勤是个小县城，街上只有几个叫卖煮山药和糖葫芦的小贩。他们一家人住在一个小庙改建的小旅店里，这间旅店的正房里供着些神像，几个穿着破衣烂衫的尼姑坐在太阳底下抓虱子，偶尔有几个光屁股、光脚丫的娃娃从街上跑过。

他们要从民勤出发，走腾格里大沙漠，再沿着阴山山脉南面，经过陕坝、临河、五原、包头回到归绥。

二伯父给联络了几十户驼户，共有三百多峰骆驼。离开民勤不久，他们就走进一大片红柳树林里，穿过红柳林走不远，就进到腾格里沙漠。

又是渴、困、热的漫长而艰难的行走，一天天地熬着、盼着，他们终于走出了沙漠。走出沙漠后，又走了半个多月，他们到了陕坝。这里已修了公路，他们就改乘汽车。可汽车走到半路时，公路被洪水冲毁，他们只好雇了二十多辆木头轱辘的牛拉车。

被水冲毁的公路坑坑洼洼、高低不平，他没坐稳，一头从牛车上摔下来，牛车从他的胳膊上辗过去，他的胳膊被生生地辗断了。母亲看他受了伤，匆匆忙忙地带着他赶回到归绥。

童年外出的经历，给他和哥哥留下了深刻的印象，他和哥哥记住了那毛绒绒的骆驼，也记住了轻脆的驼铃声，那是摇曳在他们童年的美好梦境。

三

王世民的祖父叫王有恒，字厚斋，王家的字号取了祖父名字的最后一个恒字，叫兴盛恒。祖父的祖父叫王泰华，祖籍京都宛平县，后来本家叔叔王忠说，他们王家的祖籍应该是河北沧州，因为先人和大刀王五家有亲，为了避嫌就只说是宛平县人。

王泰华共有兄弟七人，只有三人来到归化城。他们刚来归化城时，先是收点皮毛货做点小本生意，后来入了马莲滩的屠宰行，成了和杨家、麻家齐名的三大屠户。

大约民国初年，王家买了一链子骆驼，由二伯父拉着跟随本家驼户去了新疆，回来时办了不少当地的土特产。王家做买做卖都不欺不瞒讲信誉，和人相处也忠厚实在。在归绥做生意的青海韩姓大驼户，把五十峰骆驼交在他们手

王世权和王世民的祖父王有恒

里，说好挣了钱后回来付款。他们去新疆走了一趟，又赚了一大笔，还清了欠账，剩下的钱都买了骆驼，他们便拥有了近四百峰骆驼的大驼队。

他们把近四百峰骆驼的驼队分成两队，分别在年初和秋天从归绥出发，把从京、津、冀、晋地区贩到归绥的布匹、茶叶，驮到甘肃凉州（武威）、甘州（张掖）、肃州（酒泉）和新疆的迪化（乌鲁木齐）、土尔凡（吐鲁番）、土城子（奇台）这些地方出售。返回来时，再把当地坐庄掌柜的收购的皮毛、药材、肠衣、蘑菇、沙枣、哈密瓜干、杏干、葡萄干运回归绥，再经京包铁路运往京津这些地方销售。从归绥到甘肃走四十多天，到新疆就要走三个月。

当年归绥养骆驼的有百十来家，王家很快位列归绥回族五大驼户曹、杨、逯、马、王之一。

归绥城的许多大驼商都是白手起家，而且大多都是携妻带子走西口过来的苦命人。到了归绥城后，他们有的当驼夫，有的进鞭杆组，像王世民的先辈开始只是做点零碎小买卖。为了一家人吃顿饱饭，每天辛苦劳作，挣下的钱一个一个地积攒起来，然后换成骆驼走起了驼道。碰着运气好没有被土匪抢劫，或虽被抢劫却是没有丢掉性命，便慢慢地发达起来。

第三章

义利并举的归化城商人

“诗人”康熙与“铁匠”彼得

康熙十六岁指挥“库布戏”（蒙古式摔跤比赛）小儿生擒权臣鳌拜，从而把实权掌握在自己手中。彼得十七岁靠他训练的“娃娃兵”幽禁了索菲亚，夺取了政权。康熙和彼得两人都是年少的时候就拥有了雄才大略。

彼得作为一位年轻的皇帝，执政不久就不安于坐在皇帝的宝座上享受臣民的顶礼膜拜。身为皇帝的他似乎被各种焦虑折磨着，他马不停蹄地赶往一个又一个国家，先后出访了荷兰、丹麦、瑞典、法国和英国。他还亲自招聘发达国家的专家、学者和科学家到俄国工作。

彼得时常忘记自己是一个高高在上的皇帝，他经常出席普通商人朋友的家宴。在忙得昏头昏脑的间隙，他跑到工厂的车间，和穿着油污工作服的工人们一起抡起铁锤敲打坚硬的铁块。看着烧红的铁块在铁锤下火花四溅，听着铁块在锤子的击打下发出叮当的声音，他的耳边仿佛弹奏着欢快的音乐。

在美妙“音乐”的伴奏下，彼得把自己的汗水和智慧，交到铁锤下的那一块铁上，这一块被汗水浇灌的铁块，慢慢脱去笨重的衣衫，成为一个精致的枝形灯。打好枝形灯，彼得心满意足地放下铁锤，然后伸手向车间的负责人索要自己打铁应得的那一份工钱。在生命最后的短暂时光里，彼得抛开身边所有的人，独自到车间里做了最后一次打铁的活儿。

打完枝形灯的彼得又想起了中国，这个神秘的黄金国度，有会吐丝的虫子，能烧成各种漂亮瓷器的泥巴，这一个谜一般的国家像磁石一样吸引着包括彼得在内的许多欧洲人。他们渴望了解这个富有神秘色彩的国家，他们也想一脚跨入这个美好的国度去一探究竟。

在东方，康熙在大清的皇宫里，正接受着严格的儒家文化训练。习汉字、学格律，吟诗作赋，练习书法，还有武术训练。通过这一系列的学习，康熙的汉学有了很高的造诣。康熙皇帝在位期间，奖励农耕、治理黄河，他还组织人编纂了《古今图书集成》《全唐诗》《佩文韵府》《康熙字典》等。康熙在两千年的中国封建社会里，可以称得上是深谙文韬武略的伟大皇帝。可是，老师没有给他安排地理课，他仅有的地理知识是通过一个宫廷画家画的一张世界地图得来的。这个画家画的世界地图只有居于中心的中国，中国之外的其他地方都成了茫茫大海和大海上几个星星点点的小岛。

康熙皇帝

彼得大帝

当康熙认为是“小岛”的俄罗斯出现在他的头脑里时，他不免要把俄罗斯当作“蛮夷”来对待。

康熙和彼得两个巨人经过一次又一次的接触，不可避免地发生了碰撞，直到双方都付出了血的代价后，他们才有了和解的愿望。俄国要求享有在黑龙江和其支流上通商的权利，还特别提出，邀请中国方面派遣大使到俄国去，并且携带宝石、金银、丝绒、绸缎、香料到俄国，俄国保证所有这些来自中国的物品都会由俄国财政部按市价收买。

经过战争和误解之后，中国和俄国终于可以坐在桌子前进行谈话，谈话的地点就是历史名城尼布楚，双方政府的代表在这里签署了著名的《尼布楚条约》。从这个条约开始，中俄两国走进了长达一百年友好交往的历史阶段。

《尼布楚条约》的意义首先在于它的签订使中俄两国第一次明确了边界的概念，并且以法律的形式确定下来。

首次来到中国的俄国商人

伊兹勃兰德·伊台斯的商队是第一支到达中国的俄国商队，领队的伊兹勃兰德·伊台斯虽然来自俄国，却不是俄国人，而是出生在丹麦。

中国在欧洲人眼里，是一个被涂抹了神秘色彩的国度。伊台斯像许多欧洲人一样，也受到了这神秘色彩的迷惑与鼓动，中国泥巴烧制的精美绝仑的瓷器、虫子吐出的丝线，和地下埋藏着的无数黄金白银，像磁石般吸引着他，促使他给彼得写了一封信：

“我出生于丹麦境内，出生于商人家庭。1676年，我乘船到过阿尔汉格尔斯克（西伯利亚的一座海滨城市）。年少经商，颇能如愿获得，直至1689年。那年，正同法国进行战争，大海的惊涛骇浪吞没了我的财物，使我破产……

然而，我在经商期间，已向陛下的财政部缴纳过六千多卢布作为我的商品的关税……

我恭具申请书，敬求以下各点：

一是请准许通过西伯利亚前往中国。

二是请准许财政部预支三千卢布现金和价值相等的貂皮及其他兽皮。

三是请赐予商人的身份，并请准许我到这个国家（中国）居住五个月或六个月，以便出售商品并购买当地商品，并乞求陛下赐给一份致中国可汗的正式证件。

四是请准许携带五六个外国人以及若干俄国人和我做伴。”

伊台斯想到中国经商的强烈愿望打动了彼得，彼得同意了他的请求。

伊兹勃兰德·伊台斯带领去往中国的商队，除了他本人外，还有司机一名、准尉两名、医生一名，另外随行的有翻译、商人，其中有十二名德国人、九名俄国人，火枪兵和哥萨克九十人，共计一百七十五人。

1692年3月3日，伊兹勃兰德·伊台斯从莫斯科出发。他们乘坐雪橇，行进在茫茫白雪中。一路上，他们顶风冒雪，忍受着刺骨的严寒。第二天，商队到

将军衙署

达了莫斯科东北的城镇凯戈罗德，然后再向东北方向继续前行。

春暖花开时，商队已穿越了乌特卡、涅维扬斯克，于7月7日到达了托博尔斯克。托博尔斯克是西伯利亚的新兴城市，离中国的西北边境很近，与中国领土只隔着一座叫萨彦岭的山脉。夏天时，商队乘马车、乘船行走，可能够这样悠闲行走的日子并不多。

西伯利亚大部分时间都是寒冷的冬天，商队许多时候都是冒着严寒，在冰雪覆盖的荒野上艰难地行走。又一年春天，商队艰难跋涉了一年零十四天后，到达了西伯利亚另一座重要的城市上乌丁斯克。天气暖和，路也好走了，商队乘马车或骑骆驼，从上乌丁斯克到尼布楚走了两个月，然后进入中国境内。

当时，我国西部地区正处在战乱与动荡之中，这场战争由我国的西部向北部蔓延，使得商队被迫选择了荒凉难行的东路，而这条路线的许多路段都没有

达茂旗刀包乌素驿站

道路可走。当时使团成员亚当·布兰德记下了一路行走的情景。

“5月2日，我们渡过海拉尔河。我们刚刚渡过河去，3日就遇到了可怕的草原大火，我们都不知道往哪里躲避。……草原上覆盖着去年经过一冬已经干枯了的、高高的荒草。火势蔓延极快，我们都来不及拆卸帐篷。使臣（伊台斯）先生想从火中抢救营地，但是无济于事。火呼呼地烧得很猛，噼啪作响，真是无法形容。烧伤十人，其中一个俄罗斯人伤势最重，5月21日他死了。

我本人也遭遇很大的危险，要不是两个随从用毯子把我裹起来，及时救我出火海，和我一起跑上一座秃山，我的遭遇不会比那些人好。

5月15日，我们遇到了遵照涅尔琴斯克（即尼布楚）军政长官的命令，由额尔古纳河出发迎接我们的人和车队。他们来得正是时候，因为牲口已经瘦弱得再也不能前进，我们也已经完全断粮了。如果他们不赶来救助，再过两天我们就只好宰马充饥了。随员中的许多人，甚至我们自己大部分时间里都不得不艰难地在荒原上步行。……随员中大部分人因吃了黑面包而生了病。我们必须慢慢适应，因为已有半年没有见到面包了。

6月13日，三名通古斯人给我们送回来5月8日迷路的一个俄罗斯人。他在荒原上瞎走了三天，仅以块根充饥。通古斯人说，他们费了好大周折才使他顺从了他们，只是在他和他的马已筋疲力尽后才抓住了他。他怕被他们杀死。

8月5日，午饭后我们起航，行约一里，在一处相对宽阔的地方驶过名叫波赫麦利纳的石滩，在湍急的水流中我们的船打转了两次，简直让人怵目惊心！

10月3日，当我们准备起航的时候，我们随员中一位名叫约翰·乔治·维尔特塞尔的职业画家逝世了。他信仰上帝，出生在西里西亚的戈利金格。在患病的十三天中，他表现出了巨大的忍耐力。他日夜祈求上帝赐他仁慈，宽限他的有生之日。但是上帝没有这样判决，脓肿一日甚一日，当脓肿蔓延到心脏时，维尔特塞尔的灵魂就离开了他那瘦弱的躯体。

10月9日，按照基督教的习俗，把他安葬在克特河流经的一座山岗上。仪式完毕后，在墓上竖起了一个十字架。这是我们在这荒凉的不毛之地能够给予他关怀的最后标志。”

伊兹勃兰德·伊台斯带领的商队在去往中国的路上，经历了荒原的大火、饥饿的考验，并体验到了死亡把同伴带走的恐惧。这就是俄国商人见证的驼道，一条随时会丢掉性命的死亡之路，却也是许多人向往的发财之路。

中国之行让伊台斯成了明星人物

1693年冬天，伊台斯的商队出现在大清京师北京城的街道上。

一本《俄国使团使华笔记》记录了康熙皇帝三百年前接见俄罗斯使臣伊台斯的情景。

“11月16日，领侍卫内大臣索额图，一位尚书及两名侍读学士前来对叶利扎里（伊台斯）说，博克达汗（康熙皇帝）陛下派他们来向他说明，要按他们的惯例觐见汗及行礼。倘若他不如此行礼，则不能觐见天颜，皇帝也不会召见他。叶利扎里回答说，如何觐见汗，他将按照本国的惯例行礼。领侍卫内大臣索额图说，若不按中国的规矩向汗行跪拜礼，则不能觐见天颜。他们的古老规矩不能改变。

叶利扎利说，他可以按照他们的惯例行礼，但最好向他们说目前应该如何行事，博克达汗是否将问候大君主沙皇陛下的健康。

近臣们对他说，他们不知道博克达汗是否将问候大君主的健康，他们不敢将此事奏闻汗陛下……

11月17日午后1时许，一名侍读学士奉派前来，请使臣进宫。叶利扎里骑马进宫，仍在下马碑前下马，经过先前走过的几重禁门，又经过其他好几重禁门，才走向汗的宫殿。近臣们从汗身边出来，对叶利札里说，请他稍坐片刻。

叶利扎里便坐在地上。在这里席地而坐的还有汗的近臣约三百人，都穿着整洁的礼服。等候到2点，尚书、侍郎和一名侍读学士前来请使臣去见皇帝。叶利扎里即往前走去，后跟十名扈从。叶利扎里被领到汗的大殿前面。又等了片刻，汗进殿升座。叶利扎里被领到汗的面前，站在正对殿门离宝座约六俄丈处，殿门敞开着。叶利扎里见到汗时按照他们的规矩行跪拜礼，随从们也行三跪九叩首礼。行礼时跪下，头触地。汗命叶利扎里进殿，然后赐座。叶利扎里在离宝座三俄丈处席地坐下，他的随从们坐在离他三俄丈的地上。叶利扎里的上面，对着皇位，汗的近臣侍卫内大臣索额图及其同僚四人，也是席地而坐。皇位左首坐着皇帝的宗室、王公贵族。殿内外约有三百人。

接着，抬来一张铺着黄缎的桌子，放在汗的面前，近臣们面前也是每人一桌，为叶利扎里特设一桌。汗命索额图问候大君主的健康。

叶利扎里起身按训令回答：他是大君主沙皇派来的。上帝恩佑的圣命威武的大君主、沙皇和大公，全大俄罗斯、小俄罗斯、白俄罗斯和许多国家的独裁

康熙皇帝接见伊台斯商队

君主、东西方领土和北方属地的继承者，俄罗斯帝国诸伟大光荣国家的国君和占有者约翰·阿列克谢耶维奇和彼得·阿列克谢耶维奇身体康泰……

汗坐在离地六级台阶的御坛上，汗的后面有两扇对开的小门敞开着。汗的面容是蒙古型，留两撇大胡子，胡须不多，黑色，身穿……袍。头戴中国式帽子，顶上系帽缨，皇冠上有颗很大的红宝石。”

这是康熙皇帝接见俄国使臣伊台斯的整个过程，伊台斯为了见到康熙皇帝，虽然内心有着拒绝，但他如果不按中国规矩行跪拜礼，就见不着康熙皇帝。伊台斯权衡利弊，还是做出了让步，他唯一的要求是，让康熙问候他的沙皇君主的健康。

中国烦琐的跪拜礼节不但受到伊台斯的拒绝，也受到后来来中国的其他使节的拒绝。雍正年间俄国使节巴依科夫说：“你们的帝国是大的，但我们的帝国也不小。”他接受不了中国的跪拜礼，把外交访问丢在一边，从库伦回了俄国。

伊台斯闯过了跪拜礼这一关，他就有了丰厚的收获。康熙皇帝招待俄国使团的菜肴有乳猪、肥羊、鸡鸭鱼肉，加起来有七十多道菜，此外，还有各种精美的点心、水果。餐桌上铺着黄缎子餐布，吃饭用的都是银制餐具，喝饮料用的是玛瑙杯子。陪客的文武官员有两百多人，一边吃饭一边还有歌舞助兴。

康熙皇帝接见俄国使团之后，赏给俄国使团成员许多礼物，伊台斯得到的是带笼头和中国鞍子的骏马一匹、中国式的红缨帽一顶、绣金蟒缎羔羊皮袄一件、挂着小刀和其他饰物的腰带一条、手帕六块、荷包两个、皮靴两双、丝袜一双等。

赏给司书谢苗、波烈茨基，使团官员伊凡·布尔克拉莫尔、彼得·拉姆巴赫，医生克里斯托芬·卡尔斯滕茨，托博尔斯克司书伊凡·苏莫罗茨基，每人缨帽一顶、花缎一匹、缎面羔皮长袍一件、丝织腰带一条、丝手帕两块、中国布十六匹……哥萨克和仆人则每人得到十尺缎子、八匹中国布和一两银子。凡是使团成员都是人手一份，每个人都得到了中国皇帝的恩赐。

伊台斯在中国欣赏到了戏剧、杂耍，各种名胜古迹。他也终于见到了虫子吐出的丝做成的多彩丝绸，泥巴制成的精美瓷器，还有发着光的黄金白银。在等待召见的日子里，每日为使团供应的食品亦是非常丰足和讲究，肥羊两只、鹅一只、鸡三只、鱼三尾、面粉一大斗、大米一大斗、食油两磅、茶叶两包，还有马奶酒和其他饮料。

伊台斯使团走时，又得到了贵重的礼物，多出他们带来的礼物好几倍。伊台斯共带走二十七峰骆驼、十四匹马驮运货物。他们从西伯利亚输出的货物价值一万四千卢布，其中还不包括伊台斯和其他私商的货物。在这个商队里，官家的货物不超过五分之一，也就是说国家的货物在商队中所占比例很小。中国方面隆重地为俄国使团送行，一直到中俄边界。

工艺精美的银碗等日用品

传说伊台斯从中国带回一些精美的宝石，其中一块蓝宝石，据说价值一万塔列尔（德国银币，1907年以前等于三马克），重二十佐洛特尼克（旧俄重量单位），色泽极佳。伊台斯多次举办盛大的宴会，每次沙皇彼得都亲自出席。

伊台斯在去往中国的路上遭遇了难以想象的困难，差点付出生命的代价。被康熙皇帝接见时，一系列的繁文缛节也让他难以接受，可是，闯过一道道的关口，伊台斯就获得了丰厚的回报，他不但得到了康熙皇帝赐予的贵重礼物，也获得了沙皇彼得的敬重，他也因为此次中国之行而成为令人瞩目的明星人物。伊兹勃兰德·伊台斯从中国回到俄国发表了他的旅行日记后，立刻在德国、荷兰以及整个欧洲引起了轰动。伊台斯成了新闻人物、传奇人物。在莫斯科，从商界到军队，从市井到宫廷，到处都在谈论伊台斯的中国之行。伊台斯

1915年6月7日，中、俄、蒙三方在恰克图共同签订《中俄蒙协约》，中方代表陈录（前排右二）与俄、蒙代表合影

的传奇经历，点燃了欧洲人到中国寻宝的热情。

俄国人眼里的中国商人

恰克图是俄罗斯西伯利亚的一个边境小镇，本意为有茶叶的地方。清朝时，中俄两国在此贸易，主要交易的就是茶叶。

恰克图是一个不为人知的小村子，茶叶之路的打通，驼商的入驻，使这个边境小村一下子沸腾起来。商人们携带着货物，从四面八方赶来。每逢重大节日，全城的人都一起隆重庆祝。

俄国著名经济学家瓦西里·帕尔申描述了俄国人过节的时候，中国买卖城的官员扎尔固齐带领他的随员和中国商人一起庆祝节日的情景。

有一次过节，他在税务总监的家里见到了买卖城里的扎尔固齐及随员和中国的一些商界巨子。他看到，中国人的衣着非常讲究，扎尔固齐穿着一件贵重的海獭皮马褂……当提议举杯敬祝皇帝陛下健康时，扎尔固齐和全体中国人都肃然起立，与俄国官员及公民一起欢呼“呜啦”，并兴高采烈地举起酒杯。这个场面给他留下了非常美好的印象，他觉得，中国人满面春风的样子让人喜欢，炽热的情感也使人陶醉。

他在买卖城看到，扎尔固齐平时也来会见税务总监，有时是正式拜会，接洽公务，有时则是不拘礼节地前来拜访，但向来都带着许多人，并由蒙古骑兵及俄国哥萨克卫队簇拥着。扎尔固齐彬彬有礼，对俄国人都很客气。交谈通过翻译用蒙古语或满语。由于不断交往和经常在许多事务上打交道，所以，中国人对俄国商人的态度很友好、很随便……

瓦西里·帕尔申在他的《外贝加尔地区纪行》中也有对中国人的描述：

清代最早的对俄贸易口岸买卖城主街

“中国人甚至在不做买卖的时候也从早到晚待在恰克图，串门、吸烟、聊天。如果当时主人正忙着做某件事，可以完全不必照应他们。而他们自己同样不去麻烦主人。因此正如俄国人所说的，他们是每日都来的常客……

中国人在做买卖上特别固执，坚持要价，分文不让，他们能为一件东西讨价还价三天三夜而不觉厌烦。俄商对他们也同样强硬，毫不相让。不过，一旦他们当中有一方决定做成这笔生意，这种买卖就像大水溃堤一样奔腾向前，市面也随即沸沸扬扬、活跃异常。中国人用俄国话谈买卖，然而只有恰克图的居民能听懂他们的话……

买卖城的商人几乎全都是中国北方各省的人。他们与南方省份的人不同，性格特别刚强，说得更直率一些也就是非常固执，难以说服。他们开玩笑或者说俏皮话，都带着浓厚的民族特色……

中国商人招待客人非常热情，不厌其烦地请客人吃各种甜食及喝马德拉酒、香槟酒，对普通的客人也是一样亲切、热情。妇女们带着孩子和老人成群结队地涌进店铺，毫不客气地大嚼糖果，对端来的绍兴醇酒和中国草浸酒也不客气地大喝一气。”

瓦西里·帕尔申留下的文字资料，为我们描述了当年他所见到的中国人的样子。在他的描述中，中国人可爱的一面多于让人讨厌的一面，像中国人的满面春风、热情豪爽，还有中国北方商人的执着与刚强，以及他们带着民族特色的俏皮话，都显露出让人喜欢的一面。

那么，文中提到的买卖城在哪里，是什么样子？

“买卖城是个中国城镇，它距俄罗斯边界的木墙大概不超过一百俄丈，木墙就是普通的木头栅栏。买卖城周围用高大的木桩联结成的栅栏作为围墙，城

清朝管理买卖城的衙门

买卖城的中国老板

门顶上有一个小的塔楼，楼顶四侧是雕刻而成的木龙，龙是中国的徽记，只要有中国人的地方就能看到有龙的雕刻或绘画。

从北门进入买卖城，首先看到的是一条狭长的街道，街道两侧全都是不太高大的木房子，看起来却像石砌的。这些房屋类似一排排连起来的商场，都有门能通到街上。

通过朝街的大门，就能走进那带回廊的庭院，庭院四面都有门有窗，既是铺子又能住人。前庭摆设简单，却收拾得干净整洁。前庭后面的房间特别讲究，有的安装着俄国式的壁炉。屋内靠墙四周都是宽大的板床，板床上垫着毡子，毡子上蒙着毛毯。墙上挂着俄国镜子，有的也挂一些小幅的画。椅子和安乐椅都高大舒适，上着黑漆，有的还雕龙涂金，但中国人喜欢盘腿坐在床上。

房门上头贴着彩纸横幅，上面用方块字题写着店主的名号，看着特别显眼。桌子上或炕桌上摆着十多碟中国甜点心，还有果酱、干鲜果品、蜜饯和海菜。

走进房间，就会闻到特有的中国烟草气味，这种气味对衣服的熏染不亚于蒙古包里的烟气。中国烟草看着有点泛红，毛茸茸的，有一股子芬芳气味。俄国讲究抽烟的人不喜欢抽这种烟，也有人认为中国烟的味儿虽很冲，却挺好闻的。

商人可以自由出入买卖城，其他的人要想进入对方的城市则要得到边防长官的许可。不过，每年阴历二月中国人过春节的时候，也就是大年初一、初二、初三就可自由进入买卖城。那时俄国人成群结队地赶到买卖城，观看中国人的彩灯和焰火，看他们放各种各样的花炮和缤纷绚丽的礼花，那腾空而起的礼花有的如鲜花满天盛开，有的如瀑布从天而降。买卖城街上挤满了看热闹的人们，中国艺人和变戏法人的精彩表演，让他们发出一声声的惊叹。天气虽然寒冷，可是人们都不愿离开这个欢腾热闹的地方。”

1727年10月，中俄签订《恰克图条约》，以恰克图河为界，北为恰克图，南称买卖城，达成互市。中国南方的茶叶，从汉口经归化城到达恰克图，再加工、打包，同俄商接洽后运往俄罗斯及欧洲国家。

依据《恰克图条约》，中方和俄方双方白天都把大门打开，俄罗斯商人和中国商人到对方的城市去看货做生意，傍晚城门一关各回各国。

买卖城为归化城的商人打开了一个广阔的市场。从1571年的隆庆议和到1727年《恰克图条约》签定的整整一百五十六年里，一个半世纪商海中的沉浮起落，归化城的商人有了放眼世界的眼光与胸怀。

归化城驼夫到科布多赚钱

不管是张三、王四还是李五，驼夫的生活总是艰辛的。不过，从驼夫的讲述可以看出，他们对自己所拥有的经历都充满了自豪。驼夫王四是一个赤脚穷汉，却一路走到科布多，走了二十三年后营，从五峰骆驼走成了五十多峰骆驼的一顶小房子。

从十九岁起，王四在归化城太管巷义和公跟房子，到民国十三年回家种地，一共走了二十三年后营，前十三年是给义和公捉锅做饭。由五峰骆驼走成五十多峰骆驼的一顶小房子，除去捉锅的十三年，整整用了十年时间。

拉骆驼走后营挣了钱，他买下五顷多好水地，娶了六个儿媳妇，还帮衬起

清末茶叶市场

两家穷亲戚。虽然走了科布多，虽然从五峰骆驼走成五十峰骆驼的小房子，可王四也有遗憾的地方，他遗憾的是给别人捉了十三年的锅，却没有好好地拉驼挣钱，让自己失去了一个发达的机会。

王四最初伺候的义和公是大盛魁李南庭掌柜的独事买卖，共有两顶房子，每顶房子有一百多峰骆驼。三大字号的天义德衰败后，义和公是仅次于大盛魁和元盛德的又一大字号，在后营有一处梢林，就是盖在盐湖畔上枳笈丛中的固定房屋，里面囤积收购供销的货物，周围圈着羊、马、骆驼。

在义和公捉锅，吃的、喝的都是柜上管，可挣的钱不多，每月只有一二两银子，但能跟上房子来回捎带货物，有的小件货物也瞒上不瞒下地由柜上的骆驼捎带。从归化城捎带一骆驼货，到了后营就能换三四骆驼皮毛，回来时货物

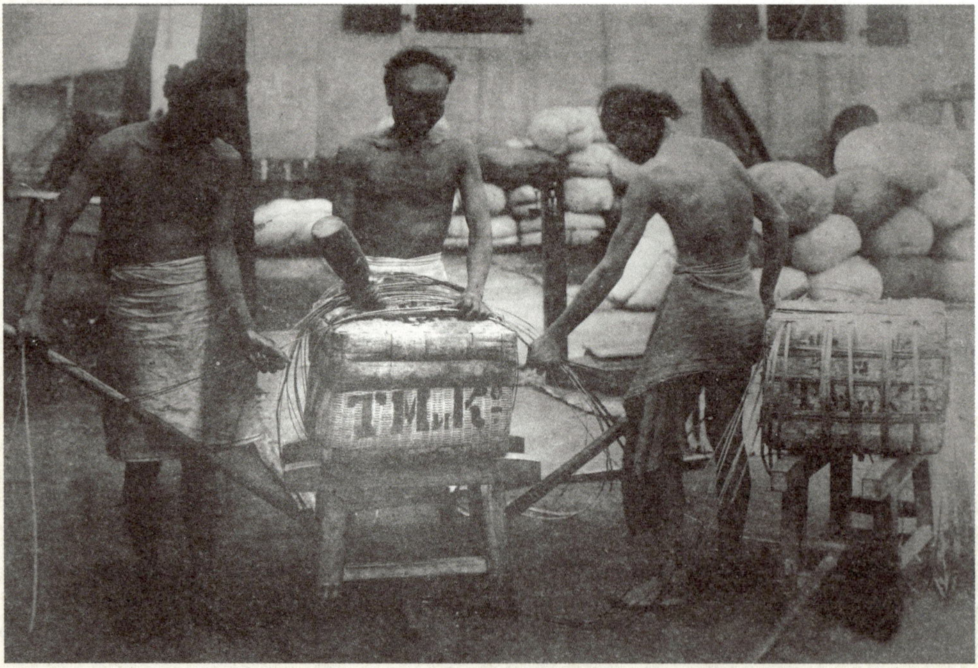

茶厂工人

多驮不了的话，就和牧民雇上骆驼驮，往返一次的雇价是二十块砖茶。要是骆驼半路上倒下起不来，一峰骆驼赔五十块砖茶。驼夫个人信用好或是柜上给担保，都能从牧民那儿雇到骆驼，当时给不了第二年去算账交砖茶也行。

驼夫最大的赚头就是来回带货，往来带货最低也有对半的利，所以清朝光绪年间，给人拉骆驼是一条发家的道。驼夫上工时就能预支全年工钱，用来安家买办捎带的货物，每月还能挣三五两银子，个人有了骆驼的话还能在掌柜的链子里拉货。

按规矩驼夫只能捎半驮子货，其实也能捎一驮子，还不花盘缠。拉一年骆驼能挣一峰骆驼，有了捎驼的话五年就能脱离掌柜，由受苦人变成小驼户。王四是赤脚穷汉出身，拉骆驼带货挣了钱后，就都买了田地。他后来盘算，赚下的钱要是不买田地都买了骆驼驮货，三五年功夫他就不用再捉锅伺候人了。可是，世上没有后悔药，况且失去赚钱机会的也不只王四一个。

王四到了科布多才知道，这里是个让人来了就不想走的地方，附近的乌兰海、塔尔号、扎合沁三个合少也都是好地方，水好草好，土地肥得能冒出黑油来，出了门野葱和韭菜一抓一大把，人吃不完，牛羊也吃不完。吃了野葱和韭菜的牛羊的肉，嫩得像豆腐一样，还没有一点膻味。想吃饺子，拿上箩筐一会儿就能刨一筐韭菜和野葱，再稍往远走一走还能采到蘑菇，和着韭菜、野葱一起拌饺子馅。

后营没升斗，就用烧锅做计量单位，一锅约五升青稞随便扔在地里，到秋天就能收三五十锅。后营不长麦子，白面由古城子运过来。归化城走新疆的骆驼，每年夏天到后营坐场放牧，他们到后营时就把一箩打到底的白面驮上，在古城子一百斤白面二两银子，到了后营就能卖四两，买卖字号把驼商的白面买下，回归化城给现钱。

王四到柜上的梢林，把驮子卸下交了差事后，就骑着骆驼转合少，拿上货跟牧民换皮毛、牲畜，换多换少都是自己的，到秋天一起跟房子回归化城。他忙着转合少，二十年来到过科布多街上两次。他记着，这里比归化城的白塔村小一些，有四五十家商店。

科布多穿街有两道活水，扎占久的商号都种有菜园，归化城有的蔬菜这里都有，长得比归化城的还要好。蒜有拳头大，水萝卜有胳膊粗，西瓜、香瓜的种子是由新疆换来的，一咬一股哈密味。科布多的大商号都是暗房买卖，小商号才设有栏柜。科布多的商号买卖人，吃啥饭都有四个炒碟下酒，两碟是炒鲜肉，两碟是炒鲜菜。

他在明德堂住过好几天，一天两餐烧酒管喝，每天出二钱银子的饭钱。出了科布多，到了牧民家里，或是牧民到了他们的梢林，吃饭都不掏钱。后营的钱也好赚，用板车拉一车蔬菜出去就能换回半车羊肉。

科布多的衙门有二三百人的军队，官员都是绥远城将军委派过来的。商会的负责人叫铺头，原先由三大号三年一轮派人担任，后来因为义和公的买卖做

元盛德旧址院门

西伯利亚的老茶叶店

得比天义德大，义和公在后营梢林的掌柜李芝茂就当上了铺头。

铺头除了跟衙门办理交涉事务，给商家调解纠纷，每年还向坐商和行商征要二百匹对子马，对子马的尾巴用丝线缠好后，赶往北京城给皇上进贡。阴历六月二十四日，是科布多过皇会的日子（据说是给光绪皇帝祝寿），附近的人们都过来赶集，光帐篷就要搭好几千顶，蒙古牧民跑马射箭，汉族老乡搭台子唱戏，行头是三大字号由苏州买的新货，演员是各商号的票友，还能唱折子戏。蒙古牧民和汉族老乡聚在一起，整整红火热闹四五天才散去。

街上一两银子一块砖茶，三钱银子一包生烟，一钱银子一条偏带（腿带）。偏带是单位最小的辅币，成了布絮还在市场上周转。科布多街上不容易看到银子和钱，买卖零碎东西用商品代替货币，另外，街上人人拿着一把偏带。

元盛德在三个合少有十五六处梢林，后营经常放着四十万只母羊，由牧民放牧。一群羊五百只，放一群羊柜上供给一匹骑马和三峰搬运帐房的骆驼，每月还给一块砖茶和一锅青稞。接下羔子不管多少，柜上只要三百只，其余都归羊工。要是遭遇自然灾害，羊工拿死羊皮顶数，两茬羊毛也都归羊工。

羊工是个苦差使，可好好出力也有不少好处。给元盛德放一群羊，每年就能落一百四十几只羊羔和五百只母羊的春毛与秋毛。元盛德每年能从后营往回赶运一顶热羊和十几顶秋羊，每顶是一万只，热羊六七月到武川，当下就由京羊庄的人赶往北京，秋羊回到召河一带，先放牧一冬一春，到第二年夏天再赶往北京。元盛德除了滋生羊，也滋生马、牛和骆驼，马每年能往回赶运一千多匹。后营的牛是长毛牛，不服漠南的水土赶运不回来，就在原地宰杀。

清朝光绪年间，给人拉骆驼是一条发家的道。正像走了二十三年后营的王四所遗憾的，他挣的钱要是没买田地都买了骆驼的话，他也会发展成为驼商。然而，刚走上驼道的驼夫大多都没有这样的野心，他们只是为生活所迫，想着拉骆驼混口饭吃，挣几个钱贴补家用，后来驼道上走的时间长了，手里积攒了一些钱，才萌生了发家致富的梦想。但是不管多少美好的梦想，没有一个平和的社会环境这梦想就很难实现。

八峰烂骆驼办起大牧场

一个男人推着小推车，车上放着针头线脑，边走边叫卖。这个男人就是从河北沧州走西口到归化城的刘德。走西口出来落脚到归化城，为了混口饭吃，刘德做起了针头线脑的小生意。和刘德一起拉帮套推车的是他的儿子刘永才，父子俩一起推着小推车走村串户、吆喝叫卖。

推小推车卖货一天走不了多少路乏累不说，还耽误买卖，已长大成人的刘永才和父亲商量后，把小推车换作两头毛驴拉车。用毛驴拉车，人省力气不说，跑的地方也多，可针头线脑生意，毕竟还是小打小闹。刘永才和他的姑舅兄弟商量后，俩人跑到红召一带，做起了大豆、莜面生意。大豆、莜面生意比针头线脑的生意来钱快，手里有了积蓄的刘永才也像别的老财一样，起了个堂号叫永裕泉。

多年的辛苦经营，刘家在归化城逐渐站稳脚跟，可让刘家买卖真正兴旺的是刘永才的儿子刘荣。当时，刘荣还是个十五六岁的毛头小伙子，虽没有多少文化，可他为人诚实、公买公卖，买卖反倒做得顺风顺水。

刘荣虽为人诚实但做买卖却不墨守成规，看着走驼道发达起来的驼商，他也想在驼道上寻找财路。他把挣的钱买了八峰骆驼，手里钱不多，八峰骆驼膘不好也没花大价钱，别人问起来，他就笑着说捡了八峰烂骆驼。

刘荣拉着八峰骆驼和人朋房子，合伙走大库伦、前营和后营。到蒙古和牧

清代恰克图交易市场

19世纪恰克图转运中的俄罗斯茶商仓库

民做生意打交道，开始不会说蒙古语，买卖也做得不顺当。再去蒙古时，他强迫自己说蒙古语，哪怕说错了被人笑话也毫不在乎，几次三番，他终于学会了蒙古语。

此后，他操着学会的二圪壕子（方言，指蒙、汉两种语言的结合）蒙古语和牧民拉家长，看牧民忙时便搭把手帮个忙，一来二去和牧民交上了朋友。会说蒙古语，又有了牧民朋友，再来蒙古时，他做生意就顺当了许多。

那一年，刘荣拉着八峰骆驼跟驼运大户赵兴旺、杨大贵朋房子走驼道。驼运大户杨大贵看刘荣诚实可靠，做买卖又有一套，就琢磨着让刘荣帮着自己料理生意。那时，杨大贵要在归绥至西北驼道上的百灵庙设个驼料店做草料生意，就让刘荣当起了掌柜，张七神为坐柜。

当时，山西的三大商号都在百灵庙设了买卖，杨大贵的买卖突然插入，侵犯了三家山西店铺的利益。三家店铺开始联起手来对付贸然闯入的刘荣，他们这边挑拨商家，那边又挑拨官府，想方设法要把刘荣挤对出去。刘荣识破了三家买卖的招数，也意识到了三家买卖联手的厉害，却没有正面接招，只守着货真价实这一条，不急不慌、不声不响地做着自己的买卖。刘荣不接招，三家买卖反倒没了对策。

刘荣从十多岁开始做买卖，在买卖行当里摸爬滚打了二十多年，自有一套经营办法。驼料铺生意虽然三面受制，他还是稳扎稳打地站稳了脚跟。他在百灵庙当掌柜三四年，驼料铺子生意一年比一年兴旺，给东家杨大贵挣了不少钱。1936年11月，爆发了百灵庙战役，买卖不好做，杨大贵把驼料铺关了门便回到归绥城。

回到归绥城，刘荣还是放不下百灵庙，百灵庙水草好、牛羊壮，他认准那是一处不可多得的好地方。百灵庙安稳后，他带着弟弟刘林、儿子刘尚贤，牵着自家的十余峰骆驼在百灵庙留了下来。

在百灵庙留下来后，刘荣又走起了驼道。去的时候，他驮上牧民喜欢的吃货和穿货，回来时驮上好的皮货和毛货。刘荣在驼道上挣了钱，就把挣来的钱换成骆驼。随着骆驼队伍的壮大，他的名声也愈来愈大，牧民都称呼他为刘盖（蒙古语，章盖的简略称呼，即佐领）。

望着自家成群的骆驼，望着百灵庙上丰茂的水草，拥有牧场的念头自然而然地冒了出来。有了牧场，驼队走的乏驼、瘦驼就有了休养的地方，他的驼队就能在驼道上不歇气地长年行走。

对于外来的刘荣来说，办牧场不是一帆风顺的事情，可是几年的经营，他给牧民留下了守信誉、讲公道的好印象，为他办牧场赢得了许多便利条件。他不但在百灵庙有了牧场，还让自己经营的西河牧场成了百灵庙的三大牧场之一。

刘荣的牧场方圆十来里，有牛四百头，骆驼一百余峰，羊二三百只。除了放牧自己的牲口外，附近召庙上的牛羊也让他们代牧。为了训练儿子的经商能力，他把牧场交给四儿子刘尚礼坐庄管理。

1942年，听从父亲刘永才的安排，已经娶妻生子的刘荣和弟弟刘林分家另过。刘荣先租下张七神的一处小院居住，买卖兴旺后，又买下杨四喜的一处院子，翻盖成了二十三间房子的四合院。

刘荣成家后生育了五个儿子，他用仁、义、礼、智、信给五个儿子起了刘尚仁、刘尚义、刘尚礼、刘尚智、刘尚信的名字，目的是教给儿子们做人的道理，也暗示了对儿子们的期望。

从八峰烂骆驼起家，最后成为归绥城的大驼商，刘荣一家付出了许多的心血。可除了辛勤的劳动，还有刘荣一直坚持的诚实守信的原则，这是他和许多归绥城商人成功的重要因素。刘荣之所以用仁、义、礼、智、信给儿子们起名，就是要把诚实守信的做人信条一代代地传承下去。

闯荡大库伦的义和堂老财

王家的义和堂是武川有名的字号，王家后人王可胜的讲述让我们看到王家从白手起家到兴旺发达，再到衰败破落所走过的艰辛而苦难的历程。

王可胜的伯父号称猪娃老财的王怀仁经营的三义堂，只有二百多峰骆驼跑新疆，在蒙古的云白寺也没有小场滋生小驼。到了父亲奶娃老财王怀义和叔父五娃老财王怀礼、长命老财王怀智经管义和堂时，王家已有了近六百峰骆驼。他将岳父的福如东接办过来改为义和泉后，使这个字号成了走前营和西营驼户米、面、油、粉、草料的补给站。特别是他当家以后，协助银海喇嘛组织起保商团，并在归化城投资成立了好几个义字号，人们便把可镇王家看成继小五号张家而兴起的武川大财主。

一

可可以力更是蒙古语，翻译成汉语，可可是青色，以力更是崖头。可可以力更最初有十几家买卖字号，人来车往也热热闹闹的。这十几家字号家家都有牛犋和田地，秋收时，前山和口里的受苦人就来字号里打短工收庄稼。秋忙季节，各家字号都缺人手，有的字号抬高工钱争抢受苦人，一些字号的伙计看不惯，就出头叫嚷打骂。抢来骂去，十几家字号的掌柜的就商量着成立了一个太

恰克图市贸圈遗址

平社，意思是太太平平把庄稼收了，把钱挣了。

太平社先定出短工的计时工钱或计亩工钱，由各家买卖字号的掌柜的轮流担任会首，并共同雇一个甲头。每年秋收时，甲头在街上喊市，就是甲头高吆二喝地喊给各家字号，谁也不能抬高或降低受苦人的工钱，伙计也不能因为争抢工人打骂叫嚷，坏了规矩。

可镇街上最早立起的字号是元盛新和广盛魁，人们为省事，就叫元广字号。可镇北二十里是山西忻县小五号张家的字号，西五十里是山西祁县大有庆乔家的字号。没开垦粮地前，这些字号就在大青山后停留下来，一边滋生牲畜、耕种土地，一边开设陆成行、做通事买卖。后来，祁县乔家的大有庆在粮地开放后还增加了典当行。

可镇离归化城九十里，从归化城到库伦、前后营和西营都要经过可镇，客商办了货回归化城也得经过可镇，可镇就成为归化城商人外出的第一个跌头（方言，指歇脚的地方）。

可镇的大小字号，每年春天都打发伙计提着货到乌盟各旗和北面的草地和牧民去换东西。伙计先赊回牲畜皮毛，等到了冬天，让牧民过来拿油拿酒相抵。

可镇的粮油米面除了供应乌盟各旗，还供应蒙古的墨勒更王、博尔执更和迭力畔这些地方的牧民。每到冬天，可镇街上来来往往，走着的一两千峰骆驼全是驮粮运面的。

牧民是各家字号的香饽饽，可镇各家字号都备着黄酒、猪肉馅饼和饺子招待牧民，争着与牧民结相与（指好朋友或与其成为好朋友）。相与牧民照顾的字号，买卖就做得顺当，挣钱获利也多。广盛魁因为相与牧民多，每次算账，每份财股和人股都能开三千两银子。

不但可镇街上争着相与牧民，召河一带的字号也争着和牧民相与。一些字号的买卖欺大瞒小，牧民就不再和这些字号打交道，看小五号张家斗秤比别家折扣少些，就称赞小五号张家的是公斗、公秤。一传十、十传百，好多牧民都丢下原来结交的商家，到张家来驮粮买油。

开始，许多字号都和元盛新一样，靠土地庄户和滋生牲畜，后来，这些字号都舍弃了土地庄户，而把粮店、当铺、杂货铺开满一条街。

二

王可胜的祖籍是新疆奇台，祖父王金玉手里有十多峰骆驼，一家人本可以衣食无忧地过活，可是世道说乱就乱了。为了避乱，同治七年（1868年）阴历四月，祖父带着全家逃到内蒙古草原。奇台平稳后一家人回去刚住了两月，紧接着就又乱了起来，一家人随大批难民再次逃往内蒙古草原。

一千多户驼户慌不择路，走到没水没草的戈壁沙漠，人喝不上水，骆驼吃不上草，人和驼大多困渴而死，最后只有二百四十多户驼户生存下来。生存下来的驼户，有的到了包头，有的到了归化城，王家和郝家、傅家、李家三户驼户在大青山后的可可以力更镇安了家。

王家来可镇时，可镇街上已有二十多家买卖字号，还有不少的住户。王家全家五口人，祖父母，双目失明的二祖父王金库，伯父王怀仁和父亲王怀义。伯父王怀仁只有十二岁，父亲才刚刚十岁。

到了可镇后，王家的十多峰骆驼只剩下四峰，不够一链子不能朋房子跑运输，就和老乡郝元成在东梁上合伙买了一个土院，又在南门外的草滩上盖了两间土房给人揽放小场。

可镇是归化城跑路商人的一个跌头，南来北往的车驼都要在这里歇息。祖父从店里把牲口揽上拉到草滩上放一夜，第二天早上把吃饱的牲口送到店里，每头牲口能挣十多个制钱，那时，十多个制钱能买到二斤莜面。

冬天，揽放小场的生意淡了，祖父顶风冒雪，拉着四峰骆驼到北门外的煤窑驮回臭炭卖钱。祖父自己一天不歇地干活儿，也让两个儿子从小学会了吃苦。伯父十五六岁就下到窑里去背炭，父亲也被打发到包头给新疆来的天顺魁的养驼字号拉骆驼。一分一分挣着，一分一分攒着，十年的功夫，王家就从四峰骆驼发展成了一链子十多峰骆驼。

光绪三年，荒旱成灾，山西饿死了好多人，活下的都到口外逃荒要饭。从右玉县逃荒过来的一个寡妇，手里拉着、怀里抱着娃娃在可镇街上讨吃要饭，太平社甲头看这个女子带着娃娃可怜，就收留在自己家里认了干女儿。

伯父二十二岁、父亲二十岁，都到了成亲的年龄。甲头看王家养着一链子骆驼，一家又都是手脚勤快过日子的人，就把干女儿嫁给了他的伯父。

寡妇带着的两个娃都是男娃，手里拉的双双已经会说话，怀里抱的小三正在学说话。祖父母喜欢小三，不喜欢大一些的双双，嫌双双能吃饭。祖父母也没和新嫁过来的他的伯母商量，就把双双送给一个院子里住着的郝元成。

儿子被送了人，伯母也没吵没闹，只是过了一段时间，硬让伯父和祖父母

今日恰克图

分了家。祖父母知道媳妇记了仇，也不好说啥，就把伯父分了出去。分家时，他的三叔、四叔已经出生，骆驼就分成四股，三叔和四叔也占着股。

父亲去包头拉骆驼时间不长，就挣回好几峰骆驼。分家后，父亲被祖父从包头叫回来一起跑运输。

有了一顶房子后，父亲就领上三叔、四叔跟上房子跑库伦。跑长途，钱不凑手时，父亲就到陆成行支垫。王家在可镇经营了二十多年，和当地的陆成行打了多年交道，人的口粮、牲口的草料都能支垫出来。

那时不仅没有官兵土匪，连苛捐杂税也很少，守本分、讲信用的买卖人都能挣钱养家。到光绪二十六年（1900年），王家就有了两百多峰骆驼的一顶大房子，一下子成了可镇上显眼的驼户，人称他的伯父为猪娃老财，父亲为奶娃老财，他当家后，被人恭称为为八老财。

除了王家，可镇发达起来的老财还有王天标和胡老五。王天标的父亲是住九盛魁的定襄人，九盛魁的总柜设在库伦城，养活着八九百辆跑归化城和张家口的老倌车。王天标的父亲出了九盛魁，和王家大柜朋了房子，几年下来，就成了千峰骆驼的大驼户。

胡老五和他的父亲在包头天顺德拉骆驼时都挣了些钱，开始胡老五的骆驼并不多，娶了他的姑母搬到归化城后才发达起来，成了继方孝恭之后新疆人在归化城的首富。

三叔王怀礼和四叔王怀智以及他唯一的姑母都是祖母来可镇后生下的，二祖父一辈子没娶亲，就把父亲过继在了名下。伯父王怀仁娶了媳妇，和三个弟弟分门另过。可镇街上的人称王怀仁的三义堂为大柜，称他父亲和叔父的义和堂为二柜。

他的父母于光绪十年左右结的婚，当时，外祖父见他父亲人勤快，便主动跟他祖父结成亲家。

归化城到库伦的驼道开辟后，老倌车也挤了上来，驼商挣不了多少钱，就想着跑新疆，可跑新疆一年一回，跑惯库伦的驼商都嫌跑新疆路远。王家的驼队瞅了这个空子，跑新疆落了个只挣不赔。挣了钱后，王家用积攒下来的钱开了几家买卖。先是他的父亲和伯父各拿一百五十两银子开了跑库伦做通事行生意的义盛昌，后由义和堂独资八千两银子开了义和兴，这两个字号有骆驼三百多峰。

伯父的三义堂在蒙古的云白寺设了繁殖骆驼的小场，由牧民代为放牧，他家也有四五十峰母驼在那里滋生小驼，跑新疆路替下的乏驼就送到那里休养。这时，三义堂和义和堂，两家的骆驼合在一起就有一千多峰。

三

王可胜娶的是西门外福如东谭家的女儿，因谭家经常和他家来往，就把女儿嫁给了他。光绪二十八年（1902年），他结婚后，就马不停蹄地跟着驼队跑新疆和乌里雅苏台，整整跑了十三年。十三年商道上的磨炼，他也有了自己的经商之道。

1915年，他当家时，义和堂单跑新疆的骆驼就有五百多峰。他还花了两千四百两银子买下兴隆巷的老长胜店，又用两千多两银子把店面扩整修缮了一番。他在银号也垫了一些银子，邢克让的谦丰银号垫了两千两银子，谦元通银号垫了一千两银子，善利银号垫了五百两银子。为了用麻绳便利，他又投资五百两银子开了麻绳铺天义成。

除了在双盛成、义盛祥两家钱铺存有两万两活动金，他在归化城共有两万四千两银子的财产，包括可镇的三处房产和三处铺产。

福如东是个老字号，是他岳父谭家从赵家接手过来的。1917年，他接手福如东时，院子里种着大烟，还有一座油坊、一盘碾子、二十多间快要倒塌的老房子、三顷多没啥肥力的田地。他接手过来后，就想着好好地整修一番，好派上用场。他忙不过来，就让父亲监工，在院子里盖了一百多间新房，扩展了两盘碾莜面碾子、三盘磨白面的磨、一盘料瓣磨，又买了四十头骡马，雇了五十多个工人。

碾磨都是套着双马，磨是三条杆，磨面的工人日夜三班转，每天磨九石麦子、七石两斗莜麦和一二十石碗豆料瓣。要是每天按磨二十石粮食算，他办起的这个改为义和泉的陆成行一年能把七千石粮食加工成成品。后来，粉浆、粉渣、油渣没有放的地方，他又捉了小猪喂着，一年就能养起三百多口肥猪。养猪积了粪肥，门前三顷多赖地也都成了好地，他又从这好地里辟出十五亩水浇地种了蔬菜。

当时，从义和泉驮粮的有归化城的新疆社、促进会的驼户，还有新疆巴里坤和凉州、甘州、肃州的驼户，跟王家相结交的驼户的骆驼合计有两万多峰。有了这些驼户和两万峰骆驼，王家加工的白面、胡油、粉条、料瓣有多少也不够卖。

跟义和泉打交道走新疆的驼户，开始只是奔着老乡才和他们结交，后来义

草原上的骆驼

和泉院里驻扎了保商团的一个排看家护院，新疆的驼户觉得住着安心，老客新客就都投奔过来了。就连归化城的集生祥、隆和昌、谦和昌、万盛店、德恒魁等十几家皮毛牲畜店的客人也常住义和泉，走新疆的驼户就更不用说了，掌柜的和领房子的从归化城出来，绕绕弯弯地都要住到义和泉。

客人住在义和泉，他派人替客人到可镇清源局税收机关完税，客人有不好带的东西也寄存在店里。他们替客人报税不收钱，寄存东西也都免费。做饭的大师傅和帮锅的二伙计都有厘股，其他伙计十三人吃饭不掏钱。大师傅给客人做的饭菜可口，二伙计和小伙计对客人也都殷勤周道，客人都愿意住在这里。

世道太平买卖人挣钱容易，世道不太平，买卖人虽然辛苦也挣不了多少钱。民国二年（1913年）后，归化城到新疆的驼道就不太平了，先是打仗后来又是土匪。太平社改成了商务会，甲头换成了大头儿、二头儿跑街，也不再喊市，而是向各家字号派差要面，新成立起的农务会也只是要草要料、抓车要马。

义和堂被强迫派下十峰骆驼的支差，从可镇往百灵庙给军队运送给养。军队抓走骆驼，父亲怕骆驼受制，就让他和领房子的杨满金跟着去照管骆驼。他们一路跟着军队，军队先由可镇开拔，又向着百灵庙进发。走在半路上，军队哗变，众人跑的跑散的散，他们把骆驼驮着的给养扔在路上，拉了空驼跑回可镇。这时可镇街上也乱成一团，军队在各家字号强抢。

战事结束后，可镇街上抢劫的杂牌部队没有受到处罚，他的义和堂却遭到了敲诈。他和领房子的杨满金被五花大绑捆起来，说是丢了军队的给养要拉出去立刻正法，后经商务会恳请才答应暂时押到商务会监管。没有办法，父亲又打发人到百灵庙路上去寻找骆驼扔下的给养，原来军队过来，附近的人都四散逃走，给养还是原封没动地丢在路上。

父亲把给养给了军队，又另外送了当官的一匹好马，他和杨满金才被放回家。拉回的十峰骆驼在支差路上中了火毒，到召河放牧又吃了冰雹打过的草，骆驼群害起了传染病，三百多峰骆驼一下子死了二百多峰。

四

归化城至新疆的路上，土匪横行，这一年，为了以防万一，王可胜跟房子去奇台时就买了一支枪用来防身。一路上众人都提心吊胆的，到了新疆开始打听奇台的消息，出了新疆又开始打听归化城的消息。

他和大柜、巴里坤的魁盛祥，一共走了四顶房子。巴里坤的两顶房子，一顶有一支正五眼枪，一顶有一支斜五眼枪，跟着的还有几个保镖。

快到包头时，他听说前面严查商旅，搜出刀矛就要处罚。怕被查到，他就把枪插到棉花包里。走到察素齐附近的一个店铺却冷不丁遇到两个人，这两个人头上戴着狐帽，身上穿着皮大氅，脚上蹬着二官靴。一个人骑在马上拿枪指着他们，一个人下马搜他们身上。他的枪插到棉花包里抽不出来，眼睁睁地被抢走一匹马。

两人走后，他取出枪放了三枪，前边走着的巴里坤的人听见枪声也折回头打枪。两个土匪听到有枪声害了怕，把马扔下跑掉了。

召河又名希拉穆仁，因在希拉穆仁河畔有座清代的喇嘛召庙而被称为召河。召河水好草好，是放牧牲畜的绝好地方，放牧骆驼每峰每月要交一百五十到两万文制钱。

召河的银海喇嘛为了保护好牧场，使召上的水草收入不受损失，在民国三年土匪起来后，就成立起一支队伍。

从归化城前往乌里雅苏台、科布多、库伦和新疆奇台，都要经过可镇、召河到百灵庙分路，可镇这一段是归化对外的重要交通枢纽。

自从百灵庙发生战事后，一些散兵游勇都在百灵庙前后的草原上活动，干些打家劫舍的勾当，新疆和前后营的镖银回不了归化城，归化城的货物也运不出去。

当了义和堂的家后，他除了跟着房子跑新疆，还在召河和归化城垫资经营其他买卖。接办了岳父的福如东改成义和泉后，他就想着成立保商团来保护自家的产业。

他和胡老五商议，想利用银海喇嘛的队伍保护百灵庙南北的商道。当时商务会的李秀甫和王贺亭也有好多货物积压在中兴栈运不出去，一听这个提议都很赞成。他们四个人又找大盛魁的段履庄商议，段履庄也非常赞同成立保商团保护商道。

保商团一成立，银海就给义和泉拨来五百兵，父亲因为人吃马喂不主张收留。这一年阴历二月十七日晚上，土匪来义和泉被保商团的人打跑，就把隔壁驻有八十团两排人的三元成掌柜李义绑了肉票，父亲才知道留下保商团的好处。

经了这一事，父亲便不再管柜上的事情，以后，义和泉就成了保商团在可镇的营盘，一排人经常在义和泉驻防。当时，可镇街上的许多字号因军队驻下混吃混喝，都关门闭窗歇了买卖，唯独义和泉因为驻扎着保商团还能照常营业。

还有一件让他骄傲的事情，那就是他执领义和泉时，在可镇东梁盖起一处高大宽展的院落，这漂亮、讲究的院落吸引了县长、团长们的眷属来住宿，军队的旅部或团部也来住宿。县里衙役看这些大人物经常在义和泉出入，都捧敬着义和泉，商务会对义和泉也都高看一眼。

五

1929年，义和堂按三门小七股分家时，刨去给打百灵庙的部队应差中火毒回来在召河得传染病死了的两百多峰骆驼，还剩下五百多峰，分开后一家得了七十峰骆驼。

分家以后，骆驼又合伙一起跑新疆。1930年，杨猴小抢义和泉，把奇台西庄的七十箱京货抢去，害得义和堂的骆驼被扣在新疆回不了家。哈密附近打仗，又被抓走三百多峰骆驼支差，损失了两百多峰骆驼不说还死了两名驼夫。

后来，陆续抓差又损失了两百多峰骆驼，骆驼扣在新疆九年，总共只剩下一百多峰。

骆驼损失了大半不说，还留下好多债务，他把兴隆巷的铺产卖掉才还清了债务。后来他才知道，除了他家损失的两百多峰骆驼，回汉两族和巴里坤的驼户损失的骆驼加起来共有一万多峰。

1931年，义和泉无奈停了业。跑新疆的骆驼被扣住不放，他又变卖家产凑起两百多峰骆驼，分开两部分东跑张家口，西跑西凉州。他带着七十多峰骆驼跑西凉州，由归绥走时，从丰盛魁买到被抽了面精的饲料，骆驼吃了不上膘不止饿，归绥至凉州的路上水草又不好，路上一下子倒下三十多峰骆驼。回来后，他拉着一百六十多峰骆驼跑短途，又被军队两次抓走一半。那时，西顺城街的义昌瑞正从新疆回来一顶大房子和一顶小房子，三百多峰骆驼没剩下一峰，都被抓了差，山西刘家的老字号立马破了产。

他手里留下的七八十峰骆驼，两把子变成一把子，一把子变成一梯子。到1950年土改时，他的手里只剩了八峰骆驼。1953年，他把骆驼卖掉准备养老，不想被一场洪水刮了个干净。他养了一辈子骆驼，到后来只剩下一条驼毛褥子。

义和堂投资开办的几个义字号，除了他和人合资经营的义隆泰外，其余的非但没挣钱还都把老本赔光了。损失最大的是义盛昌，一共丢了一万八千五百两银子。义盛昌是走蒙古的通事行买卖，三义堂和义和堂各投资了一千五百两银子，财主以信誉向钱铺贷款、向货庄赊货，万儿八千地做着大买卖。可时运不佳，义盛昌成立不久，就遇上土匪和各种动乱。先是字号的一个伙计被土匪绑了肉票，花七千多两银子才把人赎回。后来，义盛昌向双盛成和义成祥两家钱铺借了一万两银子到库伦买马，没挣钱又损失了许多银子。到1921年，义盛昌共欠了外债一万八千两银子，钱铺把他们的浮事扣去一万七千两。父亲被气得得了病，于1922年不幸病逝。

天义栈是他以两千四百两银子盘下的老长胜店，扩建这个店面时，他在房产上投了两千多两银子，后来天义栈成了胡老五的天德永、他们王家义和堂和

正在喝水的骆驼

李秀甫、王贺亭四家的买卖，各出股金一千五百两，共计六千两银子。

胡老五要在京绥路口设栈，他和李秀甫、王贺亭不同意，这个字号就成了胡老五的独事买卖。李、王都把股本抽出，胡老五是他的姑父，他只拿出五百两银子。

胡老五从老长胜店往对面搬家时，把老长胜店里价值约七百两银子的家具也全都借了去。胡老五破产，他一文钱没有收回来。

另外两处走蒙古的通事行买卖，是他和银海喇嘛合办的，他垫了一千六百两银子，义和生是他家的独事买卖，资本是三千两银子，两处合计四千六百两银子，后来只剩了些不值钱的地盘。他和别人在召河开的义隆泰，垫了一千两银子，头一账开了一千零五十两银子的红利，把五百两银子扣下做了信股，最后扔掉四百五十两银子；麻绳铺天义成，垫资五百两银子，只使用了价值不足一百两银子的绳索。

归化城的金融业衰败时，王家除了在谦丰、善利、谦元通三家钱铺的本钱三千五百两银子全部赔光外，放在大丰裕等两家的四千两浮事也被骗走。他存下的三百箱子茶叶，由聚泰义店铺的老崔做中介人，以每箱十三两银子的价钱卖给三大号中的天义德，说好过镖还款，不料天义德倒塌，他连一根茶叶棍儿也没有拿回来。大丰裕是大盛魁的联号，大盛魁跟天义德两家本来是归化城信誉最好、资金最雄厚的有名买卖，最后都赖账不还了。

义和泉的损失和可镇的其他字号相比，也还不算大的。杨猴小抢义和泉的前一天，跑新疆的驼队捎带回一个道尹留下的的寡妇，因没有税票四件子货被税务局扣在义和泉。杨猴小的人打开四件子货后，发现箱子里全是皮衣，还有一个箱子装的全是俄国钞票，这些钞票被杨猴小扔了一院。

其实，让义和泉真正衰败的还不是土匪抢掠，而是义和泉把价值三万两银子的面粉支垫给巴里坤、凉州、奇台、归化城的好几十家驼户收不回来，给客人垫出两千块牧款也有去无回。新疆道路又不通，没买卖可做，他不敢再住在可镇，夹着几本账到了归化城。

可镇街上的七处房产都在分家时一家分一处分开了，义和泉改成了留人车马店，其余几处都被弟弟们卖掉了。他分的那处最漂亮、最讲究的房子，一直住官、住兵，1945年日本人投降时，被一把火烧成了灰烬。

一千多户驼户只剩下二百四十几户，其他的人和驼都于沙漠上困渴而死。军阀混战的年代，许多驼户都会遭遇这样的不幸。王可胜一家人侥幸地逃过了战乱，然后走出漫漫黄沙，来到可镇。放小场、背臭炭、拉骆驼，一家人在房无一间、地无一垄的可镇开始了艰难的生活。十年的功夫，王家从四峰骆驼发展成了一链子十多峰骆驼，然后一步步地走出了困境，成为闻名可镇的大驼商。可是，由于土匪和军阀的横征暴敛，王家的义和堂最终难以逃脱破败的命运。

从鞭杆牙纪到驼队汽车

作为归化城的大驼户，曹家受到许多史学家的关注。多年来，代林等对曹家的兴盛衰落进行了记录和整理，而我所要做的是化繁为简，让读者通过简单清晰的故事脉落，透视普通人在历史大背景下，命运的跌宕起伏。

一

男人一根扁担挑着两只箩筐，一只箩筐里挑着的是全家的家当，一只箩筐里挑着的是还不会走路的娃娃。女人跟在男人后边，恓惶地看着箩筐里的娃娃，偷偷抹着眼泪。挑着箩筐路上走着的是从河北沧州逃荒过来的曹凤岐。他们一家人先是落脚在凉城的东山沟，后来又辗转到了归化城。

到了归化城，没有活路，曹凤岐提着一条鞭子入了牲畜市场上的鞭杆组，别人买好牛、羊、马后，他提着鞭杆替人赶回家，挣几个小钱。

牲畜市场上做牲畜生意的各种各样，有当牙纪拉买卖的，有在蹄角行里倒卖牲畜的。曹凤岐在鞭杆组等买卖时，瞅着牙纪们咋跟客人搭话，咋把买卖揽到手里。牲畜市场混熟了，也结交了几个做牙纪的朋友，朋友对他透露了些牙纪行当里的秘密。心里有了底，他就放下鞭杆，正式当起了牙纪。

当牙纪和人打交道多一些，有时候碰着能赚钱的小买卖，他也揽下来。做了几次小买卖，摸出些门道，他就干脆把牙纪的营生放到一边，转到了蹄角行，干起了倒卖牛、羊、马的买卖。

买卖倒腾好了来钱快，手里有了一些积蓄后，他瞅准宽巷子七间房子的地皮，和人合开了富盛岐和玉盛岐两个买卖。

曹风岐生了四个儿子，其中最能干的是曹俊。曹俊长大成人后，也像父亲一样入了蹄角行。当时归化城有一句顺口溜："马莲滩能宰能杀。"马莲滩是屠户最集中的地方。曹俊为人实在，做买卖公道，马莲滩的屠户都愿意和他打交道。他的买卖做得顺当，获利也多，不幸的是，他因为一场意外的事故早早去世了。

曹俊的独生儿子叫曹廷贵，左手是个小手，腿上也有点毛病，脑子却特别好使。曹俊生前，马莲滩的不少屠户都欠了他的债，账本上也记得一清二楚。曹俊去世后，曹廷贵没有跟屠户们讨要欠债，而是把父亲留下的账本一页一页

两百年前中国的茶叶加工厂

撕下来，裱了屋子的顶棚。

以父亲的威望和好人缘，曹廷贵在蹄角行里发展的话，也会顺风顺水。可是，他没有接任父亲的蹄角行生意，而是做起了驼运买卖。

走驼道虽然辛苦，可办对了货，获利也快。曹廷贵脑子活络，又有一股子不服输的劲头，几年下来就发达起来，给自己的买卖起了堂名德盛魁。

曹廷贵的儿子曹顺长大后，还是拉骆驼走驼道，子承父业，顺手顺脚，短短几年曹顺就成了驼道上的行家里手。他曾带着驼队冒险踩出小西路，驼夫一说起曹顺，就说“曹大个，小西路”。曹大个指的就是曹顺。

曹凤岐的三儿子曹彦像他的父亲一样，开始做了几年牙纪，慢慢地入了蹄角行。曹彦心眼活、脑子灵，为人诚实，做买卖稳扎稳打。父亲在宽巷子买了七间房的地皮，他挣了钱后，就在这地皮上盖起了七间大正房。曹彦成家后，生了一男二女。儿子曹廷旺长大后，和父亲一起贩卖牛羊赚钱，父子俩打拼了几年后，立起了堂号德厚堂。

二

光绪二十八年（1902年），归化城搞驼运的渐渐多起来。德厚堂的家底厚实，曹廷旺一出手就买了六十峰骆驼，想着自己没走过驼道，就找了驼道上走了多年的赵三元来给自家的驼队领房子。商量好获利后，和赵三元三七分成。

曹家第一次走驼道，走的是库伦，跟驼队走的是少掌柜曹万。因为有领房子的赵三元，第一次走驼道就赚了两倍。曹廷旺看准走驼道是个赚钱买卖，就把钱都投到了驼道上。

光绪三十年（1904年），德厚堂有了一百峰骆驼的驼队，还是请赵三元领房子，曹万当掌柜，走的还是库伦。到了库伦后，他们得到一个消息，乌里雅苏台和科布多遭了灾，城里的人都断了粮，新疆的驼户从古城子运去的米面，刚一运到就被抢购完了，新疆的驼户来回不停地抢运，粮食还是供应不上。

少掌柜曹万听到这个消息就放不下了，他和领房子的赵三元商量，也趁这个机会赚上一把，可回去运粮的话路途遥远，不如直接到新疆抢运上粮食去卖了省事。赵三元认为这样的生意不稳妥，曹万好说歹说都不同意。赵三元说："你父亲把你交给我，你就得听我的话，咱们还是原路返回。"曹万想的是，明明可以挣钱的机会放过了可惜，怎么也不想回。

曹万等着赵三元回心转意，赵三元却是等着他回去，看他没回去的想法，没法子一个人上路了。留下的曹万带着驼队急急地赶到了新疆古城子，在古城子一下子买了三万斤米面。驮上米面，不歇一口气地运到乌里雅苏台。米面运到乌里雅苏台，立马就被抢购一空，一下子翻了几倍的利。

曹万看白花花的银子来得这么容易，想着何不再挣一把现成的钱？跟着他的人看粮食这么好卖，也都痛痛快快地和他一起赶往新疆。他们在新疆又买了米面赶到前营，又是几倍的利。他干脆用挣的钱从蒙古买了一百峰骆驼，又买了些货，高高兴兴地领着驼队回了家。走时一百峰骆驼，回来成了二百峰，还带回了许多的货物，德厚堂一下子有了名气。

曹万和家人商量再走新疆时，家人认为他有决断、不误事，所以都没反对。民国初年，曹万的弟弟曹瑞也跟着驼队到了新疆。跑了几趟新疆后，曹瑞觉得驼队来回装货卸货耽误时间，不如他留在新疆备货，驼队来了新疆后就不耽误事。哥哥觉得他的话有道理，就让他留在了新疆。曹瑞留在新疆的古城子，不等曹家的驼队到新疆，曹瑞就将要运回去的货准备停当了。驼队到了新疆卸下货，休整下就能驮上货回去，来回节省出不少时间。

民国十二年（1923年），曹家在古城子北斗公购置了一处地皮，盖了四十多间房，设立了坐庄掌柜的。

曹家的骆驼越来越多，驼队也越来越大，后来又在古城子设立了牧场，一个叫老玉毛的人在那里给他们饲养着二百峰骆驼。这时，曹家里里外外已经有了一千多峰骆驼。驼队到了新疆，把产子的母驼和生病的骆驼牵到牧场，拉上壮驼上驼道，一点儿都不耽搁事。

此后，德厚堂的名气越来越大，山西、北京、河北、天津和西北各省，都有他们的买卖。

三

民国二十一年（1932年），曹廷旺的三儿子曹英在新疆坐庄时，在迪化（乌鲁木齐）揽了一个差事，将新疆政府拓殖公司的绵羊肠衣六十八件从新疆驮运到归绥，再转运到天津。当时，驼队还揽了运送八名客人的差使，他们是新疆比利时洋行的苏联人格米林肯和他的妻子、一个男孩、一个女孩，还有一个厨师、一个叫皮大申克的苏联教师、一个中国女子，以及苏联人瓦利洋行的

在恰克图经商的买卖人

哈纳非。

4月，曹英的侄子曹席珍带队，驼夫拉着九十二峰骆驼从古城子出发，一起走的还有归绥的驼户王润、逯庭玺。逯庭玺自己一顶房子，王润和曹家一顶房子，三家共有三百峰骆驼。

驼队走到察哈川附近，歇下吃干粮。下午3点多，他们吃完干粮正准备起驼，就听到有人朝天放了十来枪。一会儿工夫，十六七个土匪就围上来。驼队被劫持到老毛湖，为首的土匪让人清点驼队的货物，之后货物被拉走，驼夫、客人被押到二道沟。他们被监禁了一百多天，后来瞅了个机会才逃出来。

曹家被土匪抢去十个皮驮子、五个驼毛驮子、五个玉石驮子和二十一峰骆驼。曹家承揽新疆政府拓殖公司的三十四担六十八件羊肠子，格米林肯的二十四担皮货驮子和另外三个客商的羊肠驮子都被抢去了。王润被抢去了一万斤驼毛和三十峰骆驼，逯庭玺被抢去七十三担驼毛和骆驼、马匹。

后来曹家才知道，土匪主要是冲着格米林肯去的。格米林肯是新疆经营内外贸易的大商人，还在阿尔山经营垦荒，是留在新疆的白俄富商。新疆战乱，他带着家眷和细软准备去天津。格米林肯趁乱逃跑后，从酒泉、张掖、武威去了西安，又坐火车去了天津。

按照当时的商务规矩，曹家向绥远省商会报了案。当时驼运行业的惯例是，如遇大灾人祸、土匪抢劫以及一切人力不可抗拒的事情发生，驼户一律不负赔偿责任，如驼户遭土匪打死或抢走骆驼，货主也一概不负责赔偿。

后来，被抢的货物辗转到了盛世才的手里。盛世才将截获的羊肠子作价出售，商人怕桶里有假要求打开桶过数，发现除羊肠子外，桶里还藏着许多金沙和羚羊角。盛世才将金沙和羚羊角提出一部分，赏给了各级军官。

民国二十二年，新疆路上太平后，曹家带了三顶房子的驼队进了新疆，却又遭遇了土匪，损失了七百多峰骆驼，驼队也滞留在新疆不能回来。

过了七八个月，驼夫的家属找上门来要人，曹家无奈在新疆买了十几峰骆驼，驼夫们才回到家里。由于一次次的打击，曹家只得放弃新疆的路线，开始走武川、百灵庙，过乌拉特旗，入阿拉善，到甘肃的凉州这条路线。

四

民国元年（1912年）至民国十六年（1937年），德厚堂除了靠驼运挣钱外，还开起了饭庄、茶庄、粮店、杂货铺、木店、客栈。20世纪二三十年代正是曹家鼎盛期，外面的人都喊曹家是曹百万。曹万的四儿子曹世华好奇地问自家的账房先生白玉杰：“白先生，外人都叫我们家曹百万，我们家到底有多少财产？”白玉杰板着脸说：“你小小年纪，管这么多事干吗？”吓得曹世华赶紧跑开了。第二天，白玉杰把曹世华叫住说：“看你人小还挺有心眼儿，我告诉你，你千万不要跟外人说，叫你们曹百万也差不离儿，正在帮帮上呢。”

德厚堂挣了钱后每年的盈余都要往下分，曹万排行老大，儿子多分得也多。父亲去世的曹世光和寡母觉得自己吃了亏，一再提出分家。

曹万没办法，就请了刘朝和马永祥为证人，把财产平分为四份儿，然后四家抓阄。曹万分到了宽巷子二号院的近六十间房子，南北德和香；曹瑞分到了宽巷子东院四十五间房子，大南街永升斋，西五十家子大德店粮店；曹英分到宽巷子直鲁栈近五十间房子，大北街邮政局院，小东街天德庆杂货店；曹世光分到宽巷子十四号院三十多间房子，大南街南古丰轩，小召半道街丰盛本店。四家各分到一些钱和一百多峰骆驼，并分立了字号。曹万仍用德厚堂，曹瑞起字号崇德堂，曹英起字号崇厚堂，曹世光起字号光厚堂。

分家后买卖不好做，坐吃山空，财产越来越少，财产最早零落的是曹钰的遗孀和他的独子曹世光。曹世光刚成家，就从分得的一百峰骆驼分出四十峰交给姨夫马正荣也就是马三替他跑新疆。走到新疆附近，马三本来已经听说哈密要封锁，还是硬闯了进去，结果被困在新疆。

马三被困在新疆后，在新疆又娶了媳妇，还开了荣生和的买卖，不紧不慢地过起了日子。

马三不着急，却是急坏了曹世光，马三的家属和跟马三去了新疆的驼夫的家属天天追着曹世光要人，还说他们家的掌柜的走了，家里没钱没法生活。曹世光被缠得没办法，给四家每户每月六七块大洋，一直供养了三年。

1946年，听说新疆平稳了些，曹世光就赶去找马三，到了新疆才知道，他的骆驼和货物早已不知踪影。没办法，他就开始变卖家产，先是将宽巷子的地卖给了大伯曹万，卖了蒙疆钱八千多块。

曹世光搬进二道巷南古丰轩后院的八间房子中，将南古丰轩先租给中和店白家，又租给马福，再又租给托县田润、兰叶开的同生茶馆。茶馆歇业后，南古丰轩抵了四百匹白布卖给了市百货公司。1943年，丰盛木店卖给了剪子巷的张补旺，得蒙疆钱两千六百块。

其他三家也是，买卖不好做，都是坐吃山空。

五

关于德厚堂有一件值得记录的事件是和新疆的商界联手，成立了股份制的新绥汽车公司。

民国十八年（1929年）前后，新疆八里坤一个老财子弟，名朱炳号西亭的找到曹瑞，和他商谈成立新绥汽车公司。

朱炳是新疆百货博达公司的经理，几年前，德厚堂曾为朱炳的公司从天津往新疆运送了一批纸张，那次合作，德厚堂良好的信誉给朱炳留下了深刻的印象。此外，德厚堂的驼队长年来往于西北，对归绥到新疆是轻车熟路，又是名震归绥城的大驼商，所以，他首先想到了要和德厚堂合作。

朱炳有文化、有思想，对成立新绥汽车公司热情特别高。他骑着骆驼在归绥与新疆的驼道上走了好几个来回，仔细测量、认真考察后，确认这条驼道稍加修整后就能开通汽车。

朱炳与曹瑞商谈成功后，又联络了一些商号，以入股的形式，每股五十元，曹家投五千元，成为股东之一，新疆、北平、天津的不少商家也购买了股份。公司初创的资本是三十万元，博达公司是控股公司。新绥汽车公司于民国二十二年（1933年）正式成立，向铁道部进行了申报备案，并购买了汽车。

新绥汽车公司作为股份有限公司，完全按照公司法组建，当时，对于偏远闭塞的大西北来说，不能不说是一个创举。

公司内部事务处理机构在董事会下面设置了总管理处，由董事会推选总经理，由总经理主持工作。

总管理处还下设了五个主要机构，总务处、总机处、工程处都设在天津租界九号路址五号总公司内；总站设在归绥北门外宽巷子二号，也就是曹家大院里；分站分别设在乌兰爱立根、哈密、肃州。公司的总经理是朱炳，总工程师是杨琨山，总务主任委员是白旭初，绥远总站主任是牟延寿，迪化站主任刘松林。公司及总站和分站的职员和车长总人数为六十五人，技术人员有八十九人，工人有五十二人。

公司成立后，第一次汽车上路是在民国二十二年8月30日，车队由五辆汽车组成，司机请的是天津人，经过培训，又会开车又会修理。第一次是探路，汽车只装了博达公司在绥购买的不多的货物，德厚堂派出多年为自家驼队领房子的赵长子引路。赵长子引着车队，绕过戈壁躲过沙漠，为车队的顺利出行探好了路线。后来，曹家又派出了马六、李明鱼、马白恩等给车队做向导。

公司成立之初，新疆发生动乱，哈密的警备司令雇上公司的四辆汽车拉上全家老少及财产外逃。汽车走到庙沟一带时，遭遇埋伏，公司随车的工人王文和被乱枪打死。王文和是天津人，有着高超的汽车修理技术。

第二次通车是同年9月16日，从归绥出发到哈密。可不久后当地又战事不断，公司的运输被迫停止了。

民国二十三年（1934年）6月，新疆的战事基本平息后，新绥汽车公司与当局交涉，获准恢复运营。

新绥汽车公司主要承揽贵重物品的运输，一般从绥到新时，运载绸缎、呢子、毛货、高级海菜；从新返绥时，主要运金、银、药材。每辆车在往返时，还要拉一些客人，一趟是三百元的车费，而当时坐骆驼是七八十元。

客车与货车基本是各自运营，比如从归绥到二里子河，客运的话是一百八十元，货运是一斤四角钱；从归绥到哈密客运是二百九十元，货运是一斤六角；从归绥到古城子，客运是三百二十元，货运是一斤八角；从归绥到迪化，客运是三百五十元，货运是一斤九角。

新绥汽车公司副经理山东人杨少农，是留美回来的学生，公司从选购汽车到培训司机和修理工都是由他负责。随着汽车数量的逐渐增加，往返次数的增多，汽油就成了问题。后来，公司在沿途修建了一些油站，分别设在召河、赛虎顿、乌尼乌苏、海雅阿马图等。每月从天津运桶装汽油到归绥总站，再由此

中国商人在俄国开设的店铺

派出骆驼，将汽油驮到每个油站。

汽车运营时间长了，以后按固定时间，新疆、归绥同时发车，一时间，新绥路上汽车来往不断。出行的每辆汽车上都带有一个帐篷，到了固定的休歇站就支起帐篷，人坐在帐篷里吃点东西喝点水，比坐骆驼省了时间也少受了辛苦。

从归绥到迪化的固定休息站有十二个，依次是百灵庙、黑沙图、松稻岭、班定陶赖格、乌兰爱里根、伊肯高勒、泊子泉、镜尔泉、哈密、七角林子、古城子、迪化。

新绥汽车公司在绥哈线通车后，总投资扩充到了一百万元，扩充的股份，一部分由发起人的老股东继续以五十元一股认购外，半数以上向国内各界出售。汽车公司兴盛时，有福特牌汽车五十八辆，费得拉力（联邦车）、斯图特贝卡（美国）、通用、国际二十七辆，总共有八十五辆汽车。

德厚堂腾出宽巷子二号的一个大院，作为归绥总站的车库，最多一次可停放三四十辆汽车，院内还设置了修理房。归绥总站主任牟延寿长年住在曹家，手下领着二十多人。

新疆到归绥一般只走三条路线，第一条路线是南路，从新疆经肃哈大路到肃州，进一步到兰州、西安从而进入归绥。从哈密到西安有四千四百里，从迪化到西安有五千九百里，只走大车和驼驼，每天走数十里，需要四个月才能到达。第二条路线是中路，这条路是从迪化、哈密或从镇西通往归绥的路，路上经过位于内外蒙古之间的大沙漠的南端，只能走骆驼。这条路有两条路线，一是蒙古大草原路：从镇西向东北出发，走出新疆省境，经过芦草沟以北的各地越过蒙古大草原便可到达归绥。沿路水草丰美，关卡也很少，以往新疆和归绥两地的商贩大都走这条路。但是蒙古宣布独立后，来往商贩时有被没收货物的事情发生，所以，这条路的货运逐渐衰落、停运。二是内蒙古小草原路，从哈密向东出发，走出新疆，从芦草井子向东偏南拐弯后，经过内蒙古的二里子河等到达归绥。这条路线的沿路水草不如第一条路那么好，而且路途又远，是因

天边草原查干哈达驿站

蒙古的路不通不得已才开辟的路。第三条路线是北路，这条路从新疆向北走出塔城，经西伯利亚铁路进入东三省，进而到达内地。这条路因检查严格，所以走的人不多。比较这三条道路，第一条路路程远运费贵，第三条路因检查严格有许多不便，所以走第二条路线的二线路比较合适。

坐汽车到了归绥，客人就可乘火车到达天津。由于新绥之间距离较长，一般情况下驼队走一趟需要三四个月，甚至更长时间，一年只能走一趟。哈密到归绥约有四千三百里，从迪化到归绥约有五千八百里，一旦开通汽车便省时省力。

民国二十四年（1935年）7月1日，汽车公司又开通了兰州至哈密的定期线路。不久，公司又承办了归托路一百六十里、归和路一百二十里、归凉路一百八十里。

民国二十五年（1936年）6月20日，汽车公司开通了归托路（归绥—托克托）的运营。8月1日开通了归和路（归绥—和林）、归凉路（归绥—凉城）的运营。新绥汽车公司的生意已遍及甘、新、宁、绥、蒙各地，汽车成了西北交通运输的主力。

民国二十三年4月到民国二十四年8月，货物运输量（含西去东返）总计：商货十一万两千三百五十六斤，邮运二十四万两千一百八十四公斤。在同一时段内，客运统计西去十一车次，东返十一车次，乘客总人数三百八十九人。每辆车每次收入是客车一千四百五十元，货车一千三百元。每辆车的收入比支出要多，但加上总公司及各站的经费，实际上却是赤字运转。

七七事变后，公司的汽车改道，跑西安、兰州居多，有时也在新疆界边的一些城市跑运输。新绥汽车公司于1943年停运，前后运行了十多年。

挑箩筐逃荒来到归化城，提鞭杆入了鞭杆组，然后又转入牙纪、蹄角行，经过在驼道上艰难的跋涉后，曹家成为归化城引人注目的大驼户。曹家走新疆路获得了成功，收获了财富，却也在新疆路上经历了一次次的打击后败下阵来。而让曹家败下阵来的不是富贵之后子孙的懒惰与骄奢，而是土匪与军阀的无数次抢劫与掠夺伤了元气。驼队零落后，曹家与人合作成立了汽车公司，对于偏远闭塞的大西北来说，这不能不说是一个引领风潮的创举，可是没有一个平和的社会环境，无论什么创举都很难实行下去。

秉持诚信为本的归化城商人

诚信是经商之魂，归化城的商人都秉承着诚信为本的经商理念，在归化城的驼商中也流传着许多诚信为本的故事。

三个财东凑起一笔钱，商量着找一个会做买卖的人来打理生意，选来选去，选定了一个他们共同的朋友。这个朋友姓郑，买卖做得稳妥，人也可靠。商量好后，他们就把钱交到姓郑的朋友手里，聘他为掌柜的。三个财东共给了姓郑的掌柜的六万两银子，商量好三年一个账期，到时按六四分成。

钱交出去，财东们就各忙各的了。一晃三年过去了，四个人坐到一起，三个财东等着郑掌柜的给他们汇报买卖情况，郑掌柜的告诉他们的却是，天时不利，买卖赔光，血本无归。三个财东没有说啥，做买卖有赔有赚，谁也不能一出手就一本万利。

过了几天，三个财东又凑了一笔银子，还是六万两，他们把郑掌柜的请去，问道："还愿意做吗？"郑掌柜的想了想说："我愿意再试试。"三个财东二话没说就把六万两银子交给了郑掌柜的。

三年期又到了，财伙又坐在一起，还没等财东问话，郑掌柜的苦着脸说："这一次，天不助我，又赔了。"

三个财东低头想了想，异口同声地问："郑先生，还愿意做吗？"郑掌柜的想了想说："我愿意再试试，我不信倒霉的事总落在我的头上。"

三个财东第三次将六万两银子交给郑掌柜的，结果第三个账期郑掌柜的大大地挣了一笔，财伙分账所得的利润超过了正常生意的好几倍。

要是在郑掌柜的第一次或第二次赔钱时，三个财东就怀疑了他的经商能力，甚至怀疑他将钱据为己有，那么，三个财东就真的赔了，更重要的是，他们失去了让朋友证明自己的机会。可贵的是，三个财东精诚合作，从没有怀疑自己选择的朋友。

一个祁县籍的商人在归化城做生意，他把挣到的钱都存在一家票号里，想着回家探亲时给家里人买点东西，然后把剩下的钱带回去。没有想到的是，这个商人得了急病，在炕上睡了一晚上第二天就没睁开眼睛。

亲也没探成，存在票号里的银子没来得及交到家人手里，商人就离开了人世。

几年之后，买卖不好做，这家票号的生意慢慢地衰败下来，最后轰然倒塌。票号里的掌柜的清理债权债务时，发现了一笔死账，一打听才知道正是死去商人的银子。

掌柜的费尽周折打听这个死去商人家人的住址，最后终于打听到这个商人的老家在祁县。他拿着银子到祁县找到商人的家人，把这笔钱连本带利送还给了商人的家人。

如果这个掌柜的把商人的钱留作已用，对有的人来说，似乎也无可厚非，人死了，钱送到哪里去？这也是一个可以搪塞的理由。可是，这位掌柜的却没这么想，更没有这么做。他认为，票号虽然倒塌了，但账还在，商人的钱就应

太原萃蚨昌十五同仁分袂合影

该交到商人或是他的家人手里。所以，他费劲周折寻找死去商人的家人，直到把钱连本带利交到商人的家人手里。这就是归化城商人秉承的诚信理念，哪怕票号倒掉，诚信的牌子却不能倒。

归化城一家字号将一船素油发往山东，载着素油的船从河口起锚，顺黄河漂流而下。

载素油的货船出发后掌柜的才知道，经手这批素油的小掌柜的，让自己的伙计在素油里掺了胡萝卜汤。掌柜的知道这个事后，没有一刻犹豫，他立刻派船追赶载着素油已经走远的货船。

顺风顺水，前面的船已经走了一会儿，后面的船紧赶慢赶，直追到山东境内，才追上载着素油的货船。尽管已到了山东，可载着素油的船还是被掌柜的

1929 年乌城双舜全杂货皮毛店的员工

命令返回归化城。

为了追赶载着素油的货船，掌柜的又破费了船钱和人工钱，可是，掌柜的没有顾忌这些损失，他在乎的是字号的信誉，那是再多的船钱和人工钱也弥补不了的。

一个字号的掌柜的打发伙计到钱庄提钱，伙计拿回钱后发现少了几十两银子，因为钱的数目不大，掌柜的也没当回事，只是怪伙计办事不牢靠，把经手的伙计训斥了一顿就把这事丢在一边了。

过了一段时间，这家字号的掌柜的偶然间遇到钱庄的掌柜的。两个掌柜的说着话时，字号的掌柜的无意间提到了那几十两银子的事情。钱庄的掌柜的当时也不知道有这么一档子事，听了字号掌柜的的话后，默默地记在心里。

到了年底，字号的掌柜的正忙着准备年货，钱庄的掌柜的忽然来到字号里，对字号掌柜的说，他们钱庄年底结账时，查出了他说的那几十两银子，而且跟他说的银子数分毫不差。说完钱庄掌柜的把银子递到字号掌柜的的手里，并一个劲儿道歉。

银钱事小，信誉事大，这是归化城许多商人的经商理念。

归化城有一个做地毯的老板，他是大盛魁多年的老顾客。打了多年的交道，地毡作坊老板得到了大盛魁的信任，大盛魁用的都是他家做的地毡。

后来，这地毡作坊的老板不知怎么动起了歪脑筋，在地毡的原料中掺了假。慢慢地，大盛魁发现了地毡作坊老板作假的行为，年终标期结账时，大盛魁掌柜的当着许多商人的面宣布，大盛魁从此再不与这家地毡作坊老板做生意。地毡作坊老板跪在地上苦苦哀求，大盛魁历来以信誉为重，决不容许这种不良的欺骗行为。此后，归化城的商家看大盛魁都不用地毡作坊老板的毡子，就谁也不肯再购买这家地毡作坊生产的地毡。地毡作坊老板上天无路入地无门，一把火烧了地毡后，自己也投河自尽了。

清末，山西祁县乔百万在归化城投资了通顺南店，托给一个掌柜的替他经营。一天夜里，掌柜的翻来覆去来睡不着，就把小伙计叫过来，让小伙计把被褥检查一下。小伙计把狼皮、驼毛褥子，栽绒毯子都翻开来，一件件地查看，查来查去，发现褥子上有一根头发。

后来，这件事传到乔财东的耳朵里。乔财东认为掌柜的太娇气，担不起重任，任职三年期满，就把这个掌柜的革了职。

掌柜的回到家里后，每天扛着锄头锄地，锄得累了，倒下来枕着田埂就睡着了。

掌柜的离开后的通顺南店，生意一天不如一天。想着当年因为一根头发开除掌柜的，乔财东心里有些后悔自己轻率的决定。

又一年夏天，乔财东终于按捺不住，他要去拜访被他开除的掌柜的。当他走到一块田地里时，差点一脚绊倒，低头看时，发现被革职的掌柜的头枕在田埂上睡得正香。

掌柜的醒来揉揉眼，便看到了立在面前的乔财东。他们在田地里席地而坐，乔财东问起当年因为一根头发睡不踏实，而今身下全是土坷垃依然睡得香甜，是何原因。掌柜的笑着说："俗话说，无事人睡得安然觉。当年身肩重任，脑子里不得清闲，回到家来，只想着种好田、锄好地，别的全然不管，哪有睡不着的道理。"

乔财东听了掌柜的的话幡然悔悟，当即赔礼道歉，并以最高礼节请掌柜的出山掌管柜事。掌柜的盛情难却，二次来到归化城，几年下来，将一个买卖又做得花团锦簇。

这是归化城商人诚信经商的几个小故事，当年的归化城每天都发生着这样的故事，因为诚信是归化城商人的经商理念，诚信的经商理念已经成为他们的一种自觉行为。

第四章

驼调里藏着的秘密通道

寂寞驼道上驼铃声声

赶车、下夜、拉骆驼，世上三般没奈何！拉骆驼是没人愿意干的营生，可是，找不到吃饭的地方，只能走拉骆驼这条道。

能吃上饭谁也不愿意入这个行当，可要想入这个行当也不那么容易。得有一家商号或是一个当地有名望的人作担保，入哪个号还有哪个号的规矩。号里提前就交代了，比如货物没有交清不能歇息，出去拉骆驼都要各负其责，不能有一点耽搁。

王世民家的字号兴盛恒对驼夫的要求就很严格，首先人要忠厚老实，而且

行进在千里草原的驼队

没有不良嗜好，还要熟悉骆驼这一行，比如认草、认路，骆驼有了小毛病能上手处理，会绑货驮子，出去一年半载的能离开家。

为了留住好驼夫，王家对驼夫的家里人都特别关照。驼夫跟着驼队走得时间长了，就到驼夫家去照看下，看家里有啥要帮着办的事，遇到家里生活困难的，就送点钱、粮、油、煤。年轻的驼夫到了结婚的年龄，还给张罗着找媳妇成家，所以，来兴盛恒的驼夫大多都能留下。

一年四季除了冬季，驼夫穿的是都是夹衣裳，头上罩块蓝布头巾，腰里系条布腰带。到了冬天，驼夫里边穿七月皮小皮袄、老羊皮皮裤，外边穿件半截的大皮袄，头上戴顶里挂羊皮的毡帽，帽子外边再包一条蓝布巾，脚上裹着用驼毛细线勾成的三寸宽三尺多长的裹脚带子，像小脚女人的裹脚布一样，先把脚包裹住，一直裹到小腿上，再穿上大牛鼻子鞋。这是专给驼夫特制的鞋，差

驼运商队的野营地

不多有一尺长。鞋底钉着厚牛皮掌子，掌子上面再打上钉子，鞋帮子两边缝有二指宽的皮绊子，穿上鞋再用五尺长的皮绳子搂好。

归化城沿扎达海河左岸，一眼望不到头，全是钉鞋摊。一双钉好的铁鞋有十四斤重，驼夫穿上这样的鞋子走驼道去恰克图，来回六七千里地，返回归化城时，脚上的鞋子能倒样不能塌帮。清代，钉一双这样的铁鞋要半两银子。归化城有名的鞋店叫义和鞋店，掌柜的就是靠钉鞋起家的。

除了身上的穿戴，随身带一个用驼毛线纳成的一尺多长的长方形口袋，里面装木碗、筷子、针线包，还有骆驼用的鼻拉、节槽子（拴鼻拉用的短毛绳）和骆驼缰绳。

王世民家的驼队上路时，蒸了好多馒头，馒头蒸好后，用手掰开晾干，要不然放不住。还把牛羊肉切碎炒成肉酱，炒的时候多放咸盐，这样就坏不了，炒好的肉酱装到用牛羊肚子做成的口袋里。有的驼夫带着一个酱篓，上下椭圆，扣盖是用芦苇编成的。驼夫没钱买肉，一般带的都是素酱。

驼队的第一链走着的是锅头儿（厨师），锅头儿拉的骆驼驮的是帐篷、穿杆、钢钉、餐具、火柴，四到六个大木水桶，这扁圆形的水桶高有一米、粗有半米；还要驮粮食、骆驼料、盐和做饭的炊具，装凉茶的铜茶筒子，圆形的茶筒高三四十厘米，直径有二十厘米，带着盖，出发前，把凉砖茶水装在茶筒里；另外，还有调料、盐、素油、茶叶。

睡袋是驼毛编织的，里面有一层薄毯子，冬天得把棉被装进睡袋里。睡袋保暖，沙漠上的蛇狮子（蜥蜴）和野鼠也钻不进去。

早起吃炒面糊或者是小米粥，就上咸菜，吃点晾干的干馒头，吃罢饭等一早出去放骆驼的驼夫回来就出发。从早起起驼，每天走六十到一百里，哪有水就在哪歇息。

黑夜到了住的地方，驼夫们有的搭帐篷，有的放骆驼，有的在地上挖坑安放火铛，有的出去捡些干柴、干牛羊骆驼粪。放好火铛后点着火烧上开水，做饭的锅头和面、擀面，面条煮熟后，调上些从家里带的酱，就算一顿饭。

驼队给骆驼备的饲料，是碾碎的豌豆和油坊里榨完油的胡麻渣饼。给骆驼喂料时，要把料装在料兜子里，把料兜子套在骆驼头上，骆驼吃料时就不会撒出来。

帐篷是三角形的，上面小下面大，粗布做成，用一根横担木（驼夫叫巴戈那）和两根带铁环的立木支撑着。搭帐篷时，先用钢钉把帐篷的一边固定在地上，再把横木穿过铁环，然后几个人拉帐篷的另一面，帐篷就立起来了，再固定好就行了。

出发时，骆驼和骆驼用缰绳连成单行，骆驼还得带上鼻拉。拿剥了皮的带尖的树叉穿过骆驼的鼻孔，用一条细皮绳穿过树杈前面的小孔，缰绳的一端连接小皮绳，另一端由驼夫拉着或是拴在前面一只骆驼的鞍架上，这样的鼻拉能把十几峰骆驼连接成一链子。

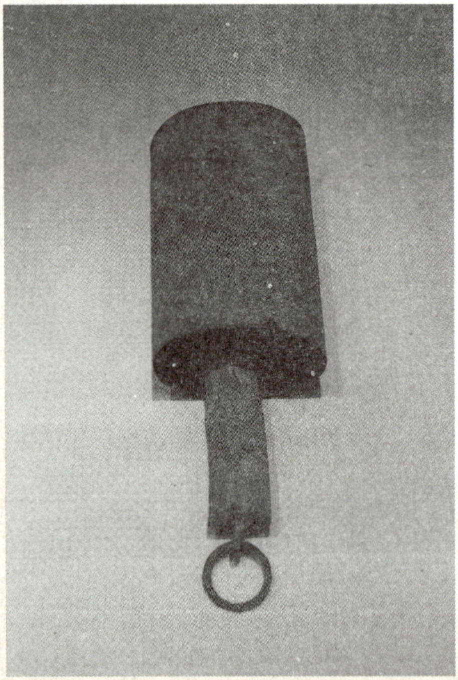

驼　铃

厂汉板村的驼夫聂宽和骆驼打了二十多年的交道，骆驼身上的东西没有一件是他不熟悉的。骆驼各处的毛长短不一样，叫法也不一样。骆驼脖子底下叫嗉子，大腿两侧叫甩腿，后脖子叫脑鬃。

骆驼带的鞍子分大鞍子和小鞍子。大鞍子不带屉，小鞍子带四块屉。驼屉一般都是驼毛细绳缝的，方方正正的，里面装了穰，又轻又软。鞍子上面的夹杆都是红松和白松做成的，一扇屉上插着一根夹杆，前后夹杆用绳扣固定，再把货物在驼屉两边系

骑着骆驼到归化城的牧民

好，这样就伤不到驼背，走起路来也稳当。

为了防止骆驼丢失，每链子骆驼的尾驼脖子上挂着一个驼铃，在最后一链子骆驼的尾驼的货架上挂一个一尺长的大铁咚铃。驼铃是圆形的，直径有十厘米左右，里面有个四爪铁芯，一般挂在一链子骆驼尾驼的脖子上，发出的声音清脆悦耳。咚铃大一些，是长筒形，有一尺多长，直径约有二十厘米，是用钢材制成的，里面的芯子是硬圆木，发出的声音雄浑厚重。咚铃比驼铃重很多，所以要挂在尾驼的货架上。驼队行走时，驼铃的轻脆和咚铃的浑厚交相呼应，离着老远就能听到。

走上二三十里，骆驼就要撒尿，人也走得乏了，领房子的说歇息，驼队就停下来。骆驼撒尿，驼夫们围成一圈坐下来喝水、吃干粮，有的还抽一袋旱烟。

每个驼队都带着四五条大狼狗，这些狗像极了藏獒，立起身有两米高，驼夫怕大狗伤人，白天用链子在大狗的脖子上拴一根一米长的木棍子。

驼队天一亮就起程，走到后半夜找到有水的地方才能打尖。一天走六十到八十里，累得腿困身乏，一挨枕头就睡。起程前，还要打探好下一站有没有水。没有水的话，就得先把水驮上。遇上干旱没草再没有水，骆驼就会一天天垮下来，有的骆驼卧下就站不起来了。骆驼死了驮不了货，就得盘货。把死驼身上的货放在一起派人看守，走到下一站再拉了骆驼返回来驮上，然后全房子把货物分开驮上。

驼夫的一身穿戴就足有三四十斤重，还得拉上二十峰骆驼每天走七八十里路，一上路还不能停歇，前边的骆驼停下了，后边的骆驼就没法走。想尿尿了，只能就走就尿，想拉屎的话，就把拉的缰绳拴在前边驼链尾驼的夹杆上，跑着到不远处拉完，又得赶紧跑步赶上走到前面的驼队，所以，驼夫们自嘲是“走着撒尿，跑着拉屎”。

驼队一起程，就没有歇脚的工夫，只能不停地往前走。领房子的还不停地骂：“快点走，别当熊狗子，谁圪蹴下就别吃这碗饭。”

走在戈壁、沙漠上，没有一棵树，没有一株草，没有一只鸟，没有一只虫，满眼是没有边没有沿的沙子，耳边听到的只有梢驼（最后一链子骆驼的最后边的一峰驼）的脖子上挂着的驼铃的声音，走得乏了、困了、厌了，就扯开了嗓子唱一段。

拉骆驼实苦情
苦不过第一声
撂父母撇妻子
去干苦营生
刮大风下大雨
寒冷路难行

走戈壁过荒山

还得拉大程

这是驼夫都会唱的驼调《叹十声》，有时也唱爬山调，都是驼夫自己编自己唱。

搭驮子十指流血

驼夫走着不能歇一口气，到了站口也不得轻闲。听领房子的喊叫着，让骆驼站到合适的地方，按链子让骆驼卧下卸了货驮子。大、二锅头领着驼夫，搭帐篷埋锅架灶。值班驼夫每班两三个人，每人拿一个口袋去拾驼粪羊粪、柴禾，交给锅头烧水做饭。拾粪捡柴也不那么容易，遇上好天气，走不远路就能拾够做饭的柴禾，也就能吃上顿熟饭热饭，遇上下雨飞雪，柴禾湿不说也不容易捡到，饭做不熟，水烧不开，只好拌冷炒面充饥。

到了站口，驼夫还得三班轮流放骆驼。沙漠里，大太阳烤着，水喝不上，饭吃不好，热得气都出不来。下雨天就更惨了，不管下多大雨，骆驼还是照放不误，人在雨中淋着也没有办法。

走在驼道上，最要命的是没水。到了有水的站口，就赶紧饮骆驼。井水有深有浅，有的井有两三丈深，一班两人轮流打水，一顶房子一二百峰骆驼，骆驼饮完了，人也累得没了力气。冬天饮骆驼时，人站在冷风地里手和脚都冻麻冻木了，还得照应着喝水的骆驼。等着喝水的骆驼冻得受不了四处乱跑，就得赶紧去追。冬天的天气不是刮风就是下雪，顶风冒雪的，把一峰峰骆驼追回来，人也累得够呛了。

装卸货物的驼队

起驮时，先要绑货驮子，货驮子要绑得牢牢的、紧紧的，路上不能松了、散了。每绑一次货驮子，十个手指头都要裂开血口子。手指头裂了血口子流着血也不能误下营生，拿胶布一缠，该干啥还得干啥。驼夫热天搭驮子时怕费衣裳，都是光膀子。

搭货驮子要先算好货驮子和骆驼的距离，再让骆驼单行卧到地上，然后把货驮子抬到卧好的骆驼的左右两边，由上搭手将货驮子用两手提起，放在紧靠驼鞍中间用膝盖顶住，再由下搭手提起另一个货驮子把桧嗦子套好，用挺棍别住，将骆驼拉起来链好。

驼夫要看管好自己骆驼驼背上的鞍屉，每到一个站点卸货后，先查看鞍屉，看有没有损伤，要是磨坏了，就要缝补好。驼夫都会编毛活儿，毛衣、毛袜都是自己织，闲了时也给家里人织驼毛袜子。

神驼刨出月牙泉

驼道上最苦的是骆驼，驼夫带着三四十斤重的穿戴，骆驼则要驮三百多斤重的货物，不管路多难走，都要一步一步地往前走。走到沙漠、戈壁上，十天半月没有水，骆驼驮的不多的水是救命水，驼夫每天喝两碗，马每天喝两小

麦香村东家和伙计们

山西祁县常家曾是茶叶之路上的大商号

桶，骆驼一口都不给喝。

一路走着，骆驼和人一起熬着熬着就熬成了伙伴、亲人。驼夫都给自己的骆驼起了名字，有的叫爱毛虫，有的叫蛮净。骆驼放出去，一叫名字骆驼就支棱起耳朵听，然后撒开蹄子跑到驼夫的跟前。

骆驼队里，哪个骆驼在前哪个骆驼在后也有说道。驼夫要按骆驼的性格、年龄、膘情和个头来给它们排队，老驼、母驼排在前面，口轻、年纪小的排在后面。

王世民一家人走凉州走到半路上时，一峰老骆驼摔倒爬不起来，驼队要扔掉放生，这骆驼懂了驼夫的意思，趴在地上不住地掉眼泪，看着骆驼哭，驼夫们也忍不住流下了眼泪。

沙漠上走最怕的是没水，有时好几天都找不到水源。王世民的二伯父走新疆时有一次游了湖（迷了路），三四天喝不上水。

王世民一家走凉州也迷过路。那天正走着时，一峰骆驼累趴下了，驼夫把这峰骆驼的货让别的骆驼驮上，折腾了一番便耽误了时间。走了不大一会儿，天就黑下来。那天是阴天，没有星星也没有月亮，还刮起了大风。走到半夜越走越觉得不对劲，只好停下来，就地搭起帐篷住下来。到第二天早晨起来一看，原来昨天晚上围着大沙山转了半夜，连十里路也没走出去。后来，幸亏有领房子的带队，他们才走出了沙漠。

乾隆二十三年春天，常万达领着驼队走恰克图运茶叶，走到沙漠里，老天爷变了脸，漫天扬沙子。常万达担心驼队陷在沙子里出不来，就领着驼队不停地走，走了六七天后，驼队停下来，却咋也找不着路了。

带的水喝光了，再看四周，除了沙子没有一点绿色，能看到的只有一架架

山西榆次晋丰厚同仁合影

白骨。左走右走，还是看不到一点绿色，还是满眼的白骨。驼夫们走得一点力气也没有了，身上的最后一点水分也被太阳烤干、沙子吸干了，再找不到水的话，驼队就只有死路一条。

可在这没边没沿的沙漠里，到哪儿去找水？骆驼也都干渴得蔫头耷脑，忽然，那一峰领队的雄驼像着了魔一样向前狂奔。驼夫们都以为这骆驼干渴得疯了，赶紧去追，一直追出去三四里路，看骆驼停下来，低头闻着脚下的沙子。

这雄驼闻了一会儿就开始用蹄子刨起来，跟着跑来的驼夫都迷惑不解，不知道咋回事，常万达一下子明白过来，他让人拿了铁锹，在骆驼蹄子刨开的地方拼命挖，挖了八尺多深，就看到了湿土，又往下挖了些，一股泉水冒出来，形成一个月牙似的小湖。

有了水，驼夫们都得救了，可驼夫们知道，他们的命是骆驼救的。常万达测定方向，才知道这是一条离库伦最近的路线。后来，这条路线就成了常家从张家口到库伦的运茶专线，而这峰找着水的骆驼则被作为有功之臣供养在大德玉老字号中。

这峰雄驼去世后，常万达将它埋在月牙泉边，并立了一座墓碑，碑上刻了“神驼”二字。之后，每当常家的驼队走到神泉这里，都要给神驼烧香摆供，以答谢神驼的救命之恩。

土匪刁人无可奈何

拉骆驼不怕辛苦，最怕的是碰上土匪，可谁也不知道哪里会冒出土匪。要是碰上土匪刁人（抢劫）、请财神（绑票），财物损失了不说，有时连性命也得搭进去。

有一年，赵五给福禧堂杨家拉骆驼。与他们一起搭伙的有杨大柜与和盛公的两顶房子，还有德厚堂的三链子骆驼，一共三四百峰骆驼。

他们从哈密回归绥时，揽上了华美羊肠公司的五十担羊肠子，每峰骆驼驮一百四十斤，一峰骆驼两个驮子就是二百八十斤。这是一桩净赚不赔的好买卖，光赚的脚钱就能买五十峰骆驼。

驼队走到额济纳旗境内的伊克高勒、五个井子时，看到四个骑骆驼的人背着大枪，在离他们不远的地方向西走着。刚开始，他们以为是蒙古的巡逻兵，也没当回事。

领房子的发现不对劲儿，赶紧让大伙向南走斯不斯太。他们刚走了四五里路，就看到这四个背枪的人返了回来。领房子的传话，让驼夫们并着骆驼链子

通往塞外的关口

杀虎口

张家口

走西口的驼队

雁门关

走，并让房子上会打枪的几个驼夫集中起来，骑上马挎上枪，在离驼队一里多的地方，慢慢跟着走。

驼队又走出三四里地的光景，那四个背枪人下了骆驼，见到他们骑马的就开枪，他们的人也赶快下马还击。双方打了几枪后，四个土匪便跑开了。天眼看着要黑了，领房子的让众人搭帐篷，骆驼都卧倒，货驮子也集中在周围，准备歇一黑夜第二天一早再走。安顿好房子，领房子的又叫带枪的驼夫在周围巡逻，怕土匪黑夜来刁人。

第二天早上，他们吃了点儿炒面就早早地起程了。刚走到沙圪梁附近的烂山子，就听到前头骑马的人喊前面有人。领房子的急忙喝令，让大伙赶快往一起集中，拉骆驼卧下，藏在骆驼和货驮子后面。刚藏好，土匪就向这边开了枪。他们的人没打过枪，只管藏在骆驼后面乱打，射出的子弹也打不准，不过子弹带得多，不管准不准只管不停地打。

打了一会儿，听不到对方枪声大伙才停下，等了一会儿派人打探，才知道土匪早就离开了。这一次和土匪遭遇，人和骆驼都受了损伤。华美羊肠公司的刘掌柜的前胸中了一枪，当场就死了，二掌柜的丰哑子和另一人都是腿上挨了一枪，骆驼被打死三峰。

刘荣家的驼队也遭遇过土匪，那是1950年，刘荣家的驼队想要走新疆，几家驼户也想着和他们朋房子一起到新疆。刘家的六十多峰骆驼，张二栓的二十八峰骆驼，王有礼的十多峰骆驼搭一顶房子。刘荣的四儿子刘尚礼第一次当驼队的掌柜的，张二栓的五弟和王有礼的侄子王玉随队当驼夫。

农历八月十五从包头起驼，驮的是汽车底盘用的工字钢。阴历十月的时候，驼队驮着货到了甘肃的张掖，张掖是归化城驼商经常往来的地方，刘家还派了人在那里坐庄。

当时是刘尚仁坐庄，驼队的货物到了张掖很快就出脱了，刘尚仁在张掖也早已把货办好。一链子十六峰骆驼，驮上张掖的皮子返回归化城，另外三链子骆驼从张掖买上大米，要驮到迪化。在张掖，驼队遇上了德厚堂的后人曹世华和曹世富，他们兄弟俩从当地买了三十峰骆驼驮运麻绳，也和刘家的驼队一起往回走。

驼队从张掖到了肃州，出嘉峪关，走到玉门至安西之间一个叫布隆吉野马沟的地方。那天晚上，驼队刚进野马沟，就看到迎面来了五个骑马拿枪的人，每人还牵着一匹马。大伙还没有搞清楚咋回事，掌柜的刘尚礼就挨了一枪，骑的骆驼当时就被打死了。领房子的陈五正牵着马走着，被一枪打死。枪声一响，驼队一下子就乱了，驼夫们都四散跑开了。

刘尚礼没被打到要命的地方，从驼背上摔下来后，顺手拉起附近的四峰骆驼，拼命往远处跑，直跑得精疲力竭，没有一丝力气才坐下喘气。天快亮时，刘尚礼和几名驼夫悄悄地摸回来，看到骆驼和有用的货物都被抢走了，地下有两具尸体，还扔着曹家驮运的麻绳。

天亮后，大伙雇了一辆牛车将尸体拉到布隆吉报案。解放军剿匪队赶到现场后，沿着土匪抢走骆驼的方向追去。刘尚礼和驼夫们租了旅店住下等消息，并想办法往家里捎信。过了几天，刘尚仁、曹世富到吉隆布打探消息，又雇人安葬了死去的驼夫。

这次遭遇土匪，刘尚礼慌乱中拉出的四峰骆驼中只有一峰是刘家的，其他三峰都是王有礼的。曹世华、曹世富的骆驼被抢走，麻绳扔下没拿，他们还在张掖入了保险，没大的损失。

大伙在这儿等了快一个月，一名驼夫说："唉，乌素图起风了——没（信）杳了。"大伙一商量，觉得再等下去也不是个办法，就各回各家了。刘尚礼和驼夫买火车票回了归绥。当时，当地政府还为他们开了证明，证明他们在布隆吉遭劫，希望沿途给予关照并放行。

刘尚礼回到归绥后，死去驼夫的家属又是一番吵闹。刘荣一边安抚家属一边给了驼夫家属满意的补偿，事情才算了结。后来，传言说，抢他们骆驼的土匪都被歼灭了，却不知道是真是假。

新疆出产的东西多，许多驼商都在新疆和归绥之间搞起了长途贩运，但是这条路线人烟稀少，时不时有土匪出没。驼商们重金雇佣武艺高强者一路护送，后来，就专门有了镖局，这些武林高手就成了镖局里的人。

当年的镖局用"长胜""三义""无敌"的字号命名，也有用头目的姓名或堂名命名的。镖局接手生意后就派人一路护送驼队到家门口，雇佣哪家护镖，出发时驼商就在货驮子上插上哪家镖局的旗号。保镖人员穿着紧身衣，手持刀、枪、剑、戟，土匪也不敢轻易下手。

光绪年间，一些散兵游勇也成了土匪，这些土匪手里有步枪、独牛（打一发子弹的老式手枪）等新武器，刀枪剑戟派不上用场，镖局也就不时兴了。再后来就有了保商团队或护路队官兵，要路过大小军阀的地盘，保商团队就不能像镖局那样一直护送到家门口。驼商为了一路平顺，就得出大价钱（变相的买路钱）买一张出城执照，这还不算，还得给执掌兵权的衙门上供。

掌柜的平时不跟驼队走，只有驮贵重物品时才跟着走。像珍贵的皮张扫雪、猞猁皮、灰鼠皮、狐皮、狼皮、貂皮、豹子皮等，贵重药材鹿茸、贝母、枸杞、麝香、羚羊角等。此外，还有最贵重的金沙子。当年，驼队一出归化城，掌柜的就得花钱雇保商团骑兵，一直将驼队护送到坝后召河，再由召河的保商团护送到百灵庙，以后的路就由领房子的领着走。

有一则关于长途运输银子的故事，在归化城广为流传。恰克图挣了钱的商人，往归化城、山西运送大量银子时，遥远的路途上，不知哪一时就会遭到土匪的抢劫，一些拉骆驼的驼夫也伺机偷窃。为了防止银子在途中被盗抢，商人

天边草原灯根忽都格驿站

们伤透了脑筋。一个驼商读了些古书，想到古书中写到的南宋将领张俊，为了防止银子被偷，让人将银子铸成大银球的故事。他把这个故事告诉众人，众人都认为这个办法好。在恰克图时，驼商将那些粗糙的银制品熔炼成一个特大型的银坨，每个重达一千斤，用特制的牛车载了运往归化城或山西。人们给这大银坨子起了个名字，叫“没奈何”，因为即使是日夜守着这大银坨子的驼夫，想要拿这银子也没法下手。

当年，大青山蜈蚣坝一带，经常有土匪刁人、请财神，除了请保商团护送，每顶房子都配着长短武器（当地政府发有枪证）。步枪有俄国造“套统”、汉阳造“水连珠”、日本造“三八式”和“独眼毛瑟”，短枪有德国造二把盒子“自来得”、“八音手枪”、“独角牛”、大枪等。碰上土匪，就拿了枪对打。

1945年，归绥的驼户老马爷，也就是马瑞的父亲和卷钢、拜九子共七个人

达茂旗腾格尔淖尔驿站

遭遇了土匪，货物和骆驼被抢走不说，七个人也全被杀死了。

王世民家的驼队走到毛达不素时，听说这里经常闹土匪，就把驼铃都摘了，马蹄上也绑了布，连夜悄没声息地穿过了这里。

1949年秋天，王世民家从凉州返回归绥时，还是遇上了土匪。那天，他们走到西山咀，过来三个骑马挎枪的人拦住了去路，这三个人立在马上威吓着让他们拿出钱来，要一个人拿八十个大洋。这三个人应该是国民党的散兵游勇，还穿着国民党军队的旧军装。

与他们一起走的马家军的马处长和两个儿子拿着枪走到前面来，驼夫们也都操起了家伙，这三个土匪看他们人多势众，就没敢动手，他们只给了八个现大洋就打发土匪走了。

第二天，他们听说，曹英和刘全方家的驼队遭了殃，骆驼和货都被抢光不说，连女人们戴的首饰也被抢走了。

我查阅了《呼和浩特市郊区志》，得知在20世纪30年代和40年代，大青山南面沿山一带经常有土匪出没。

1939年春天，从国民军分出一支以苟子成为首的队伍名叫苟团。苟团勾结日本人窜到毫沁营乡哈拉沁村，劫去五十两大烟和一些衣物，并将村里的董兰根、朱三娃、张二任、张四娃、赵三子等十二人杀死，打残八人，这些人一年内都相继死去。同年夏天，苟团又先后两次扑到哈拉更村。第一次枪杀了利存财，刀砍了张银旺，后来张银旺被救活。第二次，在哈拉更东营子蔽伏召前六亩地铡死杨三套、杨毛小、杨拴财，刀砍吴茂盛、王宽宽和杨金奎，还杀死了拉骆驼的二十个过路人。

这段记录中，没有提到麻花板村遇害的驼夫，但是记录着苟团杀死拉骆驼的二十个过路人，那么这二十个拉骆驼的过路人中很可能有麻花板村的驼夫。

厂汉板村的老驼夫也知道苟团，老驼夫说，当年的苟团嫌费子弹，杀人都不用子子（子弹）。有时不巧碰到苟团，话不对就丢了命。你拿了鞭子，苟团的人问你：“拿鞭子做甚？”你要是说打狗，就这一句话肯定就没命了。大青山不只有苟团，还有其他的土匪。

1943年冬天，以杨白皮为首的土匪三十多人，到了哈拉更村，将全村五百多人捆打，逼要大烟五千两，并把村民二秧子刚满一岁的孩子抢走，并活活杀死。

远行的驼夫盼望回家

驼夫常年在驼道上行走，近的地方走四五天或五六天，像新疆走一趟就得一年时间。对于在凶险的驼道上行走的驼夫来说，每一次出行都可能是与家人的永别。

那一年，张三跟着驼队从归化城走新疆古城子。走的一共有十三顶房子，其中有曹德厚的三顶、杨福堂的两顶、贵福元的两顶、富恒元的两顶、杨生锦的一顶、邸大家的一顶、八里坤的两顶。十三顶房子共两千多峰骆驼，三十多匹大走马，一百五十六人中有掌柜的、客人、领房子的、驼夫等。

关卡上税收得重，驼队都想办法绕道走，可绕来绕来就迷了路。一个驼队的人和驼都走得迷迷糊糊的。正走着，看前面突然来了五六十个骑马的士兵，把驼队拦下来。骑在马上的军官问他们从哪儿来的，要到哪里去，谁是达拉嘎（这是蒙古语，汉语就是掌柜的），一百多人都没敢出声。军官说："你们先住下吃肉，我们卖给你们羊。你们不要害怕，我们保护你们，可以送你们走。"听军官这样说，大伙都松了一口气，可心里还是七上八下的。

军官让他们一百多号人进了一间大房子，关进房子的人们往房子外一瞅，房子外面三步一岗五步一哨地把守着。一看这架势，大伙心里又犯开了嘀咕，军官虽说不让他们害怕，可又是岗又是哨的，分明是被关押起来了。天眼看着黑了，可大伙都是吃不下睡不着，不知道这些人会怎么处置自己。

第二天上午，当看到又有一百多人的队伍过来围住房子后，大伙的心都凉了。看这个阵势，他们一时半会儿是回不了家了。一个军官走过来用汉语对大伙说："赶快吃饭，吃过饭起程，先到我们国内住几天，问清情况就放你们走。"一听军官说问完话就能放他们走，大伙又都有了盼头。吃过饭后，掌柜的、领房子的和众人去了挠音乌勒，谁也没有想到的是，他们会在那儿住一个月。

住到一个月头上，一名军官过来说："接到上级通知，你们赶快准备好，起程都往省里集中。"第三天，吃过早饭后，大伙就搬房子起程了。他们起程时，身边的前后左右都是骑兵，由西往东走了一天多，到了埃木更衙门。十三顶房子按各家房子分开垛好，由士兵站岗把守着，又在东南西北四面立了四块

驼队行进在沙漠中

牌子，写着任何人都不准入内。

管理他们的机关叫内防处，骆驼和马都交给内防处的人给放着。十三顶房子编了十三个号，又把每个人的姓名、年龄、籍贯还有住在城里还乡下，做啥的，都详细问了一遍并一一登记。

过了两三天，从大库伦来了一个汉人，这个汉人说一口流利的俄语，听说话却是中国南方的口音，他只是个别问了几个人的情况就走了。

过了一天，这个人突然把他们集合到一起训话："我明天准备走，带几个人到大库伦，其余的人仍留在这儿。大家都要规规矩矩的，不准打架、不准赌

行走在雪地的驼队

博，如有人违反，就严加惩处。你们都是受雇佣的人，每天每人给两斤白面，十三顶房子每天两只羊，半个月领一次。”

第二天早上，十三顶房子每顶房子的掌柜的或领房子的共十三人被叫出来，用大卡车拉到乌兰巴托监狱，又挨个审问了一番，关押了半个多月，由公安人员送到商务会，又是一番谈话。

过了五十多天，这些人才被用卡车送到埃木更。接着就是清点货驮子，又详细地检查了一番，货价打税百分之二十不说，还把军队需要的东西强留下来，又按百分之三十折价，并缴纳了饲养放牧骆驼、马的放牧人员的工钱和所有房子人的伙食费。驼队没有现金，就用货物折价相抵。

就这样，一伙人在蒙古国被扣留了七八十天。开始，大伙还想着过不了几天就能回家，后来他们才知道，蒙古国人口少，国家规定只准进不准出。在埃木更，管理他们的一个姓李的广东人就动员他们留下来。这个广东人说：“你们都是苦素孔（受苦人），只要留下，就给你们好工作做。这里吃的、穿的比你们回去强百倍，想要什么就有什么，好好想想别走了。”驼夫们都是上有老下有小的，就算这里住的好、吃的好，也不愿意留下来。他们每天都煎熬着，只盼着快点儿回家。

掌柜的回来说要放他们走时，一个个大男人都流下了眼泪。大伙一算计，货物损失了 多半不说，还死了二百峰骆驼，可最要紧的是保住了性命。放行时，各个房子的驼夫都把骆驼、马和货物准备好，一百多名骑兵护送着他们到了边境。快到边境时，大伙都不由得加快了脚步，生怕再有什么变故回不了家。过了边境后，驼队加紧赶路，很快就回到了家里。后来他们才知道，掌柜的家里人托了张家口的洋行和蒙古国几番交涉后，他们才被放了回来。

为了躲避重重关卡的横征暴敛，驼队一次次放弃了有草有水相对平坦好走的驼道，而把鸟兽绝迹的沙漠戈壁作为自己行走的路线。这向死而生的行走，使骆驼和驼夫的生命都失去了保障。走在没水没草的沙漠戈壁上，熬不下去的驼夫和骆驼往往会困渴而死。驼队无法避免死亡的降临，因为他们选择的就是绝处逢生的驼道。

三旱四旱实难熬

没有一棵树，没有一株草，没有一只鸟，没有一只虫，满眼除了沙子还是沙子。哈密、古城子的“大漠”是驼夫的死亡之海，冬天奇寒、夏天酷热、天气像被施了魔咒一般，一会儿太阳像烧着的火盆往下倒着烈焰，被烧得滚烫的沙砾能把肉串烤熟，人踏上去烫得直跳脚，身上也被烤得火辣辣的，可只一会儿工夫便狂风大作、漫天飘雪，再一会儿又是飞沙走石、昏天黑地。

行进在巴丹吉林沙漠中的驼队

除了驼队，满眼看不到一个活物，驼夫们看到的是被太阳烤干、被沙子烤死的狗和驼的刺眼的白色骨架。渴极了、热极了的大狗把嘴伸到沙子里，想躲开大太阳火辣辣的烧烤，一会儿身子便软下去了，驼队走出去不远，再回头看时，狗的尸体已烤晒得缩成了一个肉团。驼夫撑着、撑着，撑不住倒下去就再也走不出死亡之海了。同行的驼夫在沙地上做个标记，等驼队返回时，拿毡片一卷把死去的驼夫带回归化城。

斯不斯太、伊克高勒、陶赖、克爷庙，这里又是千里戈壁，走十多天都没有一滴水。骆驼驮着的水成了救命水，人每天只喝两碗，马只能饮两小桶，骆驼一口也不给喝。直到十多天后，走到芦草井子，才到了有水的地方，人和驼才能畅快地喝上水。往前走，要经过拐子湖、达甲兰壕、石板井子，又是连四旱，就是连着四天没有水可喝。由野马井、红泊到五个井子，又是连三旱，三天见不着一滴水。一直走到马鬃山的公暴泉、鸭子泉，才到了有水的地方，可是这些有水的站口，有的是甜水，有的是苦水，有的是矾水，有的是毒水。毒水的井旁立个标记，人看到了再渴也不能喝。还有的井是臭井，臭井原来也是好井，井里的水深，渴极了的牲口拼命探下身子喝水，一下子掉进井里，井水泡着牲口的尸体就成了臭水，可渴极了驼夫还是照样喝这臭水。

驼夫的命就是走，一步步地走着、熬着，只盼着快些走回家里。

魔咒毛儿古沁

毛儿古沁是蒙古语，翻译成汉语就是变天的地方。对驼夫来说，毛儿古沁就是魔咒，驼夫都不敢轻易说出口，谁不留心说出口，倾刻间就会飞沙走石、漫天飘雪。

归绥到迪化的驼道，第一站由归化城出发，向北走六十里到达武川城南的什尔登。第二站是召河西北的湖滩，这里水也好、草也茂，是出了名的好牧场。第三站是向西走五十里的边墙壕或向北走六十里的卢家岔岔。边墙壕常有土匪、官兵骚扰，驼队宁可多绕十里路也要在卢家岔岔住宿。第四站是再向西走六十里的塔尔混河，翻译过来就是美好的河流，这里是两道长流水。第五站是再向西走六十里的猴儿山，再走一程就到达了百灵庙。绕来绕去，驼队在路上得走六天。

去新疆分为上路、中路、下路。

下路是阴山以南、贺兰山以东的河套，这里能吃好住好，路也好走，可土匪时常出没，关卡上也征收各种各样的税费，路虽好走驼队也不得不舍弃了。

中路是由百灵庙经羊肠子沟、大石沟、老虎沟、人头山、善旦庙，再由狼山背后穿过一段一天只能走四十里左右的沙漠，经沙海子、小井子到哈达不齐，然后南下凉州。中路走了近百年，最后也不得不放弃了。

上路有沙漠、山丘、沼泽、戈壁，还靠近中蒙边境。这是一条没有路的路，靠着辨山川土石的形态、色泽，观日月星辰的运行方向，来判断哪有骆驼

千里迢迢满载而归的驼队

吃的草，哪有人喝的水，这是一代代的驼夫拿命换来的路。

这条上路从白云矿山附近的红花布力克起，走十八站才能到达武威以北六百里的巴音毛道。东汉以前这里还是一块大绿洲，清末民初，驼队路过还能看到二三十株枯黄的杨树和柳树。后来，赶上天灾人祸，这里便成了一片沙海。

出巴音毛道再走一段路就是毛儿古沁，这就是驼夫们不敢说出口的地方。这里气候多变，许多人以为是神话或传说，其实这里的气候异常是由特殊的地理环境造成的。毛尔古沁位于东西两大沙漠中间，南北又是天山和阿尔泰山的支脉，白天气候干燥炎热，到了夜晚气温又急剧下降，所以，这里有时烈日炎炎，有时又漫天飞雪。

八百里戈壁一口气

烂山子原来有水有草，后来，沙子把水吸干了，把草吞掉了，留下的几丛红柳和枯草，也快被沙子埋掉了。烂山子除了沙子，就是沙子堆成的沙丘，一眼望去就像是大大小小的坟堆，看着就像是一个大坟场。

烂山子再往西到巴丹吉林沙漠的北边是拐子湖，这里布满了沼泽，人不能住，驼不能卧，可不远处的脑包泉有清清的泉水，只是有时候这水却又浑又腻，驼夫们就说，是大蟒过来洗澡，把水洗脏、洗浑了。但平时，这里的泉水清凉甘甜，驼夫们在这里痛痛快快地喝一气，然后把水桶加满才上路。

从这里再往西走就到了红柳井，说是红柳井，可这里既没有红柳又没有水井，只有一圈红柳笆子围起的沙坑，可顺着沙坑深挖几尺，却能挖出一个小水洼，虽是一瓢瓢地慢慢舀着喝，也能缓解一路的干渴。

从红柳井往西走几程路，就要穿越一百四十里的小戈壁，这里是真正的不毛之地，人不能歇，驼不能歇，要一口气走出去。

要是从金塔、毛毛、金枪子、正义到肃州，再由河西走廊西段经星星峡进入新疆也能走，那里水也好草也茂，可沿路设着关卡征收各种各样的税费，使得驼队宁可冒着生命危险，行走于死亡之海般的沙漠与戈壁。

驼队走的是靠近中蒙边界的巴丹吉林沙漠北边的上路或北路，过了弱水下游的东西两条河，再过了南面的狼心山，跨戈壁，出大山口，经过滴着几滴水的沙枣泉，翻越有着大沙丘的回回沙窝，出了大沙门，经莲花寺才能到达肃州的东湖。

祁连山顶峰附近有一条黑河，黑河的上游有东、西两条支流，两条支流在金塔以北约一百公里处会合成古弱水，古弱水又注入到古居延海。西汉和唐时，古弱水两岸及古居延海以北和以东是绵延千里的绿洲。

那时的巴丹吉林还是小片小片的沙漠，沙漠与沙漠间有两条河，一条是东河，一条是西河，东河流入苏古淖东，西河流入嘎顺淖尔。东河附近的梧桐树，树干疤痕处常常会流出梧桐泪，梧桐泪干了后就成了治病的药材。路过的驼夫把干了的梧桐泪采上，能治疗人和驼胃胀的疾病。

西河有一座老西庙，是山西籍富商集资修建的，供奉的是关羽，关羽以重义气著称，山西商人就把关羽当财神爷供奉起来。几百年前，老西庙还有残存的遗址，如今的地图上还留存着老西庙的地名。

从老西庙往南走，过了狼心山，再往西走，经过红柳大泉，转西北至红柳沟，便进入让人恐怖的八百里大戈壁。“八百里戈壁一口气”是驼歌中的一句歌词。这一句歌词有八百里戈壁要一口气走完的意思，也有走出戈壁后，驼夫们只剩下最后一口气的意思。

戈壁的汉名也叫瀚海，进入八百里戈壁也叫入瀚。入瀚要经过小红淖、大红淖、节红壕、帐房山，然后到石板子井。行走在漫长的戈壁上，没有骆驼吃的草，也没有驼夫喝的水。

运送茶叶的驼队

驼夫和骆驼要不分昼夜地走上五天四夜，五天四夜里，驼夫们赶趁着烧点茶水、吃点干粮，骆驼卧在货垛子中间歇歇腿、喘喘气便接着再走。老驼夫都练就了边走边睡的本领，新驼夫被领房子的安排在驼队的中间，这样，新驼夫睡死摔倒也不至于葬身戈壁。

戈壁上的野狼鼻子特别灵，离得老远就能闻到驼夫的气味，驼夫都不敢落单，落单的驼夫就会成为狼拌汤（狼的食物）。有时狼饿急了也不管驼夫落单不落单，看着长长的驼队，它们也敢扑上来。跟在驼队后面的巨獒脖子上带有防狼夹子，看狼扑上来就跟狼去撕咬。

戈壁滩上全是石头，大的像人脑袋，小的像人拳头。拉着骆驼走在戈壁上，脚左磕一下右碰一下，八百里戈壁没走下来，要是鞋子磨破磕坏了，脚趾甲踢在石头上，一会儿就踢烂了。含着疼、忍着痛、咬着牙，还得一步步地往前走。

茶叶之路上的森森白骨

驼夫们就盼着能快到石板子井，一到石板子井，就走出了八百里戈壁。快到石板子井时，驼夫们就都松了一口气，都由不住地喊："出瀚了，再加把劲。"到了石板子井，搭起帐篷，吃罢饭喝过水，就能美美地睡个好觉。

王货郎刨水石板子井

也许是没有水的缘故，沙漠上的许多地名和传说都与水有关，像石板子井、王货郎刨水等。

成吉思汗西征时，随军的色目长者找了半天水源都没有找着，就决定凿井取水。凿井时，碰到一块又硬又平的大石板，大家都认为石板下面没有水，就向色目长者禀报，请求另选凿井的地方。

色目长者听了禀报后，来到凿井的地方。他在石板上画一个圆圈，拿起锤子顺着圆圈砸了一圈，石板上开了一个圆圆的洞口。就在洞口被凿开的一瞬间，一股泉水流了出来，人们便把这口井叫石板子井。

走在没水的沙漠戈壁上，骆驼老远就能闻着水味，离着石板子井老远，骆驼就大步小跑地奔向石板子井。这里有水没草，人和骆驼喝足了水，就得往下一站走，下一站的路好走些，一天能走上五六十里。

走完四程的路，就到了王货郎刨水的地方。到了这里驼夫们就出了瀚，也

茶叶之路上的驼队

19世纪茶叶之路上的人家

就是走出了戈壁。

这段路在戈壁边上，沙滩上长着耐旱、耐碱的沙蓬、芨芨草和红柳。走到这儿，驼夫和骆驼就远离了死亡之地，从这里开始的路，人有水喝了，骆驼也有草吃了。

“不怕四瀚怕三瀚”，连夜走过八百里戈壁后，驼夫要放乏一两天，出四瀚这天就开始放乏，到出三瀚这一天，驼夫们往往都腰酸腿疼。

有些驼夫在走过二瀚、一瀚之后，腰酸腿疼稍稍好一些。这里的一、二、三、四瀚都不是地名，是指距离下一个重要站口王货郎刨水这个地方的天数，一瀚离王货郎刨水最近，四瀚离得最远，有“出了四瀚出三瀚”一说。

王货郎刨水是一个小水洼，在沙漠戈壁上走着的驼夫一口水喝不上，到了这儿就能润润嗓子，也不那么干渴了。

王货郎刨水还有一个传说，东汉时在西域立过功并被封侯赐爵号为伏波将军的马援，西征走到千里戈壁上，人和马都干渴得不行。他骑的千里驹叫胡狼，走着走着停了下来，用前蹄使劲刨地，一下便刨出了一眼清泉。

另一个传说是，有一个姓王的货郎，走过漫长干渴的戈壁，吃不到一口饭，喝不到一口水，走到晚上时一下子昏倒在地。

第二天凌晨，他醒过来后，感觉身底下湿湿的，起身一看，身下的沙子湿了一大片。王货郎两手使劲儿挖着湿沙，直挖得磨破了双手，一眼清泉流出沙坑。喝了清泉的王货郎神清气爽，一口气走到西域的车师国。后来王货郎成为富商后，资助了马援的西征军队。

从王货郎刨水出发，然后就到了莫利河。莫利河周围原本水草丰茂，后来树越来越低，草也越来越少。河边是一个四五户人家的小村子，驼队经过这里时，住到人家家里，花点钱就可睡上火炕吃上热饭。

这个村子附近有一座大山，峭壁直立，高达数十丈，名叫照壁山。驼夫住到人家家里，人家家里的老人就会给驼夫讲述照壁山的传说。传说这照壁山是一处灵地，灵地必有异宝，异宝就藏在照壁山里，后来异宝被南方人偷走后，这里虽然地灵，但人杰却不再了。

从莫利河再往前走就是水西沟，这里出产生铁、煤炭，还有妇女卖饭的窑站子。据说唐代安禄山造反之后，大宛、车师、龟兹等六部各派一员大将率军前来支援。走到面儿沟时，大宛大将病逝，便在附近山上盖了两间土房在里间停尸，外间供守护的兵丁住宿。20世纪30年代，驼商路过这里时，因为此地气候干燥，看到大宛大将的尸体还保存完好。

面儿沟再往西走六程就到了哈密，从哈密再往西走便是迪化。了墩以西有个七角井子，这里四面都是高山，这是到迪化的必经之地，也是一处险要之地，设有一处重要关卡。

1935年后，归绥的驼夫们经过这里时，看到驻军虽然很多，但这时的军队与以往的军队已不太一样。遇着驼夫冻伤或患病的，这些军队也给伤者、病人治疗看病，还不收费用。军队有需要的货物也都是公买公卖。驼队过了关卡和当地老百姓打听，才知道关卡上换了共产党领导的红军。

在千里戈壁和沙漠上行走，水成了驼夫们最大的盼望，干渴至极的驼夫找到水源后，便发挥最大的想象，为这个有水的地方编织出一个个美丽的传说与故事。

骆驼一吃就醉的草

驼队到了站口，首先要查看草地，因为有的草地会长毒草。骆驼吃了毒草，轻的生病，重的就会死亡。毒草不能吃，冰雹打过的草也不能吃，骆驼吃了冰雹打过的草就会跑肚，跑上几天治不好，骆驼就垮掉了。

王可胜的十峰骆驼在支差路上中了火毒，到召河放牧又吃了冰雹打过的草，骆驼群害起了传染病，三百多峰骆驼一下子死了二百多峰。

甘肃肃州和凉州一带有两种毒草，一种是醉马草。醉马草像麦子一样，高二尺多，叶子和韭菜叶差不多，顶穗像莜麦，不结籽，骆驼和马都爱吃醉马草，可马和骆驼吃了醉马草后，就像喝醉酒一样摇摇晃晃、东倒西歪，连路也走不了。骆驼吃了醉马草，就一个办法，那就是给吃了醉马草的骆驼灌两碗醋，灌了醋的骆驼会慢慢地好起来，可好起来的骆驼腿脚再也没有原来那么有劲了。

另一种毒草叫马板长，马板长顺着地皮长，也叫爬地草。马板长的叶子比韭菜叶子宽，骆驼也爱吃马板长，可只要吃了马板长，骆驼就会一天天地瘦下去，全身的骨节还会嘎巴嘎巴地响，不管以后再喂多少好草料，吃了马板长的骆驼也不会上膘，不上膘不说，这骆驼还会一天天地垮下去，最后连驮子也驮

呼唤同伴

不了了。

新疆古城子、哈蜜和大库伦、前后营子都有毒草，到了这些地方的站口，领房了的、记账的、当班的驼夫就得赶紧分头去查看周围的草地，要是看到有毒草，就得赶紧拉了骆驼走，要不就得倾家荡产。

春天坐场闲不住

每年春天，骆驼驮上货物返回归化城，就能轮流歇上十天八天，这十天八天是驼夫们最享福、最开心的日子。这十天八天也不是就在家里坐着，每天还得去掌柜的家，看有没有营生需要做，要是赶上有活儿，就得干上一两天，没有活儿就在家里歇息。

歇息几天，就要到山后的牧场干活儿。牧场的活儿多，去了就闲不下来。驼队走一趟驼道往返需要一年的时间，驼夫们要用坐场的空闲时间，把一路上用的、吃的、穿的，包括把儿头、先生、锅头、驼夫、骆驼、马及巨獒的事务都安置齐备。谁管哪一摊都分工明确，有的专门负责骆驼放牧喂料和饮驼，有的负责收拾驼屉和驼鞍，有的负责修理驮水用的大小水桶等。全房子零零碎碎、大大小小的一切用具，都要彻底检查一遍。看有没有坏的、缺的，该修理

酱篓子

碗套儿

夜壶

的修理，该添置的添置，凡是驼道上用到的，像炊具、锅、瓢、盆、刀、勺、铲和茶壶、水桶、水斗子、扫帚、铁锹、刮耙，饮驼用的大小盆等，都要安置得周周到到。

通晓神谕的领房人

领房子的似乎是被老天爷选中了的，仿佛只有他能听懂老天爷的神谕。他看着月亮、星星，瞅着石头、云彩，就能知道天气的阴晴变化，闻着沙土、听着风声就能找到水和草的位置。

领房子的也叫把儿头，因为领房子的具有的神奇本领，全驼队的人都听他的指挥。他说走，驼队就走，他说停，驼队就停。

好走的驼道不是设有关卡，就是有土匪抢劫，驼队只能在没有路的沙漠戈壁上开辟新的道路，而这新开辟的没有任何标识的秘密通道就藏在领房子的的心里，藏在领房子的吟唱的那一首古老的驼调里。

领房子的知道这没有路的驼道上哪儿有人喝的水，哪有骆驼吃的草。假如领房子的忘记了驼道的路线，只要一唱起驼调，忘记了的驼道便又清清楚楚地回到他的心里。驼调不只是一首歌，它更是领房子的打开驼道的秘密钥匙。

归化城的驼夫大多都是揽脚驮货，当这些驼夫手里有了成链子的骆驼后，他们就带着自己的驼队跟着领房子的走大库伦，走科布多。

骆驼按房子计算，房子就是人住的帐篷。房子分大房子和小房子，大房子由八把子骆驼组成，每把子又分成两链子，每链子十八峰骆驼。小房子由四五把子骆驼组成，每链子的数目和大房子相等。大房子除驼夫十六人外，还有领房子的一人、账房先生二人，总计十九人。

茶叶之路上的商队

领房子的不仅掌握着驼道的密码，还有着一般驼夫没有的本领，遇着骆驼和驼夫有个小病小灾的，领房子的也能上手治疗。担负着一个驼队的身家性命，领房子的不敢有一丝疏忽，他们许多人连睡觉都睁着眼睛。要是一旦走错路，再找不到水源，整个驼队都会葬身沙海。

只要驼队走着，不管黑夜白天、刮风下雪，领房子的都要骑着马前后照应着，看哪峰骆驼脱缰了，哪个驼夫打盹了。驼道上的小事能酿成大祸，掌柜的把半个家当交给领房子的同时，也把一切的处置权交在他的手上，遇着走不快、跟不紧的驼夫，领房子的张口就骂、伸手就打。可领房子的要是领着驼队在沙漠里迷了路找不到水，驼夫们也不会客气，他们会逼着领房子的吞沙自尽。

领房子的要保证驼队一路上不出任何差错，不让掌柜的受一点损失，才能晋升为二掌柜的。领房子的不敢让掌柜的对他怀有一丝的成见，掌柜的对领房子的有了成见，领房子的的地位就会动摇，慢慢地又会跌落成一个普通的驼夫。

1931年，尹福领着曹家的一顶房子去新疆。驼队走到戈壁滩前沿的那天下午，突然刮起了大风，眼看着飞沙走石，立马天昏地暗。怕迷失方向，驼队只好停下来，骆驼也围圈卧好。天快黑时，风才慢慢小了，驼队打算就在这里过夜，等到第二天再走。

驼队歇下后，尹福拉了一峰骆驼去前面探路。当他探好路往回走时，忽然发现身后跟着一头狼。他偷偷扭过头打量，发现狼的两眼冒着凶光，张开的大嘴里露出白花花的牙齿，一看就知道是几天没有吃到东西的饿狼。

他向周围看了看，身后是一望无际的沙海，前面驼队的帐篷还离着很远，看不见人也听不到声。他从驼屉里抽出一根短把皮鞭，把这根七尺长的短把皮

驼队中的领房子的

鞭握在手里。狼一看他拿出了家伙，立起身子就要扑过来。他没有拿皮鞭去抽狼，只是握着鞭把，把鞭子拉成一条直线，使劲盯着狼的眼睛。狼一看这阵势，就蹲下身子不动了。

看狼不动了，他拉着骆驼扭身往前走去。走了一段路，他偷眼一看，狼又不紧不慢地跟上来。就这样，他在前面拉了骆驼走，狼不紧不慢地后面跟着。又走了一段路，狼猛地跑了上来，一下子跑到他的前面，两只闪着绿光的眼睛瞪着他。

他没有停下脚步，继续往前走。他知道，要是停下来，这狼就会扑到他身上来。他走到狼的近前，放开骆驼的缰绳，拉着皮鞭绕着狼转了一圈，然后又拉起骆驼往前走去。又往前走了一段路，天完全黑下来，狼又一闪身窜到他的前面，挡住了他的去路。

他知道，狼这次是不会放他过去了，心里不由得一阵害怕。正在这时，不远处传来驼夫的呼喊声，再一看是驼队迎着他走了过来。狼一看来了许多人，只好悻悻地离开了。

厂汉板村已经过世的褚七有当年也是领房子的，曾领着房子去过大库伦，直到上了年纪，走不动路才离开驼队。离开驼队不当领房子的后，他伺候的掌柜的给了他五峰骆驼和一套家具，让他回家养老。

账房先生不只记账，还是领房子的的副手，他也像领房子的一样骑着马，听领房子的指派。驼队到了站口，架设帐房、抬水安灶，都听账房先生安排。

驼夫中有两名捉锅的锅头，锅头又分为大锅头和二锅头，和所有驼夫一样，锅头也拉十六或十八峰骆驼，骆驼主要驮炊具、帐房、水桶和全房子的口粮。要是有客人，还得驮客人吃的点心。点心装在匣子里，每匣子有二三斤，也有装五斤的匣子。还有两峰骆驼，各驮上一个装满水的大水桶和骆驼喝水的大水槽。到了站口，大、二锅头就埋锅点火造饭，吃了饭将大水桶里装满水，再督促值班驼夫链好骆驼到井边饮驼。

凄苦悲凉的驼调

驼调是清末和民国初年，在内蒙古西部流行的一种民歌，它吸收了陕北的信天游和内蒙古西部地区爬山调的音乐元素。驼调是驼夫在拉骆驼的路上即兴创作而成的，之后在驼夫中慢慢流传开来。

驼调是驼夫在驼道行走中真实生活的记录，既有对家乡亲人的思念，又有对自身命运的悲叹，所以曲调大多凄苦悲凉。《绥远通地稿》卷六十九记载：“至与西北省外交通，则视内地情势大异。中经大漠，流沙塞途，气候寒冷，

伊林驿站

非独人烟稀少，水草亦多恶劣。沿途所经各站，且多不毛之地。牛马当之，势难远行，遑论负重，故西北商运大道，皆驼路也。以驼能耐饥渴而利行沙也，俗谓之旱船。凡行骆驼，以饮料定站口之标准。遇水草缺乏，站程必大，或隔一站，或二三站，始达有水草处，名曰干站。将入干站，则用长形木桶，预储饮水以行。亦不能多携，仅敷人用而已。或站有一井，水量无多，聊以济人饥渴，驼只不能偏饮，则各淡盐少许，救其困渴，以度此干站。而其精力固无伤也，数日弗食，仍能负重以行，绝非他畜所可比拟，誉为旱船，意在此乎。行驼路者，每至一站，驼夫札帐幕既定，拾薪汲水，各司其事，坎地为龛，出釜作炊。其宿也，大帮备有帐篷，或竟露天而眠。驼只则分班轮牧，昼息夜行，日以为常，即有村庄，概不投止，往返行程，皆须数月始达。每当冬令，路远天寒，夜宿幕中，坚冰或在身底，大雪或没卧驼，堕指裂肤，殆为常事。俗谓其生活为铺冰盖雪之营业，亦纪实也。”对驼调颇有研究的代林认为，驼调往往即兴而作，感情真挚，记录的驼夫生活也更加真实可信。

拉骆驼路程歌

自幼儿长大在归绥地面
上有老下有小度日如年
天遭旱地遭荒黎民受难
无奈何我拉驼要去远边
叫媳妇昼夜里缝补衣衫
起程时带毛袜又套铁鞋

奔西夏兴庆府算第一站
尽都是窑檐子女人卖饭
到兰州城里四下观看

黄河岸边紧靠着白塔宝山

下一站来到了凉州城前
进南门出北门十里方圆
饮骆驼啃干粮再往前行
甘州城是个清水大街

走盐池过新沟日落西山
黄土地好凄凉不见人烟
进肃州过城门里面是平川
买路票准备好明天过关

一出嘉峪关两眼泪不干
谁知道哪天哪日把家还
往前瞅，戈壁滩
往后瞭，鬼门关
无人烟，无田苗，全是沙原
沿途中见白骨叫人心寒
路难行口发干我咬紧牙关
走得我头晕眼花双腿发酸

进安西过玉门黄沙地面
听人说古至今常有战乱
一月里刮大风二十九天
有一日不刮风还是阴天

茶叶之路上的重要驿站——杀虎口驿站

穷开心我唱秦腔再把路赶
进哈密城里头仔细观看
尽都是缠头们来往不断
男女人说番话不懂我言

拉骆驼过南山真够凶险
不小心插脱脚小命玩完
南山口过大坝来到八里坤城前
肚里空天气寒不可久站
冻得我牙磨牙浑身打战
紧赶路来到茉莉河边

进奇台喂骆驼稍微歇缓
古城里番汉兵正在操练
拉骆驼走远边提心吊胆
说不定哪一天又要征战

过三台走阜康每日一站
进省会红庙子我身已瘫软
卸货驮取驼屉没歇几天
坐庄员又把皮毛堆满
进新疆返归绥整整一年
受饥寒吃尽苦古今稀罕
铁算盘一结账没挣几个钱
还是东家富我家穷谁来公断？

程头歌

千里戈壁万里沙
春天黄风冬天雪
一百二十六个程头四个月
到时卸下苏杭绸缎京广货
回来又驮上玉石皮毛与金沙
东家肥马轻裘笑脸迎
两眼紧盯着他们的值钱货
驼工的老父母倚门望，泪满眶
进家来又见妻儿灯下哭
都为行前都是彪形汉

归来已剩皮包骨

驼工泪

……

拉骆驼，走后营
蒙古独立路不通
人家说咱是外国人
扣住骆驼不放行
真是吓死人……
闯西北，走古城
盛世才关了进疆的门
妻儿老小难撇下
眼泪湿衣襟
再也回不了归化城
孤身沦为异乡人……
外蒙古、新疆走不成
只好走甘宁
躲官卡，怕散兵
遍地土匪活刁人
拉驼人儿不保命
苦死个受苦人
……

叹十声

拉骆驼起五更苦不过第一声
撇父母和妻子给人家拉长绳
走一趟新疆省就得几个月
一路平安不出事来回一年整
咿呀唉
拉骆驼起五更苦不过第二声
一起程出家门全家都揪心
遇官兵来缠扰那是平常事
遇土匪抢东西有时把命送
咿呀唉
拉骆驼起五更苦不过第三声
大坝口扣驮子砸坏一个人
遇上那好掌柜就给把伤看
遇上一个小气鬼他说你不操心
咿呀唉
拉骆驼起五更苦不过第四声
铺冰雪睡草地有谁来关心
一小篓牛肉酱能吃几个月
吃炒米和炒面上顿接下顿
咿呀唉
拉骆驼起五更苦不过第五声
整日里走长路腰酸腿又痛
到住地搭帐篷拾柴拣起粪

轮到你放骆驼休息也不能
咿呀唉
拉骆驼起五更苦不过第六声
半夜起吃早饭准备又起程
卷铺盖逮骆驼赶快搭驮子
如果你手脚慢水也喝不成
咿呀唉
拉骆驼起五更苦不过第七声
走长绳配搭档盼望遇好人
遇上个好搭档起落能照顾
遇上一个老显头个人称英雄
咿呀唉
拉骆驼起五更苦不过第八声
连三旱、连四旱水草无一根
给骆驼啖盐巴准备度难关
人吃水骆驼驮洗漱也不能
咿呀唉
拉骆驼起五更苦不过第九声
怕刮风怕下雨又怕拉大程
遇上个好掌柜就叫把店住
遇上一个小气鬼还叫你往前行
咿呀唉
拉骆驼起五更苦不过第十声
放起场返家乡掌柜的给骑乘
可怜的拉驼工苦了自己两条腿
歇个脚挣点钱回家度光景

咿呀唉

歌　谣

南方买茶到北边
万里贩茶万里难
武夷山买茶尖
雇上脚夫把茶担
一离茶山四十里
这才来到崇安县（今福建武夷山市）
再装小船转大船

依偎

九江（江西）到达汉口（湖北）边
驮马拉到花园口（河南）
接着渡过黄河岸
进太行雇骡脚
前往太谷和祁县（山西）
歇歇脚交货忙
茶砖驼运到口外（蒙古高原）

驼户的日月难

驼户的日月难，自做吃来自做穿
挨饿受冻鞋跑烂，还得自己连
头发千条线，自己梳来自己编
困乏身子懒，毛盖子锈成毡

好不过春月天，好不过春月天
遍地的青绿惹人烦
抬头见哀雁，两眼泪不干
不提家眷还倒好，提起倒把心搅乱

好不过夏月天，好不过夏月天
太阳出来照西山
织不完的毛口袋，补不够的骆驼鞍
渴得咱头发昏，晒得那石头烂
骆驼只是把毛脱，咱把身上皮脱干

好不过秋月天，好不过秋月天
庄稼熟了人喜欢
只怕骆驼又起场，一天两搬鞍
跟上掌柜连夜转，又不知道走哪边
站大了半夜歇，站小了黑了天
忍饥挨饿得了病，想家千里路遥远

好不过冬月天，好不过冬月天
天气寒冷雪满滩
冻得咱们皮肉绽，跑得咱们两腿酸
房子搭起来，动手快和面
肚子哄饱睡，早歇早安然
五更起来抓骆驼，贼打火烧又是喊

驼户的日月难，一年四季不得闲
哎哟哟，驼户日月难，一年四季不得闲

民　谣

提起个拉骆驼，三星照当坡
蓝天当被盖，沙地做被窝
吃的是莜面沾盐水！提起个拉骆驼
提起个拉骆驼，几辈受饥饿
冬天冻个死，夏天热个慌
受不完的罪吃不完的苦啊！提起个拉骆驼

爬山调

红彤彤的阳婆当日照
蜈蚣坝是旅蒙商的金光道
归化城启程可可以力更住
蜈蚣坝是咱常走的路

如今，领房子的大多已去世，为数不多的驼夫也正在老去，而会唱驼调的驼夫也很难找到。还有一些驼调散落在民间，没有被抢救出来，面临着失传的窘境。

习蒙俗学蒙礼

驼商把和牧民多年打交道积累的经验编成歌谣，从歌谣里，我们可以看到当年驼商到蒙古草原经商的不易。驼商先要了解牧民的风俗习惯，还要学会说蒙古语、写蒙古文，并且要懂得会见牧民的各种礼节。

和牧民见面后，驼商先要递上鼻烟壶，碰巧没带鼻烟壶的话，就用烟袋代替。牧民的毡包坐北向南，牧民大都信喇嘛和供佛，毡包的正中都供着佛像，主人坐在正中，东边是厨灶，西边才是客人坐的地方。驼商要搞清楚这些礼仪，要不就容易闹误会，买卖也会受影响。

一进门先问好

鼻烟壶子拿在手
换了鼻烟壶才坐下
问远问近，还要问牲畜好
天雨草长怎么样
真可谓谈闲话拉家常
买卖放在最后边
牧民忙来帮助他们把活干
然后才把买卖谈
送货上门态度好

日生昌掌柜的、伙计在合记照相馆外拍照

位于包头固阳的秦汉长城

有问必答不厌倦
牧民的畜产蒙商的货
物资交换有价钱
价高价低两情愿
路途遥远周转慢
利润比较大一些

驼商到蒙古国后，先得拜访当地的札萨克即王爷，并送王爷一些礼品。礼品一般为三白，就是哈达、水果和糕点，还要报上自己是从哪里来的字号，字号的名字是什么，字号掌柜的名字叫啥，字号里有多少人，带了哪些货物过来，多少峰骆驼驮运货物，符合条件的，才能领到旗府的营业票证。此外，还要交标证银子，大的字号要标证银五十两，小一些的三十两，再小的看情况而定，交了标证银子就会受到保护。

驼商到了牧区，要尊重当地的风俗习惯，还要遵守当地制定的各种章程。驼商也要像牧民一样住蒙古包或帐房，不能在草地上随意盖楼搭房，带过来的牛、马、羊每年都要如数上报一次，再根据牛、马、羊的数目交纳一定的水草税。

驼商和牧民做生意、谈买卖，最好是穿蒙古袍，鼻烟壶也要带上，大宗的普通货物按照规定价格买卖就行，零碎小件货物双方商定。

草原上一年四季气候不同，牲畜繁殖情况也不同。第一季度和第四季度，主要是收购牲畜、皮张。第二季度正值牲畜脱毛的季节，是收购绒毛的时候。八九月份气候凉爽了，牲畜吃了带籽的草后膘肥体壮，此时正是收购牛、马、驼、羊的时候。驼商将收购的母畜放到饲养场里，骟了的运回去出售。牧民都有各自的冬营盘，冬天都待在营盘里，夏秋时哪里草好就到哪里，牧民与牧民的住处至少相距几里或几十里，驼商们要熟悉牧民冬、夏的住地和水头。

驼队经过的大多是牧区，驼队经常走这些地方，驼商和牧民就都认识了，有的还成了好朋友，驼商也慢慢学会了蒙古语。

厂汉板村九十一岁的李六喜当年也是拉骆驼的驼夫，他自己走的是短盘路，和厂汉板村后来走驼道的驼夫一样，一般是到武川、达茂旗、四子王旗盘粮挣脚钱。他的两个哥哥和牧民做过买卖，还都学会了蒙古语。走在半路上，两个哥哥自己扎房子，到了有牧民的地方，就住牧民的蒙古包，牧民给他们吃炒米、喝奶茶，他们拿上茶叶、布、白面、米和牧民换牲畜和皮子。

纵横交错的驼道

当年，草原大漠、中原山地布满了密密麻麻、纵横交错的驼道。有的驼道是公开的，哪个驼队也可以走，有的驼道是秘密的，是冒着生命危险找到这驼道的驼队专有的。

康熙皇帝带领军队征讨噶尔丹的时候在乌里雅苏台扎过大营，归化城的人们就把乌里雅苏台称作前营，从归化城到乌里雅苏台的驼道叫前营路。前营路全程约五千三百二十里，要经过六十个站台。驼队从归化城出发，经过可可以力更（今武川）、召河、察汗讨勒盖、后白彦不浪、此老温圪楚、贝勒河、哈莫乌素、塔拉赛汗至察汗乌素。从察汗乌素由向北的驼道进入喀尔喀蒙古地界，然后依次是章茂公、申圪龙兔、哈拉脑包、哈同不浪、圪图尔乌素、毕令达赖、合毕勒格尔、察不气执、十八圪台、台路闪月、不力圪速太、纳伦不浪、什洛图等。

相对于前营乌里雅苏台，人们把同样驻扎过大营的科布多叫后营，把从归化城到科布多的驼道叫后营路。后营路全程约六千六百二十里，共计七十三个

老少拉驼人和满载货物的骆驼

茶叶之路沿线的古戏台遗址

站台。归化城到格里塔拉共五十四个站台，这五十四个站台共计四千九百五十里。从格里塔拉开始，科布多路与乌里雅苏台路就分了道。从格里塔拉左拐向西行七十里到达一个叫川镜的地方，然后经察汀哀勒更、古箭、天灵、心尔把子、阿达圪不贵、驼累口、奎素、雅素脑包、阿贵沟尔贝、可可河、札勒格、集勒盖哀更、乌兰不浪、札汗不浪、奥什、补伦、札康尔忽洞到达科布多。

还有一条到新疆的路，人们习惯上叫大西路。大西路从归化城到古城子（今新疆奇台县），共计七十二站，全程约五千四百三十里。驼队从归化城出发，经可可以力更、召河、头号尔、黑沙兔庙、百灵庙、一棵衬、塔布板申、伊克淖、羊肠子沟、公忽洞滩、海流兔河、红古尔鄂博、黑沙兔、摩尔古沁、乌泥乌素、忽尔洞、挨力素忽洞、阿贵尔湖、赛圪帖尔。从赛圪帖尔向北就进入喀尔喀蒙古地界了，接下来是吉尔里卯独、保尔津、夹刚尔兔、忽蓝鄂博、拖累不拉、尔德尼不拉、忽兰忽洞、博尔丹梁、卯尔古沁、土不气、哈塔不盖梁、把圪力尔忽洞、红古尔岭、速力贡尔。从速力贡尔站开始至哈拉纽独站，人称“三不管”地界，这里人烟稀少，常有土匪出没，驼队走到这里都要加紧赶路，所以这里又叫“紧八站”。“紧八站”之后，就是乌兰淖、玉石洼、普圪贴尔、卯独鄂博、哈拉纽独、察汗讨勒盖、察汗不拉、忽洞科布尔、白彦科布尔、赛忽洞、锡钮乌素、速红兔、乌什克、小拖累、赶只汗卯独、红淖、甲拉盂、苏计、甲会、老龙鄂博。

归化城往新疆还有一条小西路，也是归化城到古城子，全程是五千四百七十里，共计七十二站。从归化城出发，途经可可以力更、召河、头号尔、黑沙兔庙、百灵庙、乌兰不浪、库伦格尔、伊肯不拉圪、张茂忽洞、乌兰闪丹、赛忽洞、什拉哈达，从什拉哈达往北就进入喀尔喀蒙古地界了。小西路走到哈拉纽独，与大西路合并，以后的三十四站与大西路行走一样的站段。

这些驼道不是一成不变的，有的驼道水草丰茂，看似好走，可是一路上关卡重重，驼队只好放弃不走，另辟蹊径。所以，驼道一般都是驼队冒着生命危险，在没有路的荒漠上开辟出来的。大西路和小西路是归化城去往新疆的驼道，这条驼道是沿着内蒙古和喀尔喀蒙古的边界行走，有时走在内蒙古，有时走在喀尔喀蒙古。蒙古国成立后，归化城的驼队就不能再走原来的路线了。驼队沿着旧驼道南侧中国边境重新辟出一条新的驼道。这条驼道从归化城出发经达尔罕、茂明安、乌拉特旗，然后入宁夏、甘肃，最后进入新疆。这条驼道是回族驼夫冒着生命危险开辟出来的，水草不好，还经常有土匪出没。

第五章

汇通天下的商业传奇

驼庄靠收驼赚钱

驼庄、驼社、驼桥、驼村是呼和浩特独有的文化特色，在前人记述的基础上，对之进行挖掘，可以进一步揭示呼和浩特这座驼城的奥秘。

归化城的骆驼多，来回倒腾买卖骆驼的人也多，买回的骆驼总得有个圈的地方，慢慢地，圈骆驼的地方就形成了驼庄。

归化城有许多跑内蒙古和外蒙古的字号、堂名或单帮，这些买卖字号用茶叶、布匹和牧民换来牲畜、皮毛、药材后，每年的农历十月、十一月，浩浩荡荡地回到归化城。归化城马有马店，羊有羊店，驼有驼庄，牲畜赶回来后，马进马店，羊入羊店，骆驼就牵到驼庄上。

牵到驼庄的骆驼都交给驼庄代卖，要卖的骆驼，有的是壮驼有的是乏驼，还有的是不跑运输用不着的骆驼。驼户把这些骆驼交到驼庄，驼庄将骆驼圈到自己的圐圙里，派伙计从草市上买了草料喂养，价格便宜的骆驼驼庄就留下来，交到城南的板定营子、章盖营子的牧民手里放牧。价钱贵的骆驼，就牵到驼桥上卖掉。

牵到驼桥也不是一下子就能卖掉，没有卖掉的骆驼，再交给揽放牲口的牧民到城南放牧，第二天一早再牵到桥上去寻找买主。放牧的牧民揽下骆驼放到第二年五月端午出场的是长放，每峰骆驼每天赚五个制钱；揽下骆驼每天上桥的是短放，每天赚十至十五个制钱。骆驼卖出去后，揽放骆驼的牧民，把早支的工钱、草钱扣除。

驼道上的骆驼

驼庄买卖骆驼，有的是自己找买主，有的是牙纪给招揽买主，一般是牙纪招揽的时候多一些。买主和卖主都是驼庄的相识，驼庄向买卖双方都收佣金的话，就是双佣；要是买主是由牙纪招揽来的，驼庄只收卖主的佣金，牙纪收买主一方的佣金，就是单佣。双佣收百分之八，单佣收百分之四。要是按每峰骆驼五十两银子算的话，双佣能收四两，单佣能收二两，骆驼数越多得的佣金越多。

驼庄赚钱主要是靠收骆驼，收了的骆驼都是贱买贵卖，赶上行情好了，每峰骆驼能赚到十两甚至二十两银子。不过有大本钱的驼庄才能赚到大钱，或者能在钱庄拿上银子的，也能赚到大钱。

每年冬天到来年春天，驼庄收购的骆驼，都交给城南的牧民去放牧，等驼桥上的行情好了再拉出去卖掉。如果卖主不急着用钱，也把骆驼交给驼庄，和驼庄的骆驼一起放牧。端午节驼桥收市后，就把没有卖出去的骆驼赶到后山的迭力畔一带放牧。驼庄派小掌柜的、小伙计和大师傅到放牧点，小掌柜的总负责，大师傅做饭，小伙计有的跟班，有的下夜。

驼庄在草地设草场，一峰骆驼给四子王旗二钱水草银子，有的跟当地官员拉上关系，也能少出些。驼庄放到后山放牧的骆驼，大多都是春天卖不上价钱的乏驼，经过一段时间的放养后，乏驼长了秋膘就能成为好驼。春驼二三十两银子一峰，秋驼和冬驼就能卖出五六十两一峰。驼庄代放的骆驼，除收水草银子二钱，场费银子三至五钱，骆驼身上落下的六至七斤驼毛也归了驼庄。

归化城的驼庄雇佣小伙计都有一定的规矩，这些规矩都是从山西帮传过来的。学徒的小伙计，先打扫骆驼圐圙，再学着喂养骆驼，出场时就跟上房子到后山放骆驼，这一整套活儿做得熟络了，就派到外面跑桥上街，有的便慢慢地顶起了生意。

归化城的驼庄都在旧城的北面，最早的驼庄有东寺巷的天盛昌、太平街的大同班子双合功、城内税厅巷的大同班子万盛义，后来，又有大同人杨瑞平在太平街开的义和堂和代州人开的德和堂，后沙滩的世德堂和元恒昌。这些驼庄有的是字号，有的是合股经营，有的是单独经营。

驼庄要向清朝的归化城二府衙门和民国以后的归绥县公署交头等或二等牙帖，头等牙帖每年缴款六十块，二等牙帖每年缴款三十块。像天盛昌是多年字号，领的是头等牙帖，义和堂是堂名，领的是二等牙帖。也有每年缴十五块的三等牙帖，也就是好几个牙帖合成一个堂名领取一张，按每个人的每年进项摊钱，有的出五块，有的出三块。这样合伙的，一般都是父辈交往多年，合伙共领由一个人顶名，出钱多少都没有意见，还有就是，怕外人插进这个行当里争饭碗。

归绥驼庄最厉害的双合功，开始由本地财主、靠屠户发财的薛家大门子垫六千五百多两银子，以后积累到四万多两银子。万盛义和世德堂虽不如双合功，但经理段继堂和刘贵信誉好，又有几家钱庄给撑腰，买卖也做得顺风顺水。

驼庄原来是圈放骆驼挣点辛苦钱，但是真正让驼庄挣钱的却是收骆驼这一桩买卖，然而能够收骆驼的也不是一般的驼庄，都是自己有大本钱，或和钱庄拉上关系，遇着凑手的买卖能拿出银子的驼庄。

归化城的骆驼多了，和骆驼相关的行业便发展了起来，驼庄便是其中之一。驼庄靠圈骆驼只能挣点小钱，要想发展壮大，收骆驼是一条捷径。可是，没有强大的经济基础，发展壮大也只是一句空话。

驼桥过驼两万峰

驼庄是圈骆驼的地方，驼桥是买卖骆驼的地方。每天一大早，骆驼从城南的驼庄牵到驼桥上，牙纪把买主领上驼桥相看骆驼。买主是东路、西路、南路和本地四个地方的客人。东客来自北京，他们除收购到门头沟驮煤的骆驼，还买要拉回去宰杀的菜驼。西客是新疆奇台和巴里坤的驼户，他们把货物运到归化城后，要补充壮驼，还要把母驼带回滋生小驼。南客来自山西府十县和二州五县，他们买骆驼用来驮货或者再转卖了挣钱。本地驼户买的都是壮驼，这些壮驼买回去跑蒙古、新疆或后山。

四路客商以南路的客商最多，太行、吕梁跑山路运货都得用骆驼，巴里坤的客商有二三十家，其中一个叫刘华的客商最出名，他是一次买过三百峰骆驼的大户。本地客商买上骆驼跑新疆和蒙古，也有短途驮粮、运煤的农民。

归化城的驼桥最早设在庆凯桥一带，后来挪到都统衙门的照壁前，这里就叫了驼岗子。驼桥从每天上午8点开市，到中午12点收市，下午骆驼到草地上放牧。

买主到驼桥上买骆驼，一般都是牙纪牵线。

牙纪是行家，知道骆驼的路分。骆驼中外蒙古的突舍公、墨勒更王、杭盖、喇嘛哥哥四处的路分最好。突舍公又分东西两种骆驼，东突舍公骆驼的毛色发红，黑眼圈、黑蹄畔；西突舍公骆驼的毛色发黄，白眼圈、白膝盖、白蹄畔。这两种骆驼都是木碗形蹄子，提起放下不变形状，最适合在戈壁上走路，是最上等的骆驼，东突舍公的骆驼比西突舍公的骆驼还要好些。

墨勒更王骆驼黄色的多，体格都高大，性情也急躁，走得却是飞快，按照行话来说，叫“好发性”。杭盖驼愣头愣脑，坚韧耐劳，载重量大，不容易落膘，喇嘛哥哥驼有以上三种骆驼的优点。大盛魁、元盛德、天义德三大号使用的都是这些地方的骆驼，他们的骆驼一般在产地购买，上桥补充得少。四子王旗、达尔罕旗、三公旗的骆驼，在戈壁上行走最容易磨坏蹄子，上膘也慢，跑长途容易乏困，不如蒙古的骆驼值钱。

20 世纪 20 年代归绥城的庆凯桥（牛桥）

骄健的骆驼

驼庄上街跑桥的掌柜的、伙计也知道骆驼的路分，却比不上牙纪，牙纪是祖辈相传下来的技艺，买主都信得过牙纪挑选的骆驼。驼桥上的牙纪最多时有一百多人，于门、文门、赵门当牙纪的时间最长。牙纪都有各自的熟客，不能抢行情，特别要讲究信用。牙纪除了得买主给的百分之八的佣金外，遇到买三峰、两峰的买主，驼庄也给牙纪往下按一二两银子。比如买方出了五十两银子，驼庄只给卖主四十九两或四十八两，剩下的一二两给牙纪。要是成交头数特别多，牙纪佣金挣得可以了，驼庄就不给牙纪往下按钱了。驼桥不像马桥，无论哪一个牙纪成交，也得给“十大好汉股”分一些佣金。

清末民初时，最好的骆驼一峰上过八十两银子，普通的骆驼都是五六十两，春天使乏的骆驼和不全乎的病驼是一二十两银子。

骆驼在驼桥成交后，由驼庄就近向归化关（民国改为塞北关）报税，征收百分之三的交易税和百分之三的附加税，这笔钱由买主负担，驼庄把税票给买主，说明结账的期限，由牙纪跟上到钱铺或庄柜兑完款，就可以从桥上把骆驼拉走，到“月月骡子四季镖”时，再跟买主最后结算。

归化城的驼桥每年中秋节开市，到来年端午节收市。旺季是农历十月、十一月，蒙古的骆驼在这个时候进城。到了夏至以后，骆驼都要到后山放场，过了端午节，驼桥就歇业了。待到秋分以后骆驼起场，中秋节复市。驼庄的骆驼交易，民国以后逐年减少，清朝时期，每年能过两万多峰骆驼，到后来，每年只过千余峰。

牙纪在驼桥替买客挑选骆驼收取佣金，有了钱还从本地或包头买上骆驼到太原和北京贩卖，慢慢成了驼贩子，于门、文门、赵门三家就是这样的驼贩子。归绥商界都“月月骡子”结账，包头是四季镖期结账，从包头买上到太原或北京卖完骆驼回来误不了给包头的店家还钱。后来南路的驼贩子有不少也被吸引到了包头。驼贩子把骆驼由包头贩上，雇驼户揽货运到北京和太原，卸下货后到当地的桥上出售。

清朝是骆驼行业最为兴盛的时候，也是归化城骆驼集群最为庞大的时候，这时候，归化城驼桥上每年能过两万多峰骆驼。可以想象两万峰骆驼从驼桥上行走的壮观场面。除了昂首阔步的骆驼，还有跑前跑后的牙纪，买骆驼和卖骆驼的商人，驼夫的脚步声，和着吆喝声、喊叫声，使归化城成为一座名副其实的驼城和商城。

四驼社支差应事忙不过

归化城有了驼庄、驼桥，慢慢地又成立了驼社。归化城原先的四个驼社是：福庆驼社，由牙纪和驼庄组成；新疆社，代表走西路的驼户；集锦社，代表走蒙古的商社和驼社；俱进会，大多为回民驼户，也代表驼社。后来，为支

旧城驼运社

应差事，四个驼社联合起来组成一个社，叫归绥驼运公会。

福庆驼社位于北茶坊羊王庙，这里供奉着四马明驼王。每年驼岗子搭台，把驼王从羊王庙请出来唱两台戏酬神。正月初八的戏由驼庄和牙纪出钱，驼庄每家抽十吊或八吊，牙纪每人一吊两吊。八月十五驼桥开市以后还要唱一台戏，按存场骆驼数摊钱，一驼出三钱银子。民国四年以后停止了唱戏，但每年正月初八仍然到羊王庙给四马明驼王领牲摆供。以后，福庆驼社专门用一个年老的牙纪，每天登记各家驼庄的交易数量，每驼征收一钱银子，向驼主收齐后，交给值年会首的驼庄保管，以备香资及支应差事用项。

归绥的四家驼社，在京绥铁路通车以前，共有七万多峰骆驼，到1933年，据官方调查，还有四万二千八百峰，登记在四家驼社户头上的有八千多峰。集锦、新疆和俱进三社拥有的驼数差不多，福庆驼社只掌握存场骆驼和小户的散驼。过去，驼社的同行借唱戏联络感情，民国以后，驼社和其他社一样，成了支应差事的机关。支差应事的花销，集锦、新疆、俱进三社各顶三股，福庆社只顶一股。

支应差事最初是由归绥县公署召集四家驼社会首到一起研究，以后由集锦社的义和永柜保管账目，再以后这里就成了四家驼社联合办公的地方。这个时

20世纪初活跃在张家口的骡马车队

候，遇到征用骆驼，四家驼社用高价雇来骆驼，有了损失按价赔偿，开支款项由四家驼社分摊。

1924年第二次直奉战争以前，四家驼社就组成一个归绥驼运办事处，就是以后的驼运公会，在南顺城街万聚茂旧址办公，由各驼社产生正、副委员各一人，负责支应军阀的军驼。这一年，一下子就向驼运公会征用了两千峰骆驼，除了用来运输，还驱赶骆驼去踩地雷。驼运公会当时既来不及征集骆驼，雇佣损失后又赔偿不起，就指给地方让军队自己去抓，结果是谁家被抓谁家遭殃。

当年，大驼户王可胜就有切身感受。清朝光绪年间，给人拉骆驼很容易发家致富，就是有了一顶房子，往大扩展也很容易。因为那时没有官兵、土匪，连苛捐杂税也很少。只要守本分、讲信誉就能获得利益。之后，连年的战争，王家偌大的驼户说败就败了。其实败落的驼户又何止王可胜一家，到1937年，归绥的驼庄、驼户都没了骆驼，驼桥也歇了业，驼社也没了存在的必要。后来归绥的驼运业慢慢衰落下来。再以后，铁路、公路铺到归绥，火车、汽车开了进来，驼运业就正式退出了历史舞台。

牙纪行的艰辛无奈

归化城庞大的骆驼集群滋生出驼庄、驼桥和驼社，而驼庄、驼桥和驼社都和牙纪这一行当脱不了关系。

史料描述中，清末的牙纪，梳着长辫子，头戴镶着红玛瑙或红珊瑚珠的瓜壳帽，鼻梁上架着白铜镶边茶镜，身上穿着长袍马褂，脚上蹬着千层底的靴子，手里提着小马鞭，上桥下桥都骑着马，上午进茶馆，中午进饭馆，看着挺风光。

辛亥革命时，牙纪和众人一样割去了长辫子，瓜壳帽也不戴了，头上戴着礼帽，手里还是提着小马鞭，骑着马上桥下桥也还是威风凛凛的。从这些描述可以看出，牙纪是一个让人羡慕的职业，起码比穿着铁鞋走驼道的驼夫要风光得多。

用手语交易的牲口贩子

德厚堂曹家的先辈曹凤岐刚来归化城时，没有办法提着鞭子入了牲畜市场的鞭杆组。在鞭杆组干了一段时间后，他一跃成为牙纪行里的一员，之后又从牙纪行转入蹄角行。

五代时就出现了牙行，有官方指派的牙郎，叫官牙，一律由官方发给文书，后称牙帖，也就是牙纪的营业执照。安禄山年轻时就是互市的一名牙郎，后来升了节度使后飞黄腾达。

明清时期，凡是牙纪都要经官方批准才行，还要定时缴纳牙帖税银，简称牙税。牙帖原由地方政府发放，清代将发放权归了中央户部。后来，管制渐渐松懈，地方政府才又开始发放牙帖。牙帖分等发放，乾隆时最高帖款是白银三两。北洋军阀割据时，各省不一，京都一等帖费竟达银元两千块。

归化城的牙行里大多子承父业，只要一根小马鞭，知道牛马驼羊的习性，就能到桥上做牙纪。明清通事行中，一些伙计半为翻译半为牙纪，也做牲畜交易。像牙纪马忠就是自幼跟随老人上牛桥，入了牙纪这一行，前后干了几十年。来往客商有马匹或者其他牲畜要卖时，就托他寻找买主，有的客商购买马匹或其他牲畜，他也给介绍卖主。

归化城周围的牧场大、牲畜多，而且也特别有名。马有的要高到四尺至四尺六寸，牛有的重四五百斤，羊肉也特别好吃。归化城大小屠宰行业有七十多家，冬天的时候，冻肉都卖到了北京、天津、河北、河南和山西各省市，骆驼卖到了西北。

一般的马能卖四十元左右，好的骑马贵一些，一匹能卖到一百元到三百元左右。一头牛能卖三十元左右，一匹骡子能卖八十多元，一峰骆驼能卖七十多元。一只绵羊是二两多银子，一只山羊是一两三钱多银子。

羊岗子用手语交易的桥牙子

京包铁路通车后，贩运牲畜的多了，做牙纪的人也多了起来。归化城的牙行分为桥牙子、草牙子、皮毛牙子、房牙子，还有金银首饰牙子、玉器牙子、珠宝牙子。元代从事人口贩卖的牙纪叫人牙子，女性牙纪被称为牙婆、牙媪。

牲畜牙纪行业第一家要数马店，归绥城内约有十几家，包括复兴马店、四海成马店、义顺店、通顺店、德恒魁、福厚堂等店。这些马店都雇着十几个人，专门代客商买卖牲畜，抽取佣金，一般都是按百分之二抽取。或远或近的客商买卖牲畜的，都住在马店内，委托店家代卖、代买牲畜。买家带来的钱款，交到马店柜上保管着。要是买的牲畜多，钱款不足时，店家给担保，规定期限交款，待买客兑来钱款，按期交还卖主。

过去羊马皮毛客店也是半为客店，半为牲畜皮毛牙纪。归化城的协盛西客栈是合股买卖，半为客店，半为代客存货或经纪交易货物，按一定比例收取各项佣金。

店家每天派人和买主或卖主上桥买卖牲畜，要是买主买牲畜多时，店家派人带买主到召河一带去购买。买羊的客人要是购买羊的数量大，店家就派人带买主到后山村里去购买。

店家所派的都是经验丰富的牙纪，经验丰富的牙纪都有着一般牙纪没有的本领。这些牙纪根本不看马的口齿，只让马群从高坡上一个挨一个地往下跑，光站在高处用眼看，就能看出好赖牲畜。要是卖一百匹马，每匹马卖价三十元，牙纪和买主还价时，就要说明一百匹内除过几匹次马，其余按三十元作价。卖主答应以后，由牙纪和买主用眼看马，指定不要哪一匹，卖主就用套马杆套出哪一匹。买羊也是一样，要是一群羊赶过去五百只，牙纪和买主用眼看好了就作价，要是卖主每只羊平均要价一两银子，牙纪和买主说明要剔出多少只次羊，卖主答应后，牙纪和买主用眼看，指明不要哪一只，就拉出哪一只。牙纪的本领高、眼力好，买主才吃不了大亏，牙纪也才能得到买主的信任和佣金，并结下长年的关系。

据史料记载，归化城的牲畜贩子约有一百多人，像李富根、王宏旺、丁黑、韩富、韩兴元、韩兴祺、韩礼、刘福如、拜文奎等。这些人在牛桥上当牙纪挣了钱，也倒手贩卖牲畜。他们常年做牙纪，往往一眼就能瞅出牲畜买卖的赚头。

拉到桥上的牲畜，不会看的以为牲畜有毛病，会看的就能看出来，这牲畜只是没铲蹄、没钉掌、没剪鬃、没梳没刮没整饰，才显得马瘦毛长、蹄腿疲踏，少精没神。看这卖牲口的不是一个懂行的，他们就低价把这牲口买过来，先拉到钉掌处铲蹄钉掌，再拉回家中修鬃剪尾，蹄掌钉了、鬃尾修了，再用清水把牲口洗得干干净净的，洗干净梳刮修饰一番，这牲口就变得光滑顺溜，即使拉到卖牲口人的面前，他也不敢认了。

还有一个秘诀，那就是太阳落山后再给牲口洗毛，这样梳刮毛时，牲口的毛才越梳越顺，要是在大太阳下，越梳刮毛越不顺溜。还有的马匹，本来没啥毛病，只是缺少好草好料喂养，才显得又瘦又弱，毛色也不好看。这样的马牵回家，好好地喂几天青草，就会比原来肥壮许多。马肥壮了，再戴上新笼头，配上新鞍鞯，这马看着就精神了许多。这时牵到桥上转手卖出去，多卖出十到二十多元钱都不成问题。

牲畜贩子还有一个挣钱的办法，秋天时，低价买又瘦又弱的牲畜，买回去用酒糟喂养，待第二年春天，把这些牲畜喂得又肥又壮后，再高价出售，这叫做喂糟畜。

归化城专做牙纪的在牙纪公会登记的有四五百人，如马忠、马正元、白金忠、曹彪、黄金有等，没有在牙纪公会登记，随着老牙纪上桥做生意的更多。这些牙纪每天拿上牙鞭子，戴上眼镜，上桥给人介绍买卖牲畜，抽取佣金。可光有识别牲畜的本领，要是手里没有本钱的话，就只能做介绍买卖的牙纪。这和驼庄一样，不投入大的本钱，便很难发展起来。

牙纪虽然两头挣钱，可人们还是愿意找牙纪给牵线。一是卖方尽量多要，只怕卖得少了，买方尽量少给，只怕出得多了，还有就是买主怕买下有暗疾的牲畜，不能退还。要是有牙纪从中介绍，双方不仅容易成交，还能保证不会买

甲兰板村的古戏台

下偷盗、拐骗来的牲畜，另外就是，买下有暗疾的牲畜，也可以找介绍的牙纪退回。

牙纪每天在桥头上拉买拉卖，下了桥也不闲着，还要东跑西奔地去找买主和卖主。为了促成买卖得到佣金，有时也说些假话、大话，或是吹捧拉拔。买主买牲畜时，也要会察言观色，看买主要买哪样的牲畜。骑乘、拉车、拉磨、宰杀肉食或者是滋生下驹介绍法各不一样，都是灵活掌握。要是买主买骑乘的马，牙纪就说这匹马体格如何强壮，蹄腿如何结实；要是买主买宰杀的牛，牙纪就说这牛体格如何大，肉如何厚，膘如何肥，体重几百斤，喂几天能长肉若干斤；要是买主买滋生的母马，牙纪就说这匹母马长得如何高大，肚子大容易怀驹，不容易落驹，还有怀驹如何好，下的驹子如何俊。牙纪一般都要练得伶牙俐齿，但也不能乱说一气，要说得让买主信服，然后买下牲口。

牙纪一般不让买主和卖主见面，只在他们在中间给传话。要是买马的话，牙纪先问明卖主出的价钱，价钱不用嘴说，而是用手在袖筒内暗捏，要是捏下三十元，牙纪就和买主说，卖主要价五十元，如买主还价三十五元，牙纪就跑到卖主那里说，人家只给二十元，能卖到二十五元就不错了。待卖主答应后，牙纪又跑到买主那里说，人家非四十五元不卖，看按四十元买下吧，这马便宜得很，过了这个村就没有这个店了。经过这样来回诳骗，生意就成交了。牙纪从中得到十五元，照例还得给佣金。

要是牙纪给买卖两方说半天，卖主要得太多，买主给得太少，两方又各不相让，牙纪就把买方和卖方叫到一处，也不在袖筒里捏价，而是大声喊出价格，让买主和卖主自己讲价，买卖谈成后，牙纪就向卖主和买主多要一些佣金。

牙纪行里有一句话是，“不怕一二三月，就怕四五六月”，说的是阴历一

驼倌

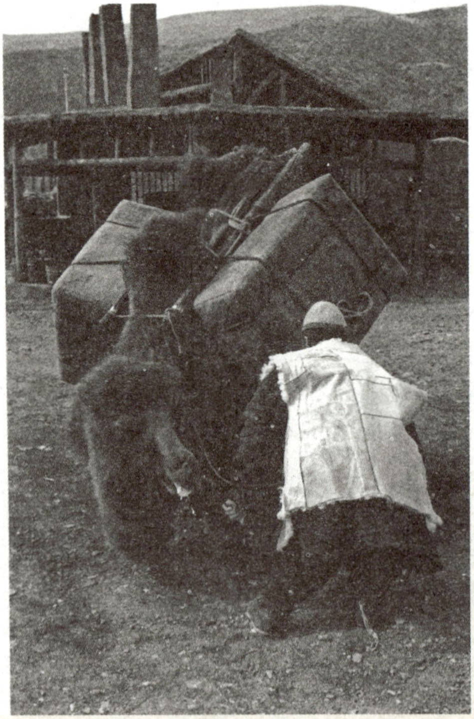

准备起货的骆驼

月、二月、三月，桥上还有牲畜买卖，牙纪们还能挣到钱，到了五月、六月，桥上没有牲畜买卖，牙纪们一个钱也挣不到了，没有钱买米的话，就只能典当家里的东西。

为了找买主、卖主，秋天生意忙时，牙纪一般会买一辆自行车，这样，可以每天骑自行车到处找买家找卖家。等到桥上买卖牲畜的少了，挣不到钱时，牙纪就把自行车卖掉换了米，吃完了就只能典当度日。秋天牲畜体壮膘肥的时候，桥上牲畜买卖多时，就又能挣到钱了。

到了牲畜交易的旺季，来自山东、河北、河南、山西的买马客人，来自平、津的贩羊客人都聚集到归化城，桥上一下子热闹起来，这是牙纪们最忙的时候，也是他们来钱最快的时候。挣了钱，自行车从典当铺赎回来了，典当出去的其他东西也一件件地赎回来。

马忠从事牙纪多年，对牙纪行业也是了如指掌。在人们的印象中，牙纪大多都风光无限，鼻梁上架着白铜镶边茶镜，身上穿着长袍马褂，脚上蹬着千层底的靴子，手里提着小马鞭，上桥下桥都骑着马，上午进茶馆，中午进饭馆。

牙纪这个行业没有本钱，只要拿杆鞭子上桥头就行。因为苦不重，年龄或大或小、身体或强或弱，都能做得来，还能赚到现钱。牙纪的儿子或孙子要是一时找不到合适营生，牙纪就领了儿子或孙子上桥当牙纪。第一次领着子孙上桥，介绍牲畜时，要是有别的牙纪过来帮忙，就要事先申明，这孩子也算一股。生意成交分佣金时，这孩子就能分得一份佣金。按照牙纪行业的规矩，在桥上不论哪一个牙纪，介绍一笔牲畜交易，其他牙纪要是帮着说了几句成全的话，或是拉了拉、摸了摸牲畜，分钱的时候也能分一份。

孩子上桥几次，其他牙纪就知道，这孩子也入了牙纪行业，以后慢慢地就能单独揽活儿。另外，有亲戚朋友愿意做牙纪时，也是一样的做法。至于识别牲畜的口齿、毛色，以及身体强弱、蹄腿好坏、有无力气也用不着专门学习，上桥次数多了，看别的牙纪怎么扳看口齿，怎么拉上或骑上牲畜试蹄腿力气，慢慢地也就会了。

归化城不仅有驼桥，还有马桥，马桥上有马牙子，还有十大股。民间还给十大股编了歌。

狮子把住两扇门，马桥设在绥远城。
西街有个马税厅，每天能收一斗银。
十大股太日雄，每天起来抖威风。
金大林、李世民，扛前挡后带铁绳。
豹子老虎吃海龙，你看威风不威风。

十大股真出名，有的是汉民和回民。
每天骑马桥上走，逛遍新城和旧城。
五湖四海皆朋友，茶馆饭铺叙交情。
薛根打坏六十三，豹子老虎吃海龙。
三教九流走江湖，十大股都能显神通。
买马卖马全插手，十大股威镇归化城。

过去，归化城的马桥经常有地痞流氓借故滋扰，牙纪不得不雇佣拳棒手和把式匠来维持秩序。生意成交后，牙纪把酬金定成十个股份，这就是当年马桥上的十大股。

其实，不管是马桥还是驼桥，看似打扮风流、着装鲜亮的牙纪，都有着不为人知的艰辛与无奈。为了促成买卖挣得几个佣金，他们在买主与卖主之间往来斡旋，甚至说谎哄骗，即使如此，生活仍不免要陷入困顿。牲畜交易淡季，他们靠典当和举债过日，连骑着跑买卖的自行车也得换了米面。而辛苦挣来的钱还要遭到地痞流氓的敲诈勒索，牙纪们不得不花酬金雇佣十大股来给自己撑腰。

财神股与狗股子

大盛魁的字号供奉着财神爷，财神爷的神座前放着一条扁担、两个木箱、一块石头。大盛魁留下的一条老规矩是，掌柜的和记账先生大年三十都不吃饺子而是喝稀粥，财神爷的神座前也不供饺子供稀粥。大盛魁还有一点和别的字号不一样的是，大盛魁给财神和狗都立了股子，叫财神股和狗股子。

大盛魁和别的字号不一样的这些做法，给大盛魁蒙上了一层神秘的面纱。那么大盛魁为啥会有这些奇怪的规矩与做法？

恰克图博物馆中有三百年历史的关公木雕

大盛魁的创始人是王相卿、张杰和史大学，他们都是挑担做买卖的小商贩。三个人合伙做买卖，运气一直不好。

那一年过大年，家家户户欢欢喜喜地包饺子接财神，他们三个人没钱割肉、买面，也就没法包饺子，大过年的只熬了一锅清汤寡水的稀粥。三个人坐在炕上，

民国二十年（1932 年）萨拉齐和合店的部分员工

端着碗恓惶地喝着稀粥，免不了伤心难过。正喝着稀粥，听到店铺外有响动，三个人朝外一瞅，看到一个人拉着骆驼进了院子，将骆驼拴在店铺门口。三个人将客人让到屋里坐下，又慌忙盛了一碗稀粥递给客人。客人喝完稀粥，抬起头说，他是一个买卖人，名叫大盛魁，要急着到外面办点事儿，先把骆驼和货放在这儿，让他们照料下。

客人出了院子，三个人把骆驼背上的货驮子卸下来，让骆驼喝了水、吃了料后，就等着大盛魁回来拉骆驼，可直到大年初一，这个名叫大盛魁的买卖人还是没有回来。三个人又给骆驼喂了料、饮了水，继续等着大盛魁，直到正月初八，大盛魁还是连个人影子也没有。

三个人商量一番后打开了驮袋子，那一瞬间，三个人都惊呆了，他们看到驮袋里全是白的、黄的金银元宝。三个人年前做买卖一分没赚到，正发愁没有本钱贩货，就借了大盛魁的金银财宝做了本钱，商量好等大盛魁来了后，连本带利还回去。

凭着这笔借来的本钱，三个人搞起了长途运输，一下子就挣回一大笔钱。久等不来的大盛魁给他们带来了金银财宝，也带来了好运气，可大盛魁留下的金银财宝数十年后仍然无人认领。掌柜的们认为，大盛魁是大年三十给他们送财宝的财神爷，为了纪念大盛魁，他们就把自己的字号改成了大盛魁还给大盛魁立了财神股。

此后，大盛魁的字号供奉了财神爷，财神爷的神座前放着一条扁担、两个木箱、一块石头。扁担和两个木箱是大盛魁创始人做小商贩时的家当，石头当年被当作计量衡使用。大盛魁还留下一条老规矩，那就是大年三十，包括掌柜的和记账先生，不吃饺子都喝稀粥，财神爷的神座前也不供饺子而是供稀粥。

大盛魁养的巨獒有八九百条，多的时候有上千条，这些巨獒护卫着走驼道的驼队。在大盛魁的人眼里，狗和人一样，人吃什么就给狗吃什么。大盛魁的掌柜的还许过愿，要是大盛魁的狗上了一千条，就专门请一台戏庆贺。

有一年，蒙古好多货物都脱了销，这个时候，哪个字号先进货，哪个字号就能大赚一把。可是，货都在远在千里之外的归化城，哪能一下子把信递过去。信递不过去，货运不过来，干着急也是没办法。

大盛魁分号掌柜的把催货的信缝到狗的护圈内，打发狗上了路。送信的狗都经过训练，一路不停歇地跑，很快就跑到了大盛魁总号。总号掌柜的看到跑得筋疲力尽瘦了一圈的狗，知道有紧急情况，赶紧把狗的护圈摘下来，便看到了催他进货的信息。

大盛魁的货物很快运到了蒙古，等别的商家知道信息时，大盛魁早就大赚一把了。赚了钱后，大盛魁的掌柜的没有忘记拼着命给送来信息的狗，在金账上给狗立了狗股子。

这是大盛魁的传奇故事，这传奇故事传递的是诚信的理念。不管是谁，只要他为大盛魁做出了贡献，就会受到大盛魁的奖赏。还有大年三十送来骆驼和财宝的财神爷，不管是否真有其人，大盛魁都要给立一个股子，大盛魁要做的只是知恩图报。

白手起家的丹门庆

“大盛魁，这家商号单是同蒙古的贸易额就不下九百万两或一千万两白银。为了运输货物，店里有一千五百峰自备的骆驼经常往来于归化城与乌里雅

19世纪后期恰克图附近身穿羊皮蒙古袍的中国商贩

买卖城的寺庙

苏台之间。”光绪十八年（1892年），奉俄国沙皇命令和沙俄外交部派遣，沙俄蒙古学者阿·马·波兹德涅耶夫在内外蒙古旅行考察，路过归化城时，将大盛魁写进了考查日记。

沙俄蒙古学者也许不知道，把买卖做到蒙古国和俄罗斯的大盛魁掌柜的，当年不过是挑担的买卖人，蒙古把挑担叫卖的买卖人叫做丹门庆，大盛魁的三位创始人开始就是担挑肩扛的丹门庆。他们在费扬古的军营里当厨师、做杂役，出入边关集市，给费扬古的部队采买牛羊。和牧民做买卖时，他们慢慢学了些蒙古语和与牧民打交道的礼仪。

给费扬古的部队采买东西时，他们顺手买些蘑菇卖给归化城的人们。康熙三十四年，费扬古的部队随康熙到乌里雅苏台和科布多，三个人也挑着货担跟着军队到这些地方做买卖。后来，他们三个人联合了几个人成立了吉盛堂，再后来又更名为大盛魁，在乌里雅苏台设立了总号。

清朝征伐噶尔丹后，乌里雅苏台和科布多都驻有重兵，就把乌里雅苏台的驻军称为前营，把科布多的驻军称为后营。前营和后营驻有清朝的许多军政人员，这些军政人员离不了商号和通事行给他们办事。通事行是指和不会说汉语的民族或国家做买卖的字号，通事旧时指译员。大盛魁当时是走“大外路”的通事行，通事行的店员，从幼年进入商号就要学习买卖语，就是蒙古语和俄语。

大盛魁总号和分庄掌柜的、记账先生，都是字号里锻炼了多年，有经商经验又会说蒙古语的蒙古通。为了把南方的茶叶、丝绸等货物及时运送出去，也为了资金周转方便，大盛魁就把总号迁到了归化城，把乌里雅苏台的字号改成了分庄，在科布多也设了分庄。

从挑担卖货起家，买卖做到科布多、库伦、古城子，成为雄踞归化城的大商号，大盛魁有着艰难而辛酸的创业史。其实，有着这样艰难辛酸创业史的不仅是大盛魁，归化城的许多商号都是拉着骆驼一步一个脚印走出来的。像可可以力更义和堂的王家，就是靠着几峰骆驼起家的。

两万艘沙漠旱船

大盛魁极盛时有员工六七千人， 骆驼近两万峰，商业活动的地点有喀尔喀四大部，科布多、乌里雅苏台、库伦、恰克图，内蒙古各盟旗，新疆乌鲁木齐、库车、伊犁和俄国西伯利亚、莫斯科。有人说，把大盛魁的资产折合成元宝，五十两重的银元宝，能把从库伦到北京的路铺满。

几百年前，呼和浩特就跻身于国际商贸舞台，最有代表性的当数创造了近三百年传奇的大盛魁商号。大盛魁的制胜法宝是严格的管理、周到的服务，更重要的则是诚信为本的经营理念。

大盛魁的骆驼房子一年三百六十五天在驼道上走着，骆驼驮着从归化城运到北路和西路的货物。骆驼运送的货物有多少，只要数一数跟骆驼房子的巨獒就能算出。

大盛魁的骆驼房子有大有小，大房子由十四把子骆驼组成，一把子十四峰到二十峰骆驼，加上领房子的、掌柜的、记账先生骑的驼和马，总共是二百峰（匹）或多一些，有时大房子达到二百八十多峰（匹），每顶大房子都跟着七八条护驼、护货、守夜的巨獒。中房子和小房子一般都是大盛魁的分庄小号派出来的，一顶中房子有一百八十峰（匹）驼和马，小房子有一百四十峰（匹）驼和马。大盛魁跟房子的巨獒，少的时候有六七百条，多的时候能达到一千二百多条。由跟房子的巨獒就能算出，大盛魁光在驼道上跑运输的役驼，少的时候四五千峰，极盛时期可达两万多峰。

20世纪初蒙古画家所作买卖城地图

骆驼房子是运货途中临时支架起的帐篷，大房子直径为一丈五寸，能住四十多人；中房子直径一丈三尺五寸，能住三十人左右；小房子直径为一丈一尺五寸，能住二十人。每峰驼骆的缰绳长七尺五寸，毛爪子是七寸，楼头绳是七尺，帮鞍架的挺绳是二丈五尺。

大盛魁驼队前营、后营都走，也跑大库伦和古城。当时，从归化城到蒙古和大西北的驼道有七八条，大盛魁许多货物走的都是前后营。

大盛魁有好多处骆驼饲养场，其中科布多饲养场经常养着五千多峰骆驼，乌里雅苏台附近数百里的什勒格饲养场经常养着一千五百峰到三千峰骆驼。饲养场是各个骆驼房子补充给养的营地，驼队需要骆驼了，就从这里调配。货物运到后，骆驼就被送到饲养场里休养。饲养场里常备着预备驼队，有驼运任务的时候，就拉起这个驼队来应急，驼队里有伤病和死了的骆驼，也把这些骆驼补充进去。

大盛魁在百灵庙的驼运路附近也设有饲养场，这里饲养着两千多峰骆驼，有二百五十多峰母驼，是繁殖幼驼的。去蒙古各地的驼路上，沿路都设了梢林（蒙古语，意为庄子），这些梢林也饲养着不少骆驼，梢林的骆驼也是补充驼队用的。

大盛魁的骆驼加起来有两万多峰，两个半世纪以来，这两万峰沙漠旱船驮着成千上万斤大到绸缎小到葱蒜的货物从归化城出发，向着遥远的地方进发。

一顶房子二百八十峰（匹）驼和马，能住四十人，是大盛魁房子的规模，这是由大盛魁财力所决定的，是普通驼队无法相比的。大盛魁在许多地方都有饲养骆驼的牧场，走得累了的骆驼就放到牧场上去休养，所以，大盛魁在驼道上走的永远是由壮驼和健驼组成的驼队。大盛魁庞大、精壮的驼队，驮着货物在驼道上来往不停地行走，源源不断地把货物运到世界各地。

领房子的是骆驼房子的把儿头，他有一般驼夫没有的本领。不管冬夏秋冬、黑夜白天，领房子的都能找准方向。他知道驼道上哪里能让人喝上水，能让骆驼吃上草。人和牲畜生了病，他还能给把脉看病。

买卖城街上满载货物的牛车

每年清明节前后，领房子的要记着给骆驼灌大黄、绿豆汤和麻油，以给骆驼清理内热。驼和马要是患上擦背压梁、发脾腹胀、口疮泻肚、脱掌伤蹄的疾病，他用胡椒、白矾、百步根就能给治好了。

记账先生也不是只管记账，除了记自己骆驼房子的出入账目，还要负责本房子的各种杂务。驼队到了住宿站台后，他要敦促众人架设房子、安灶抬水、检点用具、喂饮巨獒。驼和马离了群，记账先生也要骑着马出去寻找。而锅头的责任则是点着火、煮熟饭，让驼队的每一个人热热乎乎地吃上饭。常年行走于归化城与各地的大盛魁，走在生死一线的驼道上，离不开众人的密切配合和同舟共济。

印票分庄大小号

大盛魁在蒙古地区设有最大的印票庄，还在内外蒙古、山西、北京、天津、上海、汉口、沈阳、齐齐哈尔、丹东、营口、锦州、张家口、多伦、包头设有分庄，做汇兑生意。

清朝规定，蒙古王公要定期进京纳贡、轮流值班。蒙古各盟旗距北京有的七八千里，有的上万里，到北京的话，要花费大量银子，随身带多了银子不方便，大盛魁就趁着这个机会把银子借贷给王公们。

光绪十七年（1891年）至光绪十八年（1892年），札萨克图汗盟长阿育尔公三次共向大盛魁借了八千六百六十两银子，王公们花费的这一笔银两债务，最后全部摊在了他们管辖的牧民身上。

带银两不安全不方便，王公们出门时就让放印票账的商号派人跟着，衣饰、宴会、送礼、赏赐、递门包、通关节需要大量银子，王公们把这些需要花费银子的差事都交给商号派的人办理。大盛魁的人熟悉官场迎来送往的各种礼节、规矩，对王公们托办的事情也都尽心尽力，王公们就都愿意找大盛魁的人来办这些差事。比如，小太监引见时要送上一碗奶茶，王公喝完茶，不能空碗还回去，要在碗里放些碎银子盖好盖还回去，这样既不露声色又显得大方。对于这些事，大盛魁的人早已轻车熟路，不用王公们操一点心。

王公们进京值班时，要出去朝拜佛寺、游览名胜、观赏风景，还要进香、布施，有时花几千两甚至几万两银子。王公们都找不差钱又办事周到的大盛魁。有的年份，大盛魁仅支应王公们进京费用的放贷就不下十万两银子。

大盛魁能够抓住一次次挣钱或发展的机会，与大盛魁自身的规模与优良的人员配备是分不开的。向王公们放贷都是万八千两的银子，没有一定规模与实力，是没法揽这个差事的。还有就是派出跟随王公们进京办事的人员，衣饰、宴会、送礼、赏赐、递门包、通关节等各种事务都得一手经办，尽管每一项事务都烦琐细碎，但是每一项都不能出现一点差错。大盛魁的员工都经过严格训练，办事能力强，素质高，对于一切事务都能做到分毫不差、滴水不漏，所以才能得到王公们的信任。

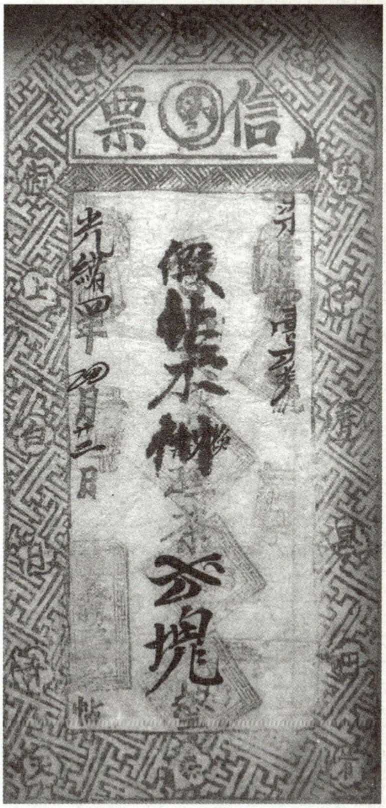

信票

蒙古靠的是牧业，清政府派驻蒙古军政人员的一切费用，要靠商人来以畜易货。大盛魁看中了这项生意后，每年要由归化城和别的地方采买各种高档货品和宴请客人用的山珍海味，供给各衙门和王公贵族。连文武官员升迁和入朝奏事要带的貂皮、鹿茸这些名贵货，大盛魁也都预备得齐齐备备。大盛魁货品齐全、服务周到，王公们都信任大盛魁。开始，这些货品都由各商号轮流供应，到同治、光绪年间，大盛魁就成了供应王公货品的独家商号。

大盛魁买卖制胜的绝招是服务周到，也可以说是投其所好。投其所好的办法是货品齐全，那就是你无我有、你有我精。就这样，大盛魁靠着精而全的货品，靠着周到的服务把王公贵族吸引到了自己身边。

受清朝派驻蒙古户部人员的委托，大盛魁设立了银炉，把小碎银子和成色不好的银子化开，铸成含银量一样的元宝或银锭子，上面铸有“魁记”二字，用以识别和周转使用。大盛魁仅银炉化银、铸银这一项，每年就能获取一两万银子的好处。

乌里雅苏台是大盛魁总号之下最大的分庄，担任乌里雅苏台的分庄经理，一般要由总号副经理兼任，或由与总号副经理同等地位的人来担任。科布多分庄是大盛魁总号下的又一大分庄，这个分庄除经营放印票业务和赊销各种货品，还收购牲畜、皮毛、药材和土特产。

乌里雅苏台和科布多两个分庄都有比较大的骆驼饲养场，经常饲养着数千峰骆驼，常年供应从归化城到乌、科两地大营路上驼队的骆驼。

大盛魁另外的两个分庄是召河和库伦，召河是大盛魁牧羊、牧马、放驼的

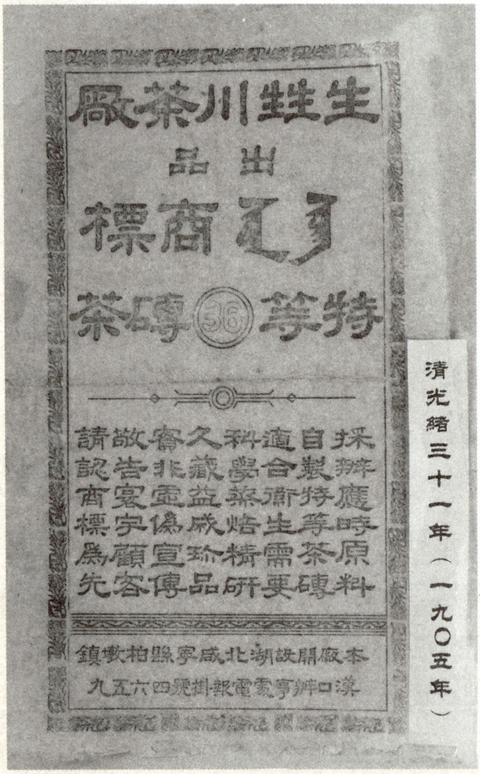

清代茶场商标

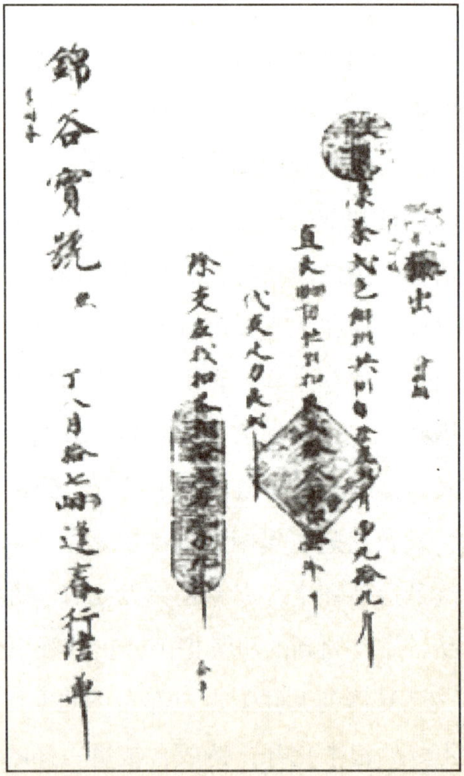

清代茶号传票

地方，召河饲养的骆驼，少的时候有一千六七百峰，多的时候有三千峰以上。

除了大的分庄，大盛魁还在各地设了许多小号，有大盛川票庄、天顺泰绸缎庄、东顺昌发货站、德恒魁牲畜店。此外，大盛魁在北京也设有协盛昌、协盛公、协盛裕三个京羊庄。

蒙古、科布多、山西、北京、天津、上海、汉口、沈阳、营口、锦州、张家口、多伦、包头等地都设有庄口，还有乌里雅苏台是最大的分庄，除了分庄还有小号。这些分庄和小号让大盛魁的触角遍及全国各地，可大盛魁像一架设计精密的机器，始终有条不紊地运转着，一直运转了近三百年，这不能不说是一个奇迹。

过骡子过标设井地

啥叫过骡子、过标？过骡子、过标是清代大盛魁及整个归化城商界为清理商号与商号之间的债务制定的结算制度。

过骡子是指每月定期清理商号之间的债权与债务的日期，过骡子的限期一般为三天。过标是指每季定期清理商号之间的债权与债务的日期，过标的期限一般为五天。过标分为春标、夏标、秋标、冬标。春标是每年农历正月，夏标是每年农历四月，秋标是每年农历七月，冬标是每年农历十月。

归化城市面上通行的过骡子和过标制度都由大盛魁操控着，要是大盛魁的骆驼房子在过骡子和过标以前回不了归化城，那过骡子和过标的日期就得更改。

与其他商号不同的是，大盛魁每三年进行一次利润结算和收益分配，结算利润的同时分红，还有就是借这个机会，检查经营得失，整顿号事，以及评定人员功过，确定后三年的经营方向，安排分支机构的组织，加强号规的执行。

大盛魁之所以把总号从乌里雅苏台迁到归化城，是因为归化城是清朝设置的对蒙古贸易的中心之一，是全国各地的商人同蒙古和新疆贸易的一个重要枢纽。清代归化城有崇厚堂的组织，设四乡耆老负责主持，民国之后崇厚堂组织改为商务会，大盛魁在崇厚堂和商务会中都处于重要地位。集锦社是包括在崇厚堂内的一个大社团，主要是以走前后营为主的商号，大盛魁也是集锦社内最大的一家商号。清朝开了捐例后，大盛魁在北京、乌里雅苏台、科布多这些地方的坐庄掌柜的都买了官职头衔，归化城总号的经理买到了候补道台的顶戴。大盛魁能抵半个归化城，不仅因为大盛魁是归化城第一大商号，还因为归化城许多的重大决策都由大盛魁操控着。

归化城一切重大的商业活动都离不了大盛魁的参与，这已成为不成文的规定。大盛魁的房子没有回来，连过骡子、过标的日期都得更改，从这一点就可

日据明信片上的归化城驼夫

以看出大盛魁在归化城商界中举足轻重的地位。大盛魁受到推崇不仅是因为商业地位，还有政治地位，大盛魁在北京、乌里雅苏台、科布多的坐庄掌柜的都买了官职头衔，这也是其他商家不能比的。雄踞归化城商界老大，又有着候补道台等官职头衔，大盛魁在归化城的话语权是勿庸置疑的。

啥叫设并地？召河草原蒙古语为希拉穆仁草原，希拉穆仁草原上有一条河就是希拉穆仁河。河的北面有几座山，有一座山叫敖包山。河的南岸有一座喇嘛召庙，蒙古语为希拉穆仁召，清朝乾隆年间，赐名为普会寺。普会寺建于清康熙四十二年（1703年），普会寺落成后，四周住了许多喇嘛和牧民，他们大部分是哈拉罕人，就是明清时期分布在内外蒙古地区的喀尔喀十二部蒙古人的后裔。

从清朝初期起，凡是札萨克喇嘛或大寺院治下的属民，包括喇嘛僧众和牧民，都统称为沙毕那尔，译为设并，因此召河草原被当地人称为设并地，普会寺也被称为设并召，这就是设并地的由来。从清代开始，设并地是归化城到蒙

阴山古刹

古以及新疆驼运必经的地方，这里水草丰茂，大盛魁每年从蒙古赶运回来的热羊热马、冬羊冬马及一部分骆驼和牛，都赶到设并地来放牧、休养，人们把设并地称为聚宝盆，把召河骆驼行走的商路称为金银河。

有了骆驼还得有好的牧场，大盛魁瞅准了水草丰茂的召河，让召河成为大盛魁驼队的补给基地。大盛魁的骆驼在召河休整后，驼队就可以一年四季来回不停地在驼道上行走了。

西北钥匙无法再开启

乾隆到道光年间，是大盛魁贸易的极盛时期，这一百年的时间里，大盛魁成了垄断蒙古旅蒙贸易的第一大商号。鸦片战争之后，蒙古变成了俄国的势力范围，清政府彻底废除了边禁政策，并支持中国商人在蒙古的一切活动，大盛魁便失去了在蒙古市场的垄断地位。

沙俄势力侵入蒙古后，俄钞大量流入蒙古，达七千多万卢布。十月革命后，卢布贬值到二十分之一，大盛魁由此受到了重大损失。辛亥革命后，沙俄与蒙古订立商务专条，其中第二条规定，中国货物进入蒙古境内须课以重税，这就使得中国到蒙古经商的人越来越少。

1918年，北洋政府商务调查团到蒙古调查中国商人在蒙古进行贸易活动的情况和经营状况，报告称当时库伦、东营子有中国商号二百六十三家，西库伦有中国商号六百八十家，以京帮商号（如万意号）最多。根据调查结果，北洋政府宣布，1912年以前蒙古的旧债仍属有效。当时大盛魁一家仅在科布多就有价值一万五千多峰的骆驼、两万多匹马、二十多万只羊的债权，大盛魁始终没有收回这一大笔欠债。

1911年12月，蒙古国建立后，大盛魁在蒙古至少有一千多万两银子的债务没有收回来。几次重大的损失，使大盛魁没有了周转资金。无奈之下，大盛魁也干了一些买空卖空的虎盘生意（要空盘），还在归化城和包头等地搞起了投机倒把，这样便砸了大盛魁的金字招牌。

民国十八年（1929年），大盛魁开始清理债务准备歇业时，孔祥熙曾派吴保平到归绥，和段履庄及其他有关人员会面，了解大盛魁歇业的原因，并表示要资助二十万让大盛魁继续经营，后来得知大盛魁远不是几十万两银子可以解决的问题，也就作罢了。

大盛魁兴盛时，阎锡山常称赞大盛魁是开发西北的钥匙，段履庄是西北的大实业家。民国十四年（1925年），段履庄在祁县老家休假时，阎锡山常约段履庄谈论西北实业，也表示愿意为大盛魁投资继续壮大大盛魁，最终没有能够如愿。傅作义任绥远省主席时，也曾有意资助大盛魁复出，最后，了解到大盛

恰克图近景

魁即使勉强复出，也不能长久维持下去，也就打消了资助的念头。

民国十八年（1929年）大盛魁宣告歇业后，仍然保留着一部分人员，以处理积压的债权、债务。民国二十年（1931年）财伙协商后，决定开除段履庄出号，改推陈严甫任经理，打算复兴大盛魁。可是，大盛魁内部出现要和不要段履庄两派，最后主张要段履庄的一派失败，但是，大盛魁的执管人员终究没有实现复业愿望。民国二十五年（1936年）大盛魁完全散伙，结束了两个半世纪的商业活动。

政通人和给大盛魁创造了经商的良好氛围，大盛魁抓住机遇迅速地发展壮大起来，不但有了雄踞归化城的总号，还有了在全国各地及国外的分号，成为开发西北的钥匙。当良好的经商氛围失去后，兴盛了多年的大盛魁便不可阻挡地败落下来。

恰克图博物馆收藏的中国商人的家具和日常用品

大盛魁商号的制胜法宝

2016年元宵节文化庙会活动汇聚到了大盛魁文化创业园区，呼和浩特市市民在欣赏文化庙会活动的同时，不免又谈论起享誉世界的大盛魁商号。万里茶道是丝绸之路衰落之后欧亚大陆兴起的又一条伟大的国际商道，大盛魁在创造了近三百年商业传奇的同时，也在万里茶道上行走了近三百年。

2月20日，我联系到了大盛魁最后一任掌柜的陈严甫的儿子陈义，他现在是内蒙古自治区第二批非物质文化遗产大盛魁行商文化的传承人。

陈义的父亲陈严甫从1936年到1946年在大盛魁任职，1946年，大盛魁解散后，带着大盛魁留存的一些物件回到老家托县。父亲当时带回来的物件有万金账、俄罗斯挂钟、驼铃等。“文化大革命”中，万金账被烧，只留下俄罗斯挂钟、驼铃。后来他把俄罗斯挂钟、驼铃和从民间征集到的其他物品捐给了托县博物馆。

陈义十二岁时，父亲去世了。父亲在世时对他说，大盛魁多年不倒靠的是诚实守信的经营理念，父亲让他以后做人也要诚实守信。

当年，内蒙古著名作家邓九刚劝陈义注册大盛魁商号，那时他已是托王集团的副总。后来，经邓九刚多次劝说，1998年，他注册并成立内蒙古大盛魁实业有限责任公司。2007年，他和作家邓九刚、导演王新民考察了当年大盛魁经商走过的路线。大盛魁在全国有八十多个分庄，他们二十多天共走了十多个分庄，之后筹拍了大盛魁的纪录片和电视剧。2009年，陈义和邓九刚把考察重点放在蒙古国和俄罗斯。在俄罗斯，他们和研究大盛魁文化的专家、学者进行了交流。这些学者和专家认为，大盛魁是中国最大的商号，大盛魁的员工普遍勤

大盛魁旧址

劳、守信、素质高。

大盛魁汇通天下，员工们跋山涉水、离乡背井，往返于茶叶之路，奔波于大漠之北，他们以“诚实守信，义利并举”的儒商精神称雄商界。

当年的归化城内云集了京、津、冀、晋、陕、甘、宁等国内以及蒙、俄等国际商号，许多老字号也是在这一时期兴起发展起来的，当时大盛魁商号处于领先地位。大盛魁商号开辟的驼道茶路，是继张骞通西域、郑和下西洋之后的又一中国乃至国际商贸交通史上的壮举，也是继西域丝绸之路后的又一条横跨欧亚大陆的商贸通道。

大盛魁在山西祁县和天津开有银号票庄，在天津设有贸易口岸，与英、德、

大盛魁旧址复原建设的大盛魁博物馆

俄、法、日、韩、意等国都有贸易往来。大盛魁经营国内外贸易，用驼队踏出另外一条丝绸之路——茶叶之路，也就是呼和浩特人所说的驼道，即万里茶道。

大盛魁的重要价值在于，它是一家有着近三百年历史的企业，几乎与清朝的历史同步，有着复杂的组织结构、经营方式、管理理念、用人之道，它体现了中国商人身上的一种精神，其兴衰沉浮充满了神秘色彩。在中国商业发展史上，它从不同角度诠释了中国式商业。

大盛魁商号首创了中国西部第一家股份制企业，成功地再现了大盛魁票号及银信贷的雏形。大盛魁从开业到歇业，经历了二百四十多年的历史。大盛魁被列入非物质文化遗产，并成了大盛魁现象进入研究者的视野。

现在，大盛魁的总柜旧址、原归化城的大小分号、老字号连同昔日繁华的商贸四大街（大南街、大北街、大西街、大东街），因拆除遗址遗迹已荡然无存。

玉泉区政府借助旧城区改造，在大盛魁旧址恢复商号原貌，打造“大盛魁文化创意产业园”项目，以期挖掘、梳理“大盛魁商号”的商业传奇。

万驼之城是归化

一

大窑文化遗址是呼和浩特市东郊两处旧石器时代文化遗址的总称，距今已有五十万年的历史。1979年，国家文化部把这一石器制造场所代表的文化命名为大窑文化。1988年，大窑文化遗址被国务院确定为全国重点文物保护单位。随着大窑文化被发现，大窑八景也吸引了人们的目光。

第一景“无字天书”，位于兔儿山四道沟人工发掘的百米长廊中，是一个高十五米的完整地层剖面，虽然无字，但鲜明记载着大窑文化的历史年代，即记载着人类旧石器时代初期到新石器时代晚期，一万年前到五十万年前的漫长岁月和地球所经历的千万年沧海桑田的变化，是一部举世无双的“历史巨著”。

第二景“磨光巨石”，位于“无字天书”东北不远处。两块突兀出现的巨石质地坚硬，表面十分光洁，是在特定地质时期从山上往下滑时受到强烈磨擦所致。这一景也可叫“飞来石”。

第三景“凤凰展翅”，与兔儿山的兔头毗连，形似凤凰双展翅，飘然欲举。

第四景“双龙戏珠”，位于兔儿山南坡八道沟的西侧。蜿蜒的山脊是龙的身子，高扬的龙头，龙嘴大张，向东眺望。两条龙的嘴里各含圆形巨石，形似双龙戏珠。站在龙口处时，还能看到龙眼中常有无根之水。

第五景“莲花并蒂”，位于“双龙戏珠”西北一百米处的山间。“莲花并蒂”也是一块巨石，这块巨石好似一朵盛开的并蒂莲花。传说，康熙皇帝西征噶尔丹凯旋回来，路过归化城，到此打猎，试剑时把这块巨石劈为两半，因此得名“试剑石”。还有一种说法，石下有二层，好像是一个塔被埋了一半，故名“塔儿石”。

第六景“百米古洞”，东口在“莲花并蒂”附近。传说清代时人们为取燧石（通称打火石）而人工开掘了此洞，形似“窑”状，附近的村子因此得名“大窑村”。古洞幽深莫测，洞口尚存。

第七景“登临远眺”，沿古洞西行便是兔儿山的兔背。从这里登临远望，则青山如嶂，村田似棋，河水蜿蜒，山下的景致尽收眼底。

第八景“遗迹斑斑”，在“无字天书”下，有猿人烧火的灰烬遗迹，古人吃过的肿骨鹿化石，人工打成的密密麻麻的石器和半成品石器，其中以龟背形刮削器最富有特色。

春夏之季，大青山像一道绿色的屏障矗立在呼和浩特的北面。八大景观是镶嵌在绿色屏障上的一串串珍珠。从大青山脚下慢慢地向上攀爬，一个景点一个景点地留心观赏、仔细品味，总会有惊喜的发现，意外的收获。但是真正让我们激动的却是那一种厚重的历史感。

二

早在五十万年前，呼和浩特东郊的大窑南山就有古人类活动的痕迹，距今六千多年前，呼和浩特就出现了原始人类的聚居寨堡，这聚居寨堡可视为呼和

大窑文化遗址

浩特最早期城市的萌芽。清水河岔河口遗址上就有许多中小型寨堡，附近巨大的鱼龙雕塑是呼和浩特历史上最早的图腾，象征着黄河之神。

公元前4世纪，呼和浩特历史上第一座城市云中城由赵武侯筑成；第二座城盛乐由拓跋鲜卑所建；第三座城丰州历经辽、金、元，长达四百五十年；之后于明代建归化城，蒙古名库库和屯，清代建绥远城。

有着五十万年人类文明史和两千多年城市史的呼和浩特，因为重要的地理位置，而成为历朝历代的交通枢纽。盛唐时期，草原丝绸之路在连接阴山南北的大道上，行走过许多突厥人和波斯人的商队。考古学者在阴山脚下的坝口子古城，发现四枚波斯萨珊王朝银币；在土左旗水磨沟古城，发现过一枚东罗马金币、一件弯月形金项饰，是东罗马商人的遗物。

元初，丰州城（现呼和浩特市东南）依然是交通枢纽。成吉思汗在阴山以北地区与汪古部结盟后，将三公主（监国公主）嫁于汪古部的首领。元太祖十六年（公元1221年），长春真人丘处机西行来到中亚大雪山谒见成吉思汗，东返时经过丰州城，在丰州宣差俞公家小住，应俞公垦请题写了“身闲无俗念，一宿至鸡鸣。两眼不能睡，寸心何所萦”的诗句。元初名臣刘秉忠在《过丰州》诗中写道：“晴空高显寺中塔，晓日平明城上楼。车马喧阗尘不到，吟鞭斜袅过丰州。”

阿拉坦汗铜像

丰州元代称“天德军”，公元1275年5月，意大利旅行家马可·波罗沿着草原丝绸之路抵达丰州城后，称赞丰州人皮肤白净、容貌美丽，他说，丰州人是他此次漫长旅行中见到的最漂亮的人。

丰州古塔中留存着一枚元代纸币，它是中统元宝交钞壹拾文，使用时间约为元世祖至元十三年（1276年），是世界上迄今所知年代最早的纸币实物，因为直到中世纪之后，西方世界才开始使用纸币。

归化城作为重要的交通枢纽，清政府在归化城通向东南西北方向设有许多驿站，从归化城南经杀虎口可通向山西；北经乌兰察布盟、东经察哈尔北折，可达乌里雅苏台，然后再向东到达大库伦，向西到达科布多；西沿黄河北岸，经阿拉善，可达新疆北部。四通八达的驿站，使归化城成为北方重镇和商业基地。

突厥人和波斯人，长春真人丘处机，意大利旅行家马可·波罗，还有俄国的商人、地理学家……历史上的呼和浩特从来都没有寂寞过。不管是丰州城还是归化城，抑或库库和屯，都给来自异国他乡的人们留下了美好的印象。他们作诗或写文记录着自己的见闻，在他们的笔下，呼和浩特是一个美丽如画的地方，就像马可·波罗盛赞的那样，丰州人是他漫长旅行中见过的最漂亮的人。

三

据不完全统计，从18世纪后期到19世纪60年代，仅漠北地区定居的商号就多达五百余家，经商的商人有二十多万人。这些商号在库伦、恰克图、乌里雅苏台、科布多等地都盖起了宽敞的店铺、货栈和住房，形成了贸易交换的买卖城。

当时，产于湖北、安徽、福建的砖茶，产于河南、江西、山东的布匹、生烟、陶器、瓷器，产于河北、山西、陕西的面粉、金属器皿、供佛用品，产于江浙、两广的绸缎、蔗糖，源源不断地集中到张家口、归化城，然后再通过驼道运往漠南、漠北、漠西地区。

在乾隆至道光年间，仅张家口一地，每年运往漠北的砖茶就达四十余万箱，每箱二十七块，每块重一公斤半，计一万二千六百余吨；运往漠北的绸缎、布匹、茶烟糖等，计银约两千零八十三万一千两；由漠北转销内地的各种皮毛、药材等，折银一千七百六十七万五千五百余两。

归化城有三大名号大盛魁、元盛德、天义德。除以上三家大买卖字号，许多从事驼运的商人和商号逐渐聚集到归化城，归化城便长时间地聚集着数量庞大的骆驼集群。著名历史学家卢明辉在他的著作《旅蒙商》一书中记载：捱至19世纪的后半叶，归化城专营驼业运输的字号尚有万盛泰、昌盛源、义和荣、元盛昌、兴盛茂、义昌瑞、福德堂、和盛公、福盛魁、万有堂、德厚堂、贵元堂等数十家。他们多则每个字号拥有骆驼七八百峰至数千峰，少则百余峰至二三百峰。还有数十家字号联合成立的驼业运输公会，名为集锦社，该公会拥有三十九家驼户为会员。这些驼业字号和公会，共计约拥有二十万峰骆驼。其中十四五万峰常年“跑外路”，即来往于蒙古和俄罗斯各地，另有四五万峰驼为专门走西路的驼队，所谓走西路是指赴新疆古城、伊犁、塔尔巴哈台、乌鲁木齐等地以及远赴西亚各国的驼队。

民国初年，归化城的养驼户还有五百余家，这些养驼户散布在现在的玉泉区、回民区、新城区的大街小巷，和呼和浩特周边的麻花板、厂汉板、攸攸板、水泉村等村落。每年秋冬之际，商人的驼队从蒙古和俄罗斯回来，归化城的戏园、饭馆便呈现出一番热闹景象。清代诗人王循曾作诗《归化城》称赞归化城为“小部梨园同上国”。

湖北、安徽、福建、河南，新疆、恰克图、乌里雅苏台、科布多，这些遥远的地方与呼和浩特都曾有着千丝万缕的联系，这联系的媒介是骆驼。骆驼从呼和浩特的麻花板村、厂汉板村、五路村出发，骆驼的背上驮着湖北、安徽、福建的茶叶，河南的布匹，一直走到坝口子村，然后向着茫茫的草原、沙漠、戈壁走去，直走到新疆、恰克图、乌里雅苏台、科布多。半年或一年后，骆驼从新疆、恰克图、乌里雅苏台、科布多回到归化城，骆驼背上驮着的是海豹皮、海狗皮、海象皮、北极狐皮、红狐皮、青狐皮、扫雪皮……

后记 | 寻找驼道上的故事与传奇

李樱桃

两年来，我的脑海里一直萦绕着一个骆驼的形象，我往返于呼和浩特的各大图书馆、档案馆，寻找着与骆驼有关的信息。寻找中，归化城（呼和浩特）二十万峰庞大的骆驼集群强烈地震撼了我。这二十万峰骆驼中，十四五万峰常年来往于蒙古和俄罗斯各地，四五万峰赴新疆古城、伊犁、乌鲁木齐等地。庞大的骆驼集群震撼我的同时，这艰险的跨国行走也给了我一个警醒。我意识到，这一史无前例的行走不应该迷失在浩瀚的沙漠中，也不应该消逝于茫茫的草原上。

闭上眼睛，我想象着当年二十万峰骆驼行走的壮观场面，可那一条驼道的艰险却是我无法想象的。从驼道的起点归化城郊外的坝口子村出发，驼夫们就开始了异常艰险的行走。驼夫每人带着三四十斤重的穿戴，拉着二十峰骆驼，一天走七八十里路。行走于浩瀚的沙漠与戈壁中，带的水喝完了怎么办？遇到野狼怎么办？遭逢土匪怎么办？迷路了又怎么办？驼道上的累累白骨，告诫驼道上行走的驼夫，灾难随时随地都会发生，生死只是一眨眼的事情。

驼道是一条向死而生的秘密通道，在浩瀚的沙漠与戈壁上，这秘密通道就藏在领房子的（拉骆驼的领路人）的心里，藏在那一首凄苦哀惋的驼调里。

从图书馆、档案馆卷帙浩繁的资料堆中抽身出来，我便开始了一个又一个驼村的寻找，我找到了驼道的起点坝口子村、茶叶之路第一村麻花板村、养驼大村厂汉板村和有着养驼大户的五路村，以及用骆驼掩护过革命先辈乌兰夫和奎壁的府兴营村。

走进驼村，我见到了在世的老驼夫和离世的老驼夫的后代子孙。古老的记忆在驼夫的讲述中慢慢复活了，我似乎看到了这些老驼夫当年行走的身影。正值少年、青年、壮年的驼夫们，五年、十年、二十年，一日一日、一年一年，将生命中最宝贵的年华投掷到这一段异常艰险的旅途中。他们与野狼搏斗、与土匪对峙、与干渴抗衡，有的走过漫漫的艰险之路存活下来，有的却永远地倒在了旅途中。

五百多家商号在大库伦、恰克图、乌里雅苏台、科布多等地盖起了宽敞的店铺、货栈和住房，二十多万商人跻身于国际商贸舞台。这是令世人瞩目的商业成就，而支撑这一巨大商业成就的是漫漫驼道上一步一步艰难行走的驼夫，可以说，是数以万计驼夫以生命为代价的行走铸就了这气势恢宏的商业传奇。

民国初年，归化城的养驼户还有五百余家，这些养驼户散布在现在的回民区、新城区、赛罕区、玉泉区的大街小巷，和呼和浩特周边的麻花板村、厂汉板村、坝口子村、府兴营村、五路村等村落。

驼夫们牵着骆驼，从归化城各个驼村出发，走到驼道的始发点坝口子村，由这里走过茫茫的草原，走到浩瀚的戈壁、沙漠。穿行于浩瀚戈壁、沙漠的驼夫们，在鸟兽绝迹的无人区开辟出一条秘密通道，这向死而生的秘密通道，成为连接蒙古国、俄罗斯的国际商贸通道。这条被归化城的驼夫们日复一日踩踏出的秘密通道，就是名声卓著的茶叶之路，也是被列入中、俄、蒙三国联合申遗项目的万里茶道上的重要一段。

驼村是沙漠之舟骆驼的孕育之地，万里茶道是继丝绸之路之后兴起的又一条横跨欧亚大陆的国际商贸通道，这或许是我走进驼村的主要原因，但真正打动我的却是那些步入暮年的老驼夫。我静静地聆听着老驼夫颤抖着声音讲述自己当年驼道行走的经历，我知道，这颤抖的声音会变得越来越微弱，而且不久之后便会戛然而止，消逝在历史的烟尘里。

驼夫们有的走到了俄罗斯，有的走到了蒙古国，长年累月地行走于异国他乡，他们学会了俄语或蒙古语。当语言不成为障碍时，他们与当地的商人、牧民成了很好的朋友和兄弟。我听一些驼夫的后代说，俄罗斯和蒙古国的朋友还来看过他们的爷爷或是父亲，并给他们的爷爷或父亲带来了当地的礼物。

当年，有的驼夫由于这样那样的原因，去了俄罗斯或蒙古国后便再没有回来，并和家人失去了联系。若干年后，家人说起没有回来的亲人时，还由不住地叹息。他们不知道亲人是否在世，在异国他乡是否还有后代留存。要是有后代的话，他们的后代是否知道遥远处有着亲人的牵挂与惦记。

商业贸易是货与货的交换，更是人与人的交流，人与人之间建立起的纯朴友谊，是交易双方在货币收益之后所获得的额外馈赠，这额外的馈赠虽不能以金钱来衡量与计算，但这额外获得的友谊却是驼夫一生最为珍贵的记忆，而人与人之间的纯朴友谊往往能够促使交易双方建立起更为牢固而长久的联系。

万里茶道上的许多驼村都在我的家乡内蒙古，听着这些耳熟能详的村庄的名字，我感觉特别亲切也特别激动。据不完全统计，呼和浩特有数十个驼村，或者远远大于这个数字。我只是选取了些有代表性的村庄进行了走访，对于驼村的抒写难免以偏概全。在今后的日子里，如果有可能，我想继续行走于寻找驼村的路上。还有那一条向死而生的秘密通道——万里茶道，对我也有着强烈的诱惑。

南方买茶到北边，万里贩茶万里难。

武夷山，买茶尖，雇上脚夫把茶担。

一离茶山四十里，这才来到崇安县（今福建武夷山市）。

再装小船转大船，九江（江西）到达汉口（湖北）边。

驮马拉到花园口（河南），接着渡过黄河岸。

进太行，雇骡脚，前往太谷和祁县（山西）。

歇歇脚，交货忙，茶砖驼运到口外（蒙古高原）。

这是当年流传下来的描述茶叶之路的歌谣，这歌谣清晰地记录下了茶叶之路的路线和站点。

万里茶道是“一带一路”的重要组成部分，被喻为连通中俄的“世纪动脉”。这条繁荣了两个半世纪的国际古商道上，留下了几代人行走的足迹。在这来往不停的脚步声中，埋藏着多少不为人知的故事与传奇。我想这一条古老而伟大的商道更值得去记录与抒写，因为发生在古老商道上的传奇与故事，对于今天的我们来说，是一种不可复制的精神财富。

归化城曾经有一位盲眼的领房子的，这位盲眼的领房子的带领着驼队在那条完全没有路的驼道上行走时，用耳朵听着风的声音，用鼻子闻着沙子的味道，用手掌摸着石头的形状。就这样，单凭着听觉、嗅觉和触觉，这位盲眼的领房子的一次次地把驼队带出死亡之海的浩瀚沙漠与戈壁。我想，领房子的一定是上天选定了的神奇人物，他们获得了上天的神谕，才能听懂风的声音，闻到沙的气息，摸到石头的脉搏。那一首藏着驼道密码的驼调，则是上天交给领房子的的一把神奇钥匙，领房子的用这把神奇的钥匙打开了锁着秘密通道的暗门。有了这秘密的神谕，有了这神奇的钥匙，领房子的便领着驼队一次次走出鸟兽绝迹、令人恐怖的死亡之海，走到阳光明媚、水草丰茂的地方。

随着领房子的的相继去世，与领房子的有关的传奇故事都变得支离破碎。这喻示了，一切珍贵的东西都不能轻易获得，就像万里茶道上的历史文化、故事传奇一样，都需要用心、用力地去寻找与探索，虽然这种寻找与探索注定扑朔迷离、神秘莫测，但寻找与探索本身就是不可多得的奇幻之旅。我只有祝福自已与万里茶道上一个个奇妙的故事相遇，也盼望抒写出的故事能够得到更多读者的喜爱。

感谢著名作家邓九刚为此书作序，并给予写作上的指导。感谢内蒙古旅游摄影家协会主席额博、独步中国第一人陈刚为此书提供配图，也感谢为此书写作提供资料的单位与老师们，更要感谢那些接受我采访的老驼夫与驼夫后代，还要感谢远方出版社苏那嘎社长、董美鲜主任，对此书出版的支持。此书成稿后，呼和浩特市文联副主席田明、内蒙古自治区民间文艺家协会副主席代林、内蒙古自治区文物局王大方副局长对书稿提出了许多修改意见。该书写作过程中，参考学习了荣祥、刘映元、卢明辉、郎正之、曹梦麟、邓九刚、代林、王大方、邢野、韩云琴、佟靖仁、宋再生、邢金瑞、王友三、戈耀、尹世华、王世民、王世权、王忠民、赵江滨、卜英姿等人的文章，在此一并谢过。

2017年1月呼和浩特